All Together Dead

找死高峰会

Charlaine Harris

[美]莎莲·哈里斯 著

高琼宇 译

人民文学出版社

著作权合同登记号:图字 01-2010-3233

Charlaine Harris

All Together Dead

Original English Language edition Copyright © 2007 by Charlaine Harris Schulz
All Rights Reserved.
Simplified Chinese language edition published in agreement with
Charlaine Harris, Inc. c/o JABberwocky Literary Agency through
The Grayhawk Agency.

图书在版编目(CIP)数据

找死高峰会/(美)哈里斯著;高琼宇译.—北京:
人民文学出版社,2011
(南方吸血鬼系列:7)
ISBN 978-7-02-008474-6

Ⅰ.①找… Ⅱ.①哈… ②高… Ⅲ.①长篇小说-美
国-现代 Ⅳ.①I712.45

中国版本图书馆 CIP 数据核字(2011)第 024449 号

特约策划:徐曙蕾
责任编辑:苏福忠
封面设计:董红红

找死高峰会

[美]莎莲·哈里斯 著
高琼宇 译

人民文学出版社出版
http://www.rw-cn.com
北京市朝内大街 166 号 邮编:100705
山东临沂新华印刷物流集团有限责任公司印刷 新华书店经销
字数 220 千字 开本 890×1240 毫米 1/32 印张 7.75 插页 2
2011 年 5 月北京第 1 版 2011 年 5 月第 1 次印刷
ISBN 978-7-02-008474-6
定价 24.00 元

第一章

今天晚上，什里夫波特市的吸血鬼酒吧的营业时间竟然往后延。已然迟到的我，自然而然地走到酒吧前方，也就是公众出入的大门口，赫然发现上面贴了一张字迹工整的布告，白色纸板上印着鲜红的字体：

"今天，我们依旧准备用咬一口来欢迎你大驾光临，唯请原谅我们必须把营业时间往后延到八点才开门。"

署名是"尖牙同盟全体员工"。

现在是九月的第三周，红色霓虹灯制作的尖牙同盟招牌已经亮了起来，天色接近全黑，我一只脚在车子里，一只脚在外面站了一分钟左右，欣然享受这么柔和的夜色，感受萦绕在酒吧周围，挥之不去的那一股淡淡的、干爽的吸血鬼气味，再把车子开到酒吧后面的员工出入口。那里已经停了好几辆汽车了，不过迟到了五分钟，看起来却是大家都到了，我伸手叩门，耐心地等待。

我举手再敲一次，没想到来开门的人竟然是艾瑞克的副手帕梅拉，她常驻酒吧，但在艾瑞克经营的其他事业当中，也承担了重要的责任。毕竟吸血鬼在五年前才公开身份,向世人呈现出最美好的那一面,但是私底下他们依旧对生财之道保持神秘,有时候我会忍不住纳闷,在当今的社会中,这些活死人总共掌握了美国经济面多大的一部分。以尖牙同盟酒吧的所有权人艾瑞克为例,绝对是那种宁愿保持神秘,打死不肯透露的类型,当然啦,要安然度过那么漫长无比的年代,保密是必要的措施。

"请进,我心电感应的朋友。"帕梅拉戏剧性地挥挥手,黑色薄纱,拖着长尾巴的袍子是她的制服,也是所有的观光客步入尖牙同盟酒吧时,想要看到的女吸血鬼的装扮(但是帕梅拉本人偏爱粉色系的两件式套装),金色的头发又长又直,颜色特别淡,事实上她有一种飘逸的美感,隐约散发出一丝致命的气息,这一点绝对不可以忘记。

"你好吗?"我不能忘记礼貌。

"非常好,"她说,"艾瑞克快乐得不得了。"

艾瑞克·诺斯曼是第五区的警长,也是转化帕梅拉的吸血鬼,她不只要感恩还得听从指挥,这就是变成活死人的交易条件之一:完全服从创造者。不过帕梅拉曾经提过好几次,艾瑞克是个好老板,不只愿意尊重帕梅拉的选择,也愿意放她离开——只要她坚持。事实上,她本来住在明尼苏达州,直到艾瑞克买下尖牙同盟酒吧的所有权,打电话找她来帮忙管理。

第五区位于路易斯安那州的西北端,一个月之前还是境内经济上比较落后的区域,但是在卡特里娜风灾之后,州内的权力平衡点也产生了巨大的变化,尤其是吸血鬼社区。

"你那位令人垂涎的哥哥呢?苏琪,还有那个变形人老板,他们都好吗?"帕梅拉问道。

"我那位让人垂涎的哥哥,最近决定要效法良辰镇的其他人,一直嚷嚷着要结婚。"

"你的语气好像有一点沮丧。"帕梅拉歪着脑袋打量我,就像麻雀盯着虫子一样。

"哎,大概有一点吧。"

"你只要保持忙碌，"她说，"就没时间自艾自怜。"

帕梅拉爱死了"亲爱的艾碧"①专栏，事实上很多吸血鬼都是忠实的粉丝，天天拜读专栏的内容，而他们对某些来信者提出的解答，听了会让人大声尖叫。我真的不夸张，因为帕梅拉早就建议过了，除非我自己愿意，否则别人不可能利用我，因此我应该谨慎选择交往的朋友。哈，竟然要一个吸血鬼来帮我做情绪咨询。

"是啊，"我答道，"我很忙啊，不光要天天工作，还多了一位来自于新奥尔良的室友，明天要去参加婚前派对，不是杰森和克里丝塔，而是另一对新人要结婚。"

帕梅拉握住办公室的门把，显然犹豫了一下，眉头深锁，思考我这一番话。"我听过这个，但不记得是什么东西。"然后她灵光一闪，笑嘻嘻地说："是不是他们在浴室里举行婚礼？不对，我肯定听过，有一个女人写信给艾碧，抱怨她送了一份大礼物，结果连一张谢卡都没有，他们收……礼物？"

"没错，"我说道，"就是专门为即将结婚的人所举行的宴会，有时候准新郎和准新娘同时出席，不过通常只邀请新郎当贵宾，而且参与派对的清一色是女性，每人带一份礼物，因此理论上来说，这对新人展开新生活的时候，他们需要的物品已经应有尽有了。如果碰到怀孕的状况，我们也会针对准妈妈办一场所谓的婴儿派对。"

"婴儿派对。"帕梅拉跟着重复，笑容有一点冷冷的，嘴角阴森地往上扬，足以让人毛骨悚然。"我喜欢这个字眼。"她先叩一下艾瑞克办公室的门，再顺手推开。"艾瑞克，"她说，"或许改天酒吧某个女招待怀孕了，我们可以为她举办婴儿派对！"

"那就有好戏可看了。"艾瑞克从文件上抬起头来，生硬地盯了我一眼，决定视若无睹，继续忽略我的存在。显然我们的过节依旧存在。

明明办公室里面有一堆人在等，艾瑞克依然毫不在乎地在众目睽睽之下，特意放下手中的笔站起来，像是为了向我炫耀般的伸展他那高

---

① 美国广受读者欢迎的专栏，专门针对读者来信提出的问题，提供建议。

大健壮的身体。他的打扮跟往常没两样,紧绷的牛仔裤搭配尖牙同盟标志的 T 恤,黑色的底上面印着酒吧商标的白色尖牙,红色的"尖牙同盟"三个字印在白点上,字体的风格和外面的霓虹灯标志一样。如果艾瑞克转过身来,会出现背后的标语"会咬人的酒吧",尖牙同盟第一次推出专属商品的时候,帕梅拉就送了我一件。

艾瑞克把这件 T 恤衬托得更好看,至于那底下的身材,我记忆犹新。

我勉强把目光从艾瑞克伸展的躯体上移开,环顾整间办公室,狭小的空间里挤了好几个吸血鬼,各个寂静无声、静止不动,若不是亲眼看见,根本不会知道他们就在屋内。办公桌前方有两张椅子,酒吧经理克蓝西占据其中之一,去年那一场女巫大战,他非常凄惨,差一点就呜呼哀哉去见阎罗王,因为女巫们几乎榨干了他的血,若不是艾瑞克一路依循气味,及时追踪到什里夫波特市的墓园里面,克蓝西就成了真空采血管。在漫长的恢复期间,红头发的吸血鬼一直满腹牢骚、脾气暴躁,此时他咧着嘴对我微笑,露出尖锐的牙。"你可以坐我的大腿,苏琪。"他作势拍一拍。

我回以笑容,心底实在笑不出来。"不用了,谢谢你,克蓝西。"我礼貌婉拒。克蓝西的调情向来是有棱有角,现在更像剃刀一样锋利,他绝对是那种我不愿意和他单独相处的吸血鬼之一,就算他将酒吧管理得井然有序,从来没有碰过我一根寒毛,但是只要他在场,就会触动我内心的警铃。虽然没办法透视吸血鬼的脑袋——这是我觉得和他们相处很新奇的原因,可是每当经历到那种警告性的颤动时,我就恨不得能够钻进克蓝西的脑袋里,挖掘出其中的奥秘。

新来的侍者费莉西亚,以及茵迪拉和迈斯威尔·李一起坐在沙发上,眼前就像吸血鬼人种的彩虹大杂烩,费莉西亚是非洲裔和高加索人的混血,身高近乎六英尺,相貌可爱动人。迈斯威尔·李却长得很黑,至于小茵迪拉,则是印度移民之女。

除此之外,办公室里还有四个人(请不要拘泥于"人"的定义),每一位都让我坐立难安,不过程度有异。

第一位的名字我不想说，套用一下狼人守则的内容，他已经被狼群放逐了——换言之，我已经公开弃绝了这个人。不提他的名字，不和他说话，眼中没有他的存在。（不用多说，这位就是我的前男友比尔·康普顿——我当然没看到他站在角落处沉思。）

靠在他墙壁旁边的是古老的泰丽雅，历经的时间点很可能比艾瑞克更早，她的身材跟茵迪拉一般娇小，肤色苍白，一头黑发——粗鲁又没有礼貌。

让我最惊讶的是，有些人类认为她有一种让人亢奋的性魅力，事实上，那一班死忠的粉丝，碰到她用生硬的英文叫他们滚蛋的时候反而更加兴奋，而且她竟然有个人网站，一概由粉丝们负责建设和维护，实在让人想不通是怎么一回事。帕梅拉曾经说过，艾瑞克容许泰丽雅住在什里夫波特市，简直就等同于把一只没受过训练的斗牛硬拴在院子里，她举双手反对。

这些活死人市民全都居住在第五区，在艾瑞克的保护下生活和工作，并且发誓效忠于他。所以啦，就算不在酒吧工作，他们还是要腾出一部分的时间，听候他的差遣。自从卡特里娜风灾过后，吸血鬼和很多凡人一样，总得找个地方避难，什里夫波特市成了选择的方案之一，最近来了好些吸血鬼，对于这些活死人的难民，艾瑞克还没有决定要如何处置，也就没有邀请他们来开会。

今天晚上，尖牙同盟来了两位访客，其中一位的地位比艾瑞克略胜一筹。

安竺是路易斯安那女王苏菲安妮·拉克尔的贴身保镖，目前女王也被风灾连累，疏散到巴吞鲁日去避难。安竺本人看起来非常年轻，十六岁左右，娃娃脸，皮肤非常光滑，浅色的头发又密又多，很久很久以来，安竺生存的唯一目的，就是照顾转化和拯救他的苏菲安妮。今天晚上他出现在这里，竟然没有带刀，大概是因为暂时不用当保镖的缘故吧，不过我确信安竺一定有武装——至少带了刀或枪吧，其实有没有工具并没有太大的差别，因为他本身就是致命的武器。

正当安竺开口要招呼我的时候，椅子后方传来另一个低沉的嗓音：

"嗨，苏琪。"第二位访客是杰克·普洛夫，即使体内的警铃大作，冲动得想要夺门而出，我还是沉住气，静止不动，因为这种行径很笨，假如看到安竺，没有让我尖叫得去逃命，那么杰克·普洛夫的出现，就更不需要夺门而出了。我强迫自己朝这位看起来依然活生生的帅气年轻人点头致意，可惜动作有一点僵硬不自然，毕竟看到他，心中的恐惧油然而生，但也夹杂着一丝的同情。

天生就是狼人的杰克，突然遭到吸血鬼攻击，血流如注濒临死亡的边缘，而他残存最后一丝生命力的躯体，偏偏被我的表姐海莉（另一个吸血鬼）发现了，或许是错误的慈悲心吧，为了救他一命，她把杰克转化成吸血鬼。本来应该是好事一桩的，结果呢，海莉的善行和仁慈根本没有得到真心的感激……连杰克自己都不高兴。因为狼人被转化成吸血鬼，是史无前例、绝无仅有的状况，两族之间相互讨厌，更无法彼此信任，整个进行的过程，杰克走得非常艰苦，仿佛孤单地被放逐在一个没有人迹的海岛上。既然没有人愿意伸出援手，女王只好把他纳入手下的一员。

第一次苏醒过来的杰克，饥肠辘辘，噬血得发狂，意图把我当成吸血鬼的第一餐点心，我的手臂上至今还留下一道仍然鲜红的疤痕。

看来又将是一个精彩无比的夜晚，好戏上场了。

"斯塔克豪斯小姐。"安竺从第二张椅子里站起来，打躬作揖，显然是出于真心诚意的感谢，这个动作稍稍提振了我的情绪。

"安竺先生。"我鞠躬回应，他朝空出来的椅子挥挥手，就此解决了我的位置问题，我也就欣然接受。

克蓝西一脸懊恼的表情，就等级而论，应该是低阶的他起来让座，安竺的行动有如耀眼的霓虹灯箭头一样指出他的错误。我强忍住不扑哧一笑。

"女王陛下好吗？"我努力效法安竺彬彬有礼的行为，要说我喜欢苏菲安妮这个人或许过于夸张，但至少是肃然起敬。

"这是我今天晚上来到这里的一部分原因，"他说道，"艾瑞克，我们可以开始了吗？"这句话似乎是在指责艾瑞克浪费时间，这样的伎俩还挺委婉的。帕梅拉在我的椅子旁边，就势踮着脚尖蹲下来。

"是啊，人都到齐了，说吧，安竺，你有发言权。"艾瑞克对自己的现代用语微微一笑，斜斜地躺回椅子里，伸长双腿，脚板靠在办公桌的边缘。

"你们的女王目前安顿在第四区警长位于巴吞鲁日的房子里。"安竺对着一小群会众说道，"乔维斯非常体恤人，殷勤地招待我们。"

帕梅拉对着我拱了拱眉毛，乔维斯胆敢不殷勤招待，脑袋铁定跟脖子分手说拜拜。

"不过住在乔维斯那里，只能算是暂时的栖身之所。"安竺接下去说，"灾难过后，我们前前后后南下了新奥尔良好几次，这份就是我们产业的现状分析。"

吸血鬼完全没有人移动，但我感觉到他们兴趣高涨。

"女王总部的屋顶大多数都被吹跑了，二楼和阁楼的区域因此遭遇严重水灾，另外还有天外飞来的横祸，不知道是谁家的一大片屋顶竟然掉了进来，墙壁被撞破好几个大洞，还留下一堆断垣残壁的垃圾，诸如此类的问题一大堆。目前我们努力清干净建筑的内部，屋顶只能暂时用蓝色帆布遮风挡雨。我来这一带的原因之一，希望能找到一个马上可以动工的建筑商去处理，截至目前为止都没有回音，因此在座的诸位如果有门路找到这方面专业的人类，我迫切地需要他们帮助。而在建筑物底层，有很多掉漆等外观上的问题，部分被水淹，还有人趁火打劫。"

"或许女王最好在巴吞鲁日住下来。"克蓝西说得幸灾乐祸，"我确信乔维斯一听到女王要永远住在他家里，一定会欣喜若狂，备感荣幸。"

克蓝西显然活得不耐烦，急着自寻死路喔。

"一群来自于新奥尔良的领袖，组成代表团到巴吞鲁日来拜访我们的女王，恳求她回去。"安竺继续说道，完全没把克蓝西放在眼里。"人类的领袖认为，如果吸血鬼能够返回新奥尔良，有助于吸引更多的观光客涌进市内。"安竺冷冷地盯了艾瑞克一眼。"在这段时间，女王已经和其他四位警长，大致讨论过关于重建新奥尔良总部的财务问题。"

艾瑞克微微地点点头，动作几乎难以辨别，穷人根本无法据此来判断他对于要分摊女王整修费用的感受。

自从安妮·赖斯的说法被证实是正确的之后，新奥尔良就成了想要近距离观察吸血鬼的地方，好像他们的迪士尼乐园。可惜卡特里娜飓风横扫而过，那呈几乎成了人间炼狱，很多东西都荡然无存，即使连良辰镇这里，都感受到了飓风的影响力，小镇至今还挤满了从南方逃出来的灾民。

"女王招待宾客的地方呢？"艾瑞克问道。女王在花园区附近买了一栋古老的修道院，专门举办大型宴会，无论是不是吸血鬼都在受邀之列，但即使四周围有高墙环绕，防守起来却不容易（因为那里是登记在案的历史建筑物，不得变更，窗户也不得封死），因此女王不能住在那里，只能用来当宴会厅。

"幸好损失不大。"安竺回答，"但有抢劫的人，在那里留下了气味。"吸血鬼的追踪能耐仅次于狼人。"其中一人射杀了狮子。"

那头狮子我还算喜欢，听了有一点不舍。

"你需要人手帮忙捉拿强盗吗？"艾瑞克问道。

安竺扬扬眉毛。

"只是问问，怕你人手不够而已。"艾瑞克说道。

"不用，已经处理了。"安竺微微一笑。

我试着不要去想那背后的含意。

"除了狮子和趁火打劫的人，产业的状况怎样？"艾瑞克重新回到风灾受损的话题。

"女王视察其他产业的时候，当然可以住在那里，"安竺继续说道，"但是顶多住一两晚而已。"

大家都理解地点点头。

"关于人员损失——"安竺回到手中的议程进度，所有的吸血鬼都脸色凝重，连新人杰克都有点紧张。"我们最早的假设是飓风的影响力过后，人员会慢慢出现，损失应该不多，结果只有十位浮出表面，五位在这里，三个在巴吞鲁日，两个在蒙罗市，总结起来，似乎单单在路易斯安那州就损失了三十名,密西西比州则至少十名。"

针对这个新闻,什里夫波特市的吸血鬼起了一些动静和声音,因为在新奥尔良,无论是长住或过客型的吸血鬼,密度算很集中,假如卡特里娜飓风扫过的区域是佛罗里达州的坦帕市,死亡和失踪的人数就会少很多。

我举手要求发言,看到安竺点头之后,我才问道,"布巴好吗?"风灾之后,都没有听到布巴的消息,也没看到他的人影,毕竟他的脸孔家喻户晓,只要上了一定的年纪,没有人不认识他,事实上,他并没有真的死于孟菲斯的浴室地板上……还差一点点。不过在转化之后,他的脑袋受到影响,算不上是完好的吸血鬼。

"布巴还活着,"安竺说,"他躲在地窖里,靠小型哺乳动物充饥活命,因为头脑不太灵光,女王送他去田纳西州,在纳什维尔的社区里住上一阵子。"

"安竺给了我一张失踪者的名单,"艾瑞克说道,"会议一结束,我就会张贴出来。"

女王的侍卫当中,我还认识好几位,希望他们能够安然无恙。

我挥挥手,表示还有疑问。

"嗯,苏琪?"安竺问道,那种空虚的眼神把我钉在座位上,我立刻后悔自己的大嘴巴。

"你们知道我想到什么吗? 不知道那些预备出席所谓的高峰会的女王或国王们,随员当中有没有类似气象预报员的?"

好几对眼睛茫然地盯着我看,安竺倒是兴致勃勃。

"嗯,那个高峰什么的会议,原本订在去年春天要举办,结果呢,一延再延又三延,对吧? 然后就碰上卡特里娜。如果高峰会按照原本的计划进行,当时女王的势力大多了,不光资金充足,人员也声势浩大,或许那帮人就不敢这么急于为了国王的死来控诉她,甚至很可能她所要求的都能弄到手,也就不至于像现在这样,沦落到——"我差点脱口说出"乞丐"两个字,幸好及时顾虑到安竺在场。"……人单势薄。"我本来担心他们会哈哈大笑,或是嘲弄我的见解,结果却引来一阵思索的沉默气氛。

"这的确是高峰会上值得关注的事情之一。"安竺说道,"现在听你提出来,似乎挺有可能性,艾瑞克,你认为呢?"

"是啊,的确值得考虑,"艾瑞克看着我,"苏琪的思考模式常常能够打破既有的框架。"

靠在手肘旁边的帕梅拉,抬头对着我微笑。

"珍妮佛·凯特提起的诉讼案怎样了?"原本克蓝西自以为聪明,占据了那张椅子,现在却愈来愈坐立难安。

气氛凝重,连针掉在地上的声音都听得见,虽然这位红头发的吸血鬼究竟在说什么,我一点概念都没有,但是这一次,我决定不要发问,先静观其变。

"还在积极地处理。"安竺说道。

帕梅拉低声呢喃:"珍妮佛·凯特正在训练期间,本来要储备成彼得·雷吉尔的副手,暴动发生的时候,她留在阿肯色州处理他的事务。"

我点点头,感谢帕梅拉及时的补充资讯,阿肯色州的吸血鬼族群虽然没有经历飓风的袭击,却因着路易斯安那州的缘故,不只人数骤减,连地位都往下调降。

安竺说道:"针对控诉,女王的回应是杀死彼得是为了保住自己的性命,当然啦,她提议要补偿一笔公积金。"

"为什么不是赔偿给阿肯色州?"我低声问帕梅拉。

"彼得死了以后,女王开始管辖那里,因为根据结婚契约,阿肯色州归她所有。"帕梅拉喃喃地解释,"总不能叫她赔偿给自己,如果珍妮佛·凯特告赢了,女王不只损失阿肯色州,还必须支付他们一大笔罚金,外加其他的补偿方案。"

安竺悄然无声地在室内飘来飘去,单凭这一点,就显示出他对这个话题相当不开心。

"灾难过后,我们还能拿出那么多钱吗?"克蓝西问了一个十分不明智的问题。

"女王希望诉讼案能够被驳回。"安竺再一次对克蓝西置之不理,那张永恒不变的娃娃脸到现在都面无表情。"但是法院预备要听审,珍妮佛指控我们的女王,故意把雷吉尔引诱到新奥尔良,远离他自己的领地,才方便下手,并且打从一开始,就计划发动战争来刺杀他。"这一次安竺的声音从我背后传过来。

"但事实不是这样啊。"我说,而且杀死国王的人不是苏菲安妮,因为当时我在场,真正杀了雷吉尔的吸血鬼,此刻就站在我背后,同时我认为他下手的理由很正当。

我坐在那里,感觉安竺的手指拂过我的脖子处,至于如何判定那是他的手指,我自己也不清楚,但那轻微接触的瞬间,让我愕然发现一个恐怖的事实:除了安竺和苏菲安妮之外,我是国王之死的唯一见证人。

我从来没想到这个字眼,那一瞬间,心跳乍停了一下,同时,室内至少有一半的吸血鬼转而瞪着我看,艾瑞克还睁大了眼睛,随后我的心跳恢复正常,一切恢复原状,好像没有发生过一样,但是艾瑞克放在桌上的手微微地抽搐着,我知道他并没有忘记,肯定想追问其中的含意。

"你认为审问无可避免?"艾瑞克问安竺。

"如果女王用新奥尔良统治者的身份出席高峰会,换成是以前的新奥尔良,我相信法庭会居中协调女王和珍妮佛的争议,或许提升她的权位,拔擢为女王的副手,再领一大笔红利等等,但是以目前的状况而论……"一阵冗长的沉默,悬宕的气氛意味着新奥尔良的状况已经大不如前,或许再也无法恢复往日的风采,苏菲安妮已经成了一只跛脚的鸭。"现在又因为珍妮佛锲而不舍的坚持,法庭应该不会就此罢手。"说完安竺又陷入了沉默。

"我们知道那些陈述是谎话连篇。"角落里传来一个清晰、冷淡的嗓音,截至目前为止,我忽略前男友比尔的努力还算挺成功的,但是不太自然。"艾瑞克在场,我在场,苏琪也在场。"吸血鬼(不可称名道姓,我再次提醒自己)说道。

这是事实,因为珍妮佛指控女王处心积虑引诱雷吉尔国王到宴会上,再把他杀了,这全是捏造的谎言,真正的导火线是,彼得·雷吉尔的手下突然下手砍掉女王一名保镖的脑袋,才会引发大屠杀。

艾瑞克微笑地回忆着,他挺喜欢打架的场面。"我可以证明是谁起头的,"他说道,"国王使尽全力布局,想让女王陷入轻率疏忽的陷阱里,结果功亏一篑,这要归功于我们的苏琪,因为计划失败,他才决定采取正面的攻击。"艾瑞克补充说,"我至少有二十年没见过珍妮佛了,既然蹿升得这么快速,必然是非常的冷酷无情。"

安竺走进我右边的视线范围内,让人如释重负,他点个头,办公室里面所有的吸血鬼再一次起了骚动,虽然不至于同时行动,却是近乎一致性,诡异得很,让我极其强烈地感受到自己像个外星人:一屋子仍会动的死人当中,我是唯一的热血活人。

"是的,"安竺说道,"换成平常时刻,女王会希望有声势浩大的代表团去支持她的立场,但是我们被迫要练习简约和经济的生活模式,只好缩减出席的人数。"安竺又一次地靠近,刚好拂过我的脸颊。

一个启示性的念头倏忽浮现:这就是一般活人的感受。关于这些同伴真实的意图和计划,我是一点概念都没有,然而真正的人类,每一天所过的就是这样的生活,有一点恐怖,却又很刺激,约略可以比喻成故意蒙着眼睛走过一个拥挤的房间,一个普通人要如何忍受日常生活的悬疑性呢?

"既然到时会议还有其他的人类出席,女王指定要这个女人陪伴左右。"安竺直接对着艾瑞克说话,我们其他人简直可以不用在场,"便于让她知道那些人在想什么,届时,斯坦也会带他的读心人一起去,你认识他吗?"

"我明明就坐在这里……"我低声嘟哝,反正除了帕梅拉以外,没有其他人在意,因为她露出灿烂的笑容。接着,在众多冰冷的目光下,我发现他们都在等着我回答,因为安竺这回是在问我话。哎,我已经很习惯这些吸血鬼无视于我的存在,径自相互对答,一时之间被突袭,没来得及反应过来,只得在心里重播安竺的演说,这才明白他在问我问题。

"截至目前为止,我只认识另一位读心人,住在达拉斯,我猜应该是他——也就是旅馆服务生巴里。当我发现他的……呃,天赋的时候,巴里在达拉斯的吸血鬼旅馆工作。"

"你对他的了解有多少？"

"他比我年轻，能力比较微弱，至少当时是如此，而且他跟我不一样，从来就不肯接纳自己的状况。"我耸耸肩膀，结论就是这些了。

"苏琪会去的，"艾瑞克告诉安竺，"她是个中好手，没有人比得上。"

真是太捧场了，但我依稀记得艾瑞克曾经说过，许久以来，他只见过一个读心人。这句话同时也很恼人，因为他跟安竺邀功，暗示我的能耐是他的功劳，而不是我自己的。

即使非常期待探索一下小镇以外的世界，我却更希望自己能够想出脱身之计，避掉这一次的罗兹市之行。偏偏早在好几个月以前，我已经同意要以女王雇用的员工身份，参加吸血鬼高峰会议，而且上个月，我也在莫洛特酒吧拼命地超时工作，累积足够的时数，免得其他的女招待不愿意帮我代班一整个星期。我的老板萨姆甚至用一张小卡片，协助我记录额外的时数。

"克蓝西留在这里经营酒吧。"艾瑞克吩咐道。

"这个人类可以去，我却得留下来？"红头发的酒吧经理发牢骚，显然对于艾瑞克的决定真的很不满意。"一点乐子都没有。"

"没错。"艾瑞克愉快地说，如果克蓝西想要再多说什么负面的话，看到老板的脸色也只好闭上嘴巴。"费莉西亚会在这里帮你，比尔，你也要留下来。"

"不。"那个平静而冷淡的声音从角落里回答道，"女王要求我出席，我在电脑资料库上付出很多心血，女王要我到高峰会上去推销，或许可以用来补偿她的损失。"

艾瑞克宛如雕像一样，整整过了一分钟，才有动作，稍微扬一扬眉毛。"是喔，我已经忘了你的电脑技能。"他脸上流露出来的兴致和敬意，顶多就像在说，"噢，我都忘了你会拼猫（cat）这个字"这种类似的口气。"看来你需要一起去，迈斯威尔，你呢？"

"如果你要的话，我就留下。"迈斯威尔·李想要表明他是一个知道进退和分寸的属下，甚至还左右环顾一下所有的会众，强调他的观点。

艾瑞克点点头，我猜迈斯威尔会收到很棒的圣诞节礼物，至于比尔——啊,无名无姓的那一位——只会收到树枝和灰烬。"那你留下来。你也一样,泰丽雅,不过你要保证当个乖小孩,不要惹是生非。"泰丽雅承担的工作,就是每星期有一两个晚上,好整以暇地坐在酒吧里面,扮演故作神秘的吸血鬼,但是通常不会以平静收场,而是常常有事端。

生性乖僻,总是不开心的泰丽雅简短地点头回应。"反正我也不想去。"她嘟哝地说,圆圆的黑眼睛流露出对整个世界的不屑一顾。在我看来,泰丽雅那无比漫长的一生当中,显然看过太多的人间是非,已经是毫无乐趣可言了。我一直尽可能地避开她这个人,老实说,也很惊讶她肯和其他的吸血鬼相处,因为她像个离群索居的流浪女。

"她没有领导欲。"帕梅拉对着我耳语,"只想安安静静地过日子,大揭秘事件之后,她因为过度激进,才会被赶出伊利诺伊州。"大揭秘事件是吸血鬼的术语,指的是那天晚上,他们公开上电视,向全世界坦承他们存在的事实,而且表达出希望走出阴暗的角落,参与人类社会的经济和潮流的愿望。

"只要泰丽雅愿意遵守规则,按时出现在酒吧工作,艾瑞克就让她随心所欲做她想做的事情。"帕梅拉继续耳语下去,艾瑞克是这个小小世界的统治者,谁都不敢忘记。"一旦越界的话,她很清楚惩罚是什么,不过,偶尔她还是会忘记自己有多么讨厌那样的惩罚,总之,她应该要多阅读艾碧专栏才会多一点概念。"

如果你觉得生命欠缺乐趣,就需要……喔,帮助别人做一点事情,或是培养新的嗜好,类似这一类的事情,对吧?通常建议的不就是这些吗?我脑中浮现出泰丽雅自告奋勇到收容所担任夜晚值班的义工画面,浑身战栗了一下;泰丽雅拿着两根又长又尖的针,坐在柜台织毛线,令我又是一阵恐怖的哆嗦,什么鬼咨询建议啊!

"因此,唯一出席高峰会的人员是安竺、我们的女王、苏琪、我自己,还有比尔和帕梅拉。"艾瑞克说道,"以及律师凯特雷先生,和他担任信差的侄女。噢,对,还有第四区的乔维斯和他的女人,毕竟他非常慷慨地款待了我们的女王。瑞硕当司机,当然还有赛伯特,这些就是我们的代表团成员。我知道某些人很失望，但愿明年度路易斯安那州的状况能够好转，至于阿肯色州，那里现在被认定是我们领域的一部分。"

"各位都在场的部分只需要讨论到这里。"安竺宣布，其他的内容他要和艾瑞克私下协商，安竺没有再碰我，这是好事一桩，他的恐怖程度足以把我从头吓到粉红色的脚趾。当然啦，只要还有一点常识的话，室内的每一位都应该让我感到害怕，早早搬到吸血鬼人口最少的怀俄明州最安全（美国吸血鬼杂志曾经报导过，那里只有两位），有时候，我真想那么做。

我掏出皮包里的小记事本，一一记下艾瑞克宣布的出发日期、回程时间，以及阿努比斯航空包机从巴吞鲁日飞抵什里夫波特市搭载代表团的时间，还有届时需要的衣服，我突然有点懊恼，发现自己又得去跟朋友借衣服。但是艾瑞克补充道："苏琪，如果不是因为开会的缘故，你并不需要这些衣服，所以我已经打电话给你服饰店的朋友，开了一个账户，你就用吧。"

我的脸颊发烫，像个穷酸的表妹一样，直到他又说下去："我也在什里夫波特市的某些商店，开设一个专户，供给人员使用，但是对你而言不太方便。"我紧绷的肩膀放松下来，但愿他说的是实话，况且现场也没有人眨眼睛以暗示有差别待遇存在。

"我们或许遭遇风灾的袭击，但也不能一副寒酸样出场。"艾瑞克小心翼翼，好像一视同仁，并没有特意看着我。

"不要显得寒酸。"我做了注记。

"大家都清楚了吗？这一次会议的目标就是要支持女王，协助她澄清那些荒谬至极的控诉，让每一个人知道，路易斯安那州仍然是一个充满威望和光荣的地方，反正阿肯色州陪同国王一起来到路易斯安那的吸血鬼全都死光了，没有人可以反驳我们的说法。"艾瑞克面带笑容，虽然笑得不是很愉快。

原来是这样，我之前都不知道。

天哪，这未免太方便了吧！

第二章

　　"荷蕾,既然你要嫁的人是警员,或许可以告诉我……警察的木棒究竟有多大啊?"艾玛克莱·瓦帝问道。

　　我坐在准新娘子荷蕾·罗宾森旁边,负责最重要的任务,就是在她拆开白色和银色的包装盒子,或是花花的礼物袋的同时,登记所有的礼物项目和送礼者的姓名。

　　在这种主要是中产阶级、多数人上教堂的淑女聚会当中,约莫四十几岁的小学教师瓦帝女士,竟然问出这么猥亵的问题,现场都没有人感到惊奇。

　　"哎,我不知道,艾玛克莱。"荷蕾端庄地回答,周遭异口同声地传出好些根本不相信的窃笑声音。

　　"呃,手铐总知道吧?"艾玛克莱不死心地再问一句。"你用过那些东西吗?"客厅里传出南方淑女们兴奋的叽叽喳喳声,这里的女主人是玛西亚·奥伯尼,她同意牺牲客厅,作为派对的场地,其他人的问题省事多了,只要带食物和水果酒就可以了。

　　"你真了不起,艾玛克莱。"坐在点心桌附近的玛西亚面带笑容地说，艾玛克莱扮演大胆一号的角色，大家都很乐意让贤。

如果卡萝琳·贝尔弗勒今天也在场的话，艾玛克莱绝对不敢这样口无遮拦，卡萝琳女士无疑就是良辰镇的社交女王，即使像有一百万岁那么的苍老，腰杆还是挺得比士兵更笔直，只有异常极端的事件才会导致她留在家里，没有出来参加对她家族而言非常重要的聚会。的确，因为卡萝琳·贝尔弗勒突然心肌梗塞，良辰镇的大大小小都很惊讶，但是对她的家人而言，吃惊的程度少多了。

伟大的贝尔弗勒家族的双重婚礼（两对新人是荷蕾和安迪，波西娅和她的会计师）本来预定在春天就要举行了，当时安排得很匆促，就是为了卡萝琳·贝尔弗勒的健康状况突然急转直下的缘故，结果不幸言中，急就章的婚礼还来不及举行，卡萝琳女士就生病了，后来又摔断臀骨。

安迪与荷蕾征得他妹妹波西娅和未婚夫的同意，预备将婚礼推迟到十月底，不过我听说卡萝琳女士的恢复状况不如她孙子女的预期，似乎已经不可能再恢复成往日的程度。

脸颊通红的荷蕾费力地拆解大盒子上面的缎带，我悄悄递了一把剪刀，按照传统，缎带不能够用剪刀剪开，传说这个可以用来预测新婚夫妇以后生育的子女数目，不过我敢打赌，荷蕾宁愿寻求快速的解决方案，她拿起剪刀，偷偷地剪断最靠近自己那边的缎带，以免被人发现她把习俗抛在脑后的行径，然后感激地看了我一眼。当然啦，为了这场派对，大家都是盛装打扮，荷蕾穿着浅蓝色裤装搭配粉红花色的外套，看起来年轻又可爱，胸前的那朵胸花，意味着她贵宾的身份。

我觉得自己好像置身在另一个国家，观察一个新奇有趣的族群，而他们恰巧会说我的语言。一个酒吧女招待，就社交地位而言，比荷蕾低了好几层，还是个读心人，但因为很难置信，所以人们常常会忘掉这一点，我也很习惯被当成边缘人。现在，却在受邀的宾客名单内，我当然要好好地努力，至少表面上要融入他们，看起来似乎成功了。我穿了一件无袖的白上衣，黄色长裤，搭配橘黄色凉鞋，秀发披下来刚好到肩膀的长度，黄耳环，金项链，就是这样，简单大方。目前是九月底，天气却热得像炼狱一样，女士们都穿着夏天的盛装，只有少数几位勇敢地选择了秋天的色彩。

当然啦，派对上没有我不认识的人，毕竟良辰镇只是个小地方，我的家族又在这里至少住了快两百年，但是认识并不表示彼此相处得很自在，幸好我可以担任登记礼物的工作，只是没想到玛西亚·奥伯尼远比我所想象的更要精明。

我学到很多事情，就算努力不去聆听别人的思绪，手上的小杂事的确有帮助，但还是有很多的心思涌入我心里。

荷蕾几乎乐昏了，不但收到很多礼物，现在又是众人焦点，还嫁了一位好丈夫，这些都让她宛如置身在天堂里面，可惜她对新郎的了解不太多，当然啦，我很愿意相信除了自己看见和听到的以外，安迪·贝尔弗勒还有其他美好的一面。我不仅知道安迪的想象力远远超过良辰镇一般中产阶级的男人，还知道他心底埋了很多恐惧和欲望，而且埋得很深。

荷蕾的妈妈从曼德维尔来参加派对，一直挂着最灿烂的笑容支持她的女儿，但是唯有我知道其实她最讨厌人潮，即使只有这些人也一样，因为在玛西亚的客厅里面，琳莉妮·罗宾森如坐针毡，就算笑嘻嘻地听着艾玛克莱的另一个俏皮话，心里却希望自己在家里，看一本好书，喝冰红茶。

我正想对她耳语，只要再过（先瞄了一眼手表）一小时或一小时十五分左右，煎熬就结束了——随即想到这样只会吓倒她，情况更糟，还是别插手的好。我乖乖坐着，尽职地写下"席拉·庞佛瑞，礼物是擦碗巾"。刚才她翩然地走进大门，一看到我在场，就认为会因为她和被弃绝的吸血鬼约会了好几个星期，我会醋劲大发、反应剧烈，其实席拉·庞佛瑞一点都不了解我，但出于轻视，她经常幻想我会扑到她身上，当头一顿拳打脚踢，却不知道那位吸血鬼已经被我屏除在雷达范围之外。我猜想她之所以受到邀请，是因为安迪和荷蕾买房子的时候，她刚好是房屋经纪人。

"塔拉·桑顿，蕾丝内衣。"我继续登记下去，塔拉是我的朋友，特意从经营的店里挑了一样商品送给荷蕾当礼物，当然啦，艾玛克莱又抓住机会，趁机大做文章，大家都笑得很愉快——至少表面上是这样。有些人对她双关的幽默感不以为然，有些人认为她的丈夫怎么忍受得了，还有一些人希望她闭嘴，这一群包括我、琳莉妮·罗宾森和荷蕾本人。

荷蕾教书的学校校长送了完美的餐桌垫当礼物，副校长送餐巾，刚好凑成一套，我用花体字一一记录，顺手把一些撕开的包装纸塞入旁边的垃圾袋。

"谢谢你，苏琪。"趁着艾玛克莱述说另一个发生在她的婚礼上、涉及火鸡和伴郎的故事时，荷蕾安静地道谢。"你的帮助，让我非常感激。"

"小事一桩。"我有点讶异。

"安迪说他求婚的时候，是你帮忙把戒指藏起来的。"她微笑着说。"另外一次，也是幸亏有你，我才得以脱身。"看来安迪把我所有的事情都告诉了她。

"不客气。"我有些尴尬。

她斜瞥了席拉·庞佛瑞一眼。"你依然和上次我看到的那位帅哥约会吗?"她问得很大声，"是那个黑头发的帅哥吗?"

克劳德是我精灵教母克劳汀娜的哥哥，当时开车送我回镇上的临时住处，因此和荷蕾有一面之缘。是的，克劳德的确很帅，必要的时候，也可以很迷人(这是对女性而言)，但顶多维持六十秒而已。幸好遇见荷蕾的时候，他的确努力过，这一点我要谢谢他，因为席拉已经竖起了耳朵，好像狐狸。

"我们上一次见面是三个星期以前，"我实话实说。"早就没有在约会了。"事实上，是从来没有过，因为克劳德认为的好对象不只要有一点胡子茬，还要有我永远不会拥有的配备。但这一点不需要公告周知，对吧?"目前和我交往的是另外一位。"我谨慎地补充了一句。

"噢?"荷蕾一副天真浪漫、兴致勃勃的模样，我真的愈来愈喜欢这个比我小四岁的女孩了。

"是啊，"我说，"他来自于孟菲斯，是一个顾问。"

"你一定要带他来参加婚礼，"荷蕾嚷嚷道，"这不是很棒吗，波西娅？"

对波西娅而言，肯定不是这么一回事啦，她是贝尔弗勒家双重婚礼的另一位准新娘，也就是安迪的妹妹，一开始是叫我去现场当女招待，给我的老板萨姆·莫洛特帮忙，现在波西娅的处境有点尴尬，本来是打工的女招待，现在成了客人（波西娅铁定不会邀请我去参加她的任何派对），这回我也故做天真烂漫，眉开眼笑的非常开心。

"当然，"波西娅狡猾地回答，毕竟是受过法律训练的人。"我们当然很高兴你带男朋友一起来。"

我愉快地幻想着一个画面，昆恩在宴会上摇身变成老虎的模样，我对着波西娅笑得更加灿烂。"我再看看他有没有时间。"

"现在，诸位，"艾玛克莱说道，"一只小小鸟告诉我，依序写下荷蕾拆礼物时所说的每一句话，因为大家都知道，这就是新婚之夜她会说的话！"她摇晃手中的小纸簿。

每个人都鸦雀无声，喜气洋洋地满心期待，或者是忧心。

"这是荷蕾说的第一句话：'噢，好漂亮的包装纸！'"大家尽责地哄堂大笑。"让我瞧一瞧，接下来她说，'一定很适合的，我几乎等不及了！'"一阵窃笑声。"然后她说，'噢，我很需要这个东西！'"大家快乐地大笑。

之后就是蛋糕、水果酒、花生和起司球的点心时间，所有的人回到座位上，小心翼翼地端着盘子和杯子，努力维持平衡，耳中听着奶奶的朋友马可欣开启一个崭新的话题。

"你的新朋友好吗，苏琪？"马可欣·弗坦巴利问道，即使坐在对面，但这种投射式的抛出话题，对她而言绝对没有困难，已经年过半百的马可欣，身体健康又强壮，因着哥哥詹森和她的儿子霍伊特是死党，她几乎把詹森视如己出。"就是那个来自于新奥尔良的女孩？"

"艾蜜莉亚很好。"发现自己成了注意力的中心，我笑得有点紧张。

"她的房子真的被大洪水淹没了吗？"

"听她的房客转述，屋子的确受损很严重，目前她在等候产险公司的消息，然后再决定要怎么处理。”

“幸好飓风侵袭的时候，她和你一起在这里。”马可欣说道。

自从八月份以来，我猜这句话艾蜜利亚已经听了不下一千遍，肯定很厌烦要觉得自己很幸运。“噢，是啊，”我欣然同意，“当然。”

艾蜜利亚·布德威来到良辰镇的事情，早就传得谣言满天飞，以小地方而言，这种事情很自然。

“目前，艾蜜莉亚就跟你继续住下去啰？”荷蕾拔刀相助地问。

“还要住一阵子。”我微笑地说。

“你真好心呀。”玛西亚·奥伯尼称赞地说。

“噢，玛西亚，你也知道我家的二楼一直闲置不用，有她来住，屋况还有所改善，现在二楼装了空调，感觉好多了，所以对我来说完全不会不方便。”

“话虽如此，很多人都不喜欢有外人在家里住这么久，或许我也应该接待某一个住在假日饭店的可怜虫，但我就是不喜欢家里有外人出入。”

“我喜欢有同伴。”这的确是真心话。

“她回去查看过房子的状况吗？”

“啊，只有一次而已。”艾蜜莉亚在快活之都（新奥尔良别称）的女巫圈里，惹了一点小麻烦，因此她几乎是来去匆匆地进出新奥尔良，以免被巫师朋友们发现去向。

“她很宝贝那只猫。”艾玛克莱说道，“前天我带小粉扑去看兽医，刚好碰到她抱着那只大公猫。”粉扑是艾玛克莱养的白色波斯猫，大概好几百岁。“我问她为什么不让猫阉割，她竟然捂住猫耳朵，好像怕它听见似的，甚至要求我别对着鲍伯这么说，仿佛他是人类一样。”

“她真的很喜欢鲍伯。”想到兽医要阉掉鲍伯的提议，我不确定自己应该大惊失色或是哈哈大笑。

“你和艾蜜莉亚是怎么认识的？”马可欣问道。

“你记得我的表姐海莉吗？”

除了新来乍到的荷蕾和她母亲之外，室内的每一个人都点头。

"嗯,海莉住在新奥尔良的时候,艾蜜莉亚刚好是她的房东。"我说,"表姐过世之后——"众人又一次严肃地点点头,"我南下新奥尔良去清理她的遗物,因此认识了艾蜜莉亚,两个人变成朋友,她决定来良辰镇拜访一下。"

在场的女士都满脸期待地看着我,似乎等不及要听下文,因为总还有需要说明的地方,不是吗?

故事本身当然还有很多下文,但我不认为她们已经有足够的心理准备,想听到艾蜜莉亚狂欢过后,在一场性试验当中无意间把她的男朋友鲍伯变成一只猫,我从来没有跟艾蜜莉亚追问当时的状况,也不愿意去想象当时的画面,但眼前的每一位都在等待进一步的说明,任凭我怎么说都行。

"艾蜜莉亚刚好和男朋友分手,心情非常痛苦。"我特意压低声音,神秘兮兮地说。

每个人脸上的表情都是既兴奋又同情。

"他是摩门教的传教士。"我这么说。嗳,反正穿着白色短袖衬衫配黑色长裤的鲍伯,外表看起来就像摩门教的传教士,甚至还骑着单车到艾蜜莉亚的家,事实上,他们两人都是巫师,"来到艾蜜莉亚家的门外敲门,没想到两人一见钟情。"实际上他们一见面就上床,不过你也了解——就说故事的目的而言,这是类似的事情。

"他的父母知道吗?"

"他们的事情被摩门教发现了?"

"他们不是一夫多妻吗?"

问题接二连三地涌出来,让我应接不暇,只得等到所有的听众安静下来,再一次恢复等待的情绪,老实说我很不习惯谎话连篇,即使要捏造故事,能够依据的事实也很有限,几乎要黔驴技穷了。"我对摩门教的内容不太了解。"我先回答最后一个人的问题,这是实话。"但是现代的摩门教徒应该不容许一夫多妻吧,至于他们之间的事情,是因为被他的家人发现了,因而大发雷霆,认为艾蜜莉亚配不上他,就此强逼他回家,所以她想要离开新奥尔良这个伤心地,换一个地方,同时忘记过去。"

每个人都在点头,艾蜜莉亚戏剧化的遭遇让他们听得入迷,我心底有一丝罪恶感,接下来的一两分钟之内,大家纷纷发表个人的观点,最后是马可欣·弗坦巴利做出总结。

"可怜的女孩,"马可欣说道,"他应该站起来,为两个人的将来奋战。"

我递了另一包礼物给荷蕾拆开。"荷蕾,你知道这种事情不会发生在你身上,"我把交谈的主题导回正确的方向。"因为大家都看得出来,安迪为你神魂颠倒。"

荷蕾羞红了脸,她母亲开口:"我们也很喜欢安迪。"派对的进展再一次回复正轨,接下来的话题从婚礼的进行,转向每一个教会轮流为疏散的难民提供餐点的事情。天主教堂负责轮值明天晚上,马可欣提到需要供餐的人数已经降低到二十五名的时候,几乎是如释重负。

事后我开车回家。这样的社交场合,我不只是不习惯,还觉得很疲惫,同时又有一个新问题,得让艾蜜莉亚了解自己为她捏造的背景资料,免得以后穿帮了,但是一看到院子里停放的卡车,相关的念头都被我抛到脑后。

昆恩来了——虎人昆恩,专门为千奇百怪者的世界安排和企划特殊的节庆或事件——昆恩,我的甜心。我把车子停在屋子后方,焦躁地看一眼后照镜,确定自己的脸没有掉妆,几乎从车子里一跃而出。

我匆匆步上台阶,昆恩从后门冲出来,吓了我一跳,他抱着我旋转,最后放下来猛亲一通,一双大手捧住我的脸。

"你看起来好漂亮。"他抬起头来喘一口气,稍后又一声嚷嚷,"你闻起来好棒!"接着又继续亲吻。

好半晌我们终于分开了。

"噢,真的好久不见了!"我说,"真高兴你来了!"我和昆恩已经有几周没见面,最近一次相见的时间很短暂,当时他带了一大堆道具,途经什里夫波特市,要去佛罗里达州替一个族群头领的女儿企划成年礼仪式。

"我好想你,宝贝。"他雪白的牙齿亮晶晶的,光头在黄昏来到某个角度的阳光下闪闪发亮。"我刚刚和你的室友聊了一下,知道你去参加派对,感觉还好吗?"

"就像一般的派对一样,有很多礼物,很多闲话。就同一个女孩而言,我已经参加过两次派对,而且还送了一个日常通用的大餐盘当结婚礼物,感觉挺自豪的。"

"同一个人可以办两次婚前派对吗?"

"在这种小镇,的确可以。夏天的时候,她回曼德维尔办了一次派对和晚宴,所以,我猜安迪和荷蕾未来的家,一般用品应有尽有,应该没什么缺乏的。"

"我还以为他们四月份就结婚了。"

我解释了一下关于卡萝琳·贝尔弗勒心脏病突发的事情。"等到她逐渐痊愈,又开始讨论结婚日期的时候,她不幸又发生意外,摔断了臀骨。"

"哇!"

"医生判定她不会复原,没想到她还是撑过来了,所以我猜,安迪和荷蕾、波西娅和葛兰这两对新人,应该会在下个月举办良辰镇本年度最备受期待的婚礼,你也受邀参加。"

"是吗?"

这时候我们已经走进屋里,一方面我想脱掉鞋子,另一方面也想侦查一下室友目前预备做什么,我得想个需要花点时间的好差事,才能支使艾蜜莉亚离开,毕竟我和昆恩见面的时间不太多,如果以我这个年纪(二十六岁),还能用这个字眼的话,他至少算是我的男朋友。

也就是说,如果他愿意放慢工作的速度,好跟我拴在一起的话,就是我的男朋友了。

但昆恩在特殊节庆公司的分支机构任职,业务范围涵盖了很大的区域,必须四处出差。自从上一次在新奥尔良被狼人绑架获救,就此分别到现在,我们总共只见过三次面,一次是他要到某处去洽公,途经什里夫波特市度周末,我们一起去著名的"雷夫&卡古"餐厅用晚餐,那天晚上很愉快,然后就送我回家了,因为隔天早上他必须七点就开车赶路。第二次,在我上班的时候,他突然出现在莫洛特酒吧,因为那天生意清淡,我请假一小时,坐下来陪他聊天,当时稍微握着手。第三次,是他到某个出租的仓库场地,把东西搬上载货的拖车,我陪在旁边,当时是夏天,两个人热得满头大汗,不只挥汗如雨、灰尘满天,还有一排排的仓库和不时驶进驶出的车辆……完全没有浪漫的气氛。

即使现在看到艾蜜莉亚识相地背着皮包走下楼梯,显然计划进城里去,给我们一点隐私的时候,我还是乐观不起来,毕竟我们只能抓住少许相聚的时刻,建立这么薄弱的感情关系,前途看起来实在很黯淡。

艾蜜莉亚说道:"拜——拜!"她眉开眼笑,加上一排全世界最白的牙齿,看起来就像咧着嘴巴傻笑的小猫,一头短发四处乱翘(她不相信良辰镇有人能够把她的头发剪得很好),脸上完全没化妆,感觉就像住在郊区的年轻妈咪,是个车子的后座绑着儿童安全座椅,愿意花时间跑步、游泳兼打网球的时髦妇女。事实上,艾蜜莉亚的确每周跑步三次,在后院练太极拳,只不过她讨厌下水,还认为网球是(套用她的说词)"那种用嘴巴呼吸的白痴"才会做的事情。我自己向来很欣赏网球手,但是艾蜜莉亚一旦有个人看法的时候,要她改变很困难。

"我要去蒙罗市逛街,"她说,"血拼去啰!"她挥挥手,一副"我是好室友"的模样,跳进她那辆福特野马车,扬长而去……

留下昆恩和我面面相觑。

"艾蜜莉亚真是的!"我笨拙地说。

"她……很特别!"昆恩跟我一样局促不安。

"问题在于——"我开口,昆恩刚好也说道:"嗯,我们应该——"两个人不知所措地同时打住,他挥挥手,示意我先说。

"这回你要留多久呢?"我问道。

"明天就得离开。"他说,"我可以去住蒙罗市或什里夫波特市。"

我们继续对看了一下,因为变形人的脑袋和人类不一样,让我没办法看透,只能感觉到意图,而他的意图……非常专注。

"所以,"他说,单膝跪下去,"求求你。"

我忍不住想笑,只好别开目光。"唯一的问题在于——"我再一次强调,对艾蜜莉亚这种极端坦白的人而言,这样的话题应该很容易进行。"你明白我们之间有，呃，很多的……"我前前后后地打手势。

"化学作用。"他说。

"对，"我答道，"但如果像过去三个月一样聚少离多的话，我真的难以肯定自己愿意迈出下一步。"虽然痛恨这么说，还是要声明清楚，以免让自己痛苦。"我的欲望很大，"我说，"又大又强烈，却不是那种一夜情的类型。"

"一旦高峰会议结束，我会休一段长假。"昆恩回答，我看得出来他是诚心诚意的。"大约一个月，今天来这里，就是要知道可不可以和你一起共度。"

"真的吗？"我实在不敢相信，"真的吗？"

他微笑以对，昆恩的脑袋剃得很平滑，浅褐色的肌肤，高挺的鼻梁，微笑时嘴角会露出小酒窝，紫色的眼珠就像春天的紫罗兰，身材魁梧如同职业摔跤选手，感觉也是一样的吓人。他举起手，好像在发誓。"手按着一堆《圣经》。"他强调。

"好。"过了一会儿，我才开口，事前已经先检视过内心所有的疑虑，确定都是一些鸡毛蒜皮的小事。此外，我或许少了内建的事实侦测器，但如果他心里想的是，只要能上床，说什么都好，我也会知道的。要透视变形人的内心的确很困难，因为他们的大脑很混乱，近乎半透明，但我还是能够分辨出来。"既然如此……好的。"

"噢，天哪。"昆恩做个深呼吸，笑容让整个房间亮起来，但在下一刻，他的眼神变得异常专注，就像男人想到性的时候，然后，昆恩非常迅速地站起身来，双手抱住我，紧得就像用绳子绑住一样。

他的嘴立刻搜寻到我的唇，重新接回原本中断的亲吻，吻得非常灵巧，舌尖也很温暖，接着用双手检查我的身体地形图，从背后的线条到臀部的弧度，再回到肩膀处，先是捧住我的脸，用指尖非常轻微地拂过我的颈部，随后就找上胸脯，瞬间过后，拉出上衣，开始探索以前短暂拜访过的领域，如果"嗯嗯嗯"的声音是一种愉悦的声明，那么昆恩显然很喜欢他的新发现。

"我想看你。"他说，"我想看全部。"

我从不曾在大白天做这种事情，夕阳还没下山，就开始和纽扣奋战的感觉似乎非常（兴奋）邪恶，我很庆幸自己穿了漂亮的白色蕾丝内衣和小裤裤，既然要盛装，我喜欢从里到外，彻底地打扮一番。

"噢。"看到雪白的内衣和夏天深古铜色肌肤形成的美妙对比，他惊呼地说："喔，我的天。"重点不是那句话，而是他深深赞赏的表情，我已经脱掉鞋子了，心底庆幸这天早上我抛开了保暖但一点都不性感的及膝长袜，选择光脚套上鞋子，现在昆恩花了一些时间，好整以暇地磨蹭我的颈部，然后一路吻到内衣的边缘，我趁机和他的皮带奋战，试图应付那个僵硬的扣环，因为他得弯着腰，进展的速度实在不够快。

"脱掉你的衬衫，"我的嗓音跟他的一样沙哑。"我没穿衬衫，你也不应该穿，这样才公平。"

"没问题。"他说，速度快得很，衬衫随即脱了。你会以为昆恩应该毛茸茸的，结果不是，全身都是壮健的肌肉，淡褐色的皮肤在夏天晒成古铜色，乳头颜色出奇的暗，很硬（这一点并不奇怪），噢，老天——刚好在眼睛的高度。他自行处理那该死的皮带，我用嘴和手分别探索坚硬的核，昆恩全身震了一下，停住手上的工作，手指插进我的头发中，抱着我的头贴住不动，他发出叹息，声音在体内振动，更像是低吼一般，我用空闲的手去扯他的长裤，让他继续原先的任务，但已是心有旁骛。

"我们到卧室去吧。"我的建议完全欠缺冷静和镇定，比较像是暴躁的要求。

他一把抱起我，我用双手勾住他的脖子，再次亲吻美丽的嘴唇。

"不公平，"他嘟哝，"我的手没空。"

"床。"我发出指示，他把我放在床上，直接压在上方。

"衣服。"我出声提醒，但他含着一大口的蕾丝和胸部，实在无暇回答。"噢……"我发出声音，之后大概又"噢"了好几声，也喊"是的"，直到一个突如其来的念头猛然把我从行动中震醒过来。

"恩昆，你带了，你知道的，就是……"以前我根本不需要那种东西，因为吸血鬼无法让女人怀孕，也不会传染疾病。

"你认为我为什么还穿着长裤？"他从后方的口袋掏出一小包物品，

这一次的笑容显得很凶猛。

"好极了。"我打从心底说道,如果要就此停住的话,我真要从窗户一跃而出。"你现在可以脱长裤了。"

以前我曾看过昆恩一丝不挂的时候,但当时处于压力极大的环境——身陷在沼泽中间,大雨滂沱,又有狼人在追踪。此时,昆恩站在床边,脱掉鞋袜、长裤,动作慢条斯理便于欣赏和观看,他跨出裤管露出底下承担了特定压力的四角裤,然后一眨眼间也跟着脱了,露出紧绷高耸的臀部,从那里到大腿的线条简直让人口水直流,虽然不时有又白又细的疤痕刻画在其间,但自然得很,反而像是他的一部分,不至于引走注意力离开他强壮的身躯。我跪在床上欣赏,他说:"现在换你了。"

我解开内衣的勾勾,从手臂脱下,听到他说:"噢,天哪,我是天底下最幸运的男人。"停顿了一下,他说:"还有其他的。"

我站在床铺旁边,滑下小小的蕾丝布。

"感觉就像站在一大桌自助餐前面。"他说,"一时不知从何下手。"

我触摸自己胸前。"第一道菜。"真心的建议。

昆恩依言而行,从右胸移到左边,试着决定自己比较喜欢哪一边的时候,我发现他的舌尖比一般人要粗糙一些,让我喘息不已,发出乱七八糟的声响。他无法立刻拿定主意,但我一点都不介意,等他终于决定落点在右侧的时候,我伸手推他,发出绝对不会让人误解的声响,极度地迫切。

"看起来我最好跳过第二道菜,直接进入甜点,"他粗嘎地呢喃着。"你预备好了吗,宝贝?虽然感觉好像很对。"

"已经预备够了。"我探手握住他,接触的刹那,昆恩浑身震颤,径自卷上套子。

"现在!"他低吼,"就是现在!"我一面引导一面拱身相迎。"我曾经梦过这件事。"他说道,直接推进,自此我们两个人没有再多说些什么。

昆恩的胃口和他的配备一样杰出过人。

因为他太喜欢饭后的甜点,随即回头要求第二道。

第三章

　　艾蜜莉亚回来的时候，我们在厨房里面，顺便喂过她的猫咪鲍伯，因为稍早时她既圆滑又识相地离开，实在应该获得奖励，毕竟对艾蜜莉亚而言，如此机智的反应并不符合她天生的作风。

　　结果鲍伯无视于猫食的存在，专注地看着昆恩煎培根肉，我在一边切番茄，总之，只要是男人吃培根三明治时，我想象得到的配料，通通都被我拿了出来，包括乳酪、美乃滋、芥末酱和酸黄瓜等等。我套上旧的短裤和 T 恤，昆恩拿出车厢里的行李袋，穿上吸汗材质的背心和破短裤。

　　趁着昆恩转向炉子的时候，艾蜜莉亚把他从头到脚扫视了一遍，然后望着我，开心地微笑。"久别重逢的两位过得很愉快吧？"她把血拼的成果丢在厨房桌子上。

　　"请你拿回楼上的房间。"我说，否则艾蜜莉亚会一一展示她买的每一样东西，她嘟着嘴，抓起袋子转身上楼，一分钟后下楼来问昆恩，是否还有足够的培根给她。

　　"没问题。"昆恩亲切地回答，又拿了几片出来放入锅子里煎。

会烹饪的男人真好,我则负责摆盘子和银器,过程中愉快地察觉到肚脐下方温柔的感受,和一股强烈而轻松的情绪,我从橱柜里拿了三个杯子,走向冰箱时,昆恩刚好从炉子边退开,飞快地亲了我一下,害得我忘记自己接下去要做什么,他的唇温暖又结实,让人忍不住联想起另一个温暖结实的部位,因为在初次接触的那一瞬间,我大吃一惊,毕竟以前的对象都局限在吸血鬼的范围,他们绝对归属于冰冷的那一类,所以你可以想象,现在和一个有呼吸、有心跳又很温暖的情人在一起的经验,有多么显著的差别,事实上,变形人向来比一般的人类体温高,即使隔着套子,依旧感觉到热度。

"怎样?"昆恩问道,"为什么用那种表情看我?"他困惑地微笑。

我微笑以对。"刚刚在想你的体温。"

"嘿,我知道我很火热,"他咧着嘴巴笑。"你不是会读心术吗?"他严肃地问,"透视的结果怎么说呢?"

他的臆测让我觉得很棒。"我不能说你的意念有什么麻烦,"我压抑不住大大的笑容。"如果可以把'是的是的是的是的求求你求求你求求你'当成一个念头的话。"

"那就没问题了。"他完全不会尴尬。

"的确没问题,只要你陶醉在其中,感觉快乐无比,我就高兴。"

"啊,哇!"昆恩转而面对炉子,"真的太棒了。"

我也有同感。

的确很棒。

艾蜜莉亚胃口十足地啃着三明治,然后抱起鲍伯,细心地喂它吃刚刚省下来的小小片培根,黑白相间的大猫发出满足的咕噜声。

"所以,"昆恩用惊人的快速度吞下第一片三明治之后,说道,"这一位就是被你意外变成猫咪的家伙?"

"是的,"艾蜜莉亚搔着鲍伯的耳朵。"就是他。"她双脚交叉地坐在厨房椅子里,这个姿势我只能自叹不如,但艾蜜莉亚的注意力全在猫咪身上。"小家伙……"她哼哼唱唱,"你是我毛茸茸的甜心,对吗? 对不对?"昆恩一副嫌恶的表情,然而当我和鲍伯独处的时候,也有同样的坏习惯,会对着猫咪嗯嗯啊啊,就像跟婴儿说话。巫师鲍伯是个身材瘦长的怪家伙,有一种奇特的魅力,艾蜜莉亚说他是美发师,我猜如果真是这样的话,大概是在葬仪社为死人工作吧,黑长裤白衬衫又骑单车? 有谁看过美发师长这个样的吗?

"嗯,"昆恩说道,"你打算怎么办呢?"

"正在研究,"艾蜜莉亚回答,"找出究竟是哪里出错,才知道要如何修正,本来会比较容易的,只要我……"她愧疚地打住,没有说下去。

"如果可以,能找你的师傅聊一聊吗?"我帮忙搭腔。

她对我皱眉头。"对啊,"她答,"如果可以,会找她问一下。"

"那你为什么不去找?"昆恩问道。

"第一,我根本不应该运用变形术,这项列入禁止使用;第二,自从卡特里娜风灾之后,我就上网搜寻,找遍每一个女巫使用的留言板,一直没有她的消息。她可能到外地去避难,也可能去投靠儿女或朋友,甚至在洪水里面灭顶了,总之下落不明。"

"我知道你主要的收入来源是房屋租金,以后打算怎么办呢? 你的房子受损了吗?"昆恩端着自己和我的盘子走向水槽,今天晚上他似乎放得很开,不会对私人问题忸怩作态,我也兴致勃勃地等待艾蜜莉亚的答案,想要多了解她一些却又不敢胡乱发问,以免无礼冒犯:例如,现在她要靠什么过日子? 即使目前她在我朋友塔拉·桑顿的塔拉服饰店兼职打工,因着她的帮手生病请假,可是按照我的观察,艾蜜莉亚的支出远超过可见的收入,这意味着她除了在杰克逊广场帮人用塔罗牌算命和房租收入(目前付诸阙如)以外,还有很好的信用,丰厚的存款或是其他的收入来源,她母亲曾经留给她一笔遗产,看起来绝不是小数目。

"飓风过后,我曾经回新奥尔良一次。"艾蜜莉亚说道,"你见过我的房客艾佛略特吗?"

昆恩点点头。

"电话通了之后,他说我住的楼下受了灾,一些树木和枝桠都倒了,当然啦,一两个星期内都是断电断水,但是那一带社区的受损状况相较于其他地区还算轻微的,真要谢天谢地,后来恢复供电以后,我曾经偷偷溜回去查看。"艾蜜莉亚做个深呼吸,我直接从她的大脑中发现接下来要揭露的事实,让她非常担忧害怕。"我,呃,去找我父亲讨论修理屋顶的工程,当时附近有一大半的居民和我家一样是蓝色的屋顶。"受损的屋顶用蓝色的帆布遮盖住,已经成了新奥尔良的新常态。

这是艾蜜莉亚第一次用比较特定的口吻对我提到她的家人,事实上,我从她的思绪中得知的部分远远超过口语交谈的内容,以致我得小心谨慎,避免在两个人聊天的时候,把两种来源的资讯混杂在一起。我知道在她的心里对父亲的存在是爱恨交织,两者纠缠不清。

"你爸爸要帮你修理屋顶?"昆恩心不在焉地问,一只手伸进特百惠的盒子里寻宝,那是我用来储藏饼干的地方——其实这种状况很少见,因为只要屋里有甜食存在,我的体重常常会直线上升,所以这类东西很少跨进我家的门槛。但是艾蜜莉亚没有这种问题,她在盒子里放了好几种奇百乐牌的饼干,还说欢迎昆恩尽情享用。

艾蜜莉亚点头以对,更加专注在毛茸茸的鲍伯身上,好像愈看愈着迷似的。"对,他调派一组人手去处理。"

对我而言这是大新闻。

"你父亲是谁呢?"昆恩依旧是直截了当,这一招到目前为止都很有用。

艾蜜莉亚在椅子里忸怩不安,鲍伯抗议地抬起头来。

"科普力·卡麦克。"她咕哝地回应。

我们两个人震惊得说不出话来,过了一分钟,艾蜜莉亚才抬头望着我们。"怎样?"她说,"好吧,他的确很有名,也很有钱,那又怎样?"

"姓氏不一样啊?"我问道。

"我用母姓,因为我很厌倦别人那些怪异的反应。"艾蜜莉亚意有所指。

昆恩和我对看了好几眼,科普力·卡麦克在新奥尔良可以说是一个呼风唤雨的大人物,只要和财务有关的行业,他几乎都插上一手,而且是一只黑手。不过他也是一个老派又精明的商人,在他身上,绝对闻不到一丝丝超物的气味。

"他知道你是一个女巫吗?"我问道。

"他死也不肯相信。"艾蜜莉亚沮丧又绝望地说,"他认为我是一个被蒙蔽的小孩,和那些诡异的小人物混在一起,专做一些怪异的事情,就为了惹他生气,若不是一遍又一遍地亲眼目睹吸血鬼的存在,他也一样不肯相信。"

"你的母亲呢?"昆恩问道,我替自己加了一些茶水,这个问题的答案我已经知道了。

"三年前过世了。"艾蜜莉亚回答,"那时候我才搬出父亲的家,住到克罗街的一楼,高中毕业的时候,他把那栋房子给我,让我自行管理,学习经验,也有自己的收入。"

听起来很不错。我迟疑地说:"那样不是很好吗? 让你一边做一边学习?"

"呃,是的。"她承认,"可是我搬出来的时候,他竟然要给我一笔津贴……在我这种年纪! 我知道自己想自力更生,靠着租金收入、算命赚的钱,和我自己找来的魔法工作,也算过得很不错。"她骄傲地举起手来。

艾蜜莉亚似乎没有察觉到租金的收入是来自于父亲的礼物,并非真正靠自己赚来的,而且还洋洋得意地认定自己是自给自足,我这位意外交到的新朋友真的是充满矛盾,由于她本身的脑波就像清晰的广播电台一样,让我听得又大声又清楚,每当单独相处的时候,我得拼命举起防护罩,有昆恩做伴让我放松下来,其实是不应该的,因为艾蜜莉亚的脑袋传来一大堆乱七八糟的杂讯。

"嗯,你爸爸可以帮忙找到你师傅吗?"昆恩问道。

艾蜜莉亚失神了一阵子,似乎陷入沉思。"看不出来。"她慢慢地说,"他是很神通广大没有错,但是历经卡特里娜飓风之后,他和新奥尔良的其他人一样,也是身陷泥沼,麻烦多多。"

除了他有很多钱,可以去别的地方,等到高兴再回去,这是大多数当地居民做不到的一点。我闭上嘴巴,保留自己的观察,还是改变话题吧。

"艾蜜莉亚,"我说,"你对鲍伯的了解有多少? 有谁在找他吗?"

她看起来有点害怕,这种反应很少见。"我也在纳闷,"她说,"那晚之前,我和鲍伯只是点头之交,知道他在魔法界有很多杰出的朋友,我猜应该没有人知道我们在一起。在女王举办宴会,就是阿肯色州和我们的吸血鬼大战的前一天晚上,大家吃完比萨,泰莉和派希留在那里,鲍伯和我一起回住处,因为大肆庆祝,玩得太凶了,第二天早上他打电话回去请病假,留下来和我共度一整天。"

"因此鲍伯的家人很可能找了他好几个月? 一直音讯全无,不知道是死是活?"

"嘿,放心,我没那么恐怖,鲍伯是他阿姨抚养长大的,只是处得不融洽,很多年都没有联络,我相信他的朋友会担心,这一点真的非常非常抱歉,然而就算他们知道鲍伯的事情,也于事无补不是吗? 自从灾难发生以来,新奥尔良的每一个人都是焦头烂额,烦恼多多。"

就在讨论的高潮点,电话突然响了,我靠得最近,伸手接起来,哥哥的声音兴奋得不得了。

"苏琪,你必须在一小时内赶来哈萨特。"

"为什么?"

"因为和我克里丝塔要结婚了,惊喜吧!"

这不算是天大的震惊(毕竟詹森已经和克里丝塔·诺瑞斯"约会"很久了),但突如其来的婚礼还是让我措手不及,有些焦虑。

"克里丝塔又怀孕了吗?"我狐疑地问,不久之前她才流产过。

"答对了!"詹森的口吻好像这是天大的好消息一样。"这一次,我们要在宝宝生出来之前先结婚。"

詹森愈来愈倾向于忽略现实面,现实面就是克里丝塔在詹森让她受孕之前,就有过怀孕的纪录,也是以流产收场,哈萨特社区的居民大多受害于内部近亲繁衍的结果。

"好吧,我会到场。"我说,"艾蜜莉亚和昆恩也可以去吗?"

"当然。"詹森说道,"克里丝塔和我会很高兴。"

"我需要带什么来吗?"

"不用了,凯温和他们会预备食物,场地就在户外,有电灯照明,他们好像预备了一大锅什锦饭、一些酱肉饭和卷心菜沙拉,我和我的哥儿们预备酒,你只要打扮得漂漂亮亮就可以了!一小时之后哈萨特见,不要迟到!"

我挂断电话,整整呆坐了一分钟,一只手仍然握着无线电话,这就是詹森典型的作风:要求别人在一小时之内,去参加一场拖到最后才仓促决定要举办的婚礼,结婚的理由糟糕透顶,还要人不能迟到! 至少他没有吩咐我带蛋糕。

"苏琪,你还好吧?"昆恩问道。

"我哥哥詹森今天晚上要结婚了。"我努力维持平静的语气,"我们受邀去观礼,而且必须在一小时之内到场。"我本来就认为詹森的结婚对象不会是我所喜欢的类型,况且他总是偏爱那种粗鲁又难缠的坏女人,克里丝塔果真雀屏中选,她也是一个豹人,居住在小心保守他们秘密的社区里,事实上,哥哥曾经被克里丝塔的爱慕者绑架,一而再、再而三被咬的结果是,他现在变成了豹人。

詹森比我大几岁,天知道他已经有过多少女人,我只能假设他清楚谁最适合他。

我从沉思中惊醒过来,发现艾蜜莉亚诧异又兴奋地盯着我看,她喜欢出门又喜欢派对和热闹,偏偏在良辰镇周遭这样的机会少之又少,昆恩来拜访我的时候曾经和詹森碰过面,此刻他一脸狐疑地扬着眉毛。

"对,"我说,"真的是疯狂又愚蠢,但克里丝塔又怀孕了,他那个人我阻止不了。你们两位要一起去吗? 不去也没关系,但我现在必须去准备了。"

艾蜜莉亚说道:"噢,天哪,我可以穿新衣了。"说完就匆匆上楼去撕掉标签。

昆恩说道:"宝贝,你要我去吗?"

"是的,拜托。"他走过来,双手环住我,这个动作带来一些安慰,虽然我知道他心底想的是詹森是傻瓜。

我欣然同意他的看法。

第四章

九月底夜晚的气温依旧相当的温暖,但不至于太难忍受,我穿着无袖、白底红花的洋装,这件衣服以前和比尔(那个人我不愿意再想)约会的时候曾经穿过。出于虚荣心作祟,我脚蹬红色高跟凉鞋,以婚礼的场地位于凸凹不平的马路上而言,穿这种鞋好看但很不实际,趁着昆恩进去淋浴,我开始化妆,整体的效果看起来还不错,美妙的性确实会让人容光焕发,我走出卧室,瞥了一眼时钟,如果要准时的话,很快就得出发了。

艾蜜莉亚一身米黄色的短袖洋装,布料上有细小的深蓝色图案,她向来认为自己打扮入时,又爱买衣服,可是品位比较像住在郊区的年轻妇女,她配了一双深蓝色、缀着小花的凉鞋,远比我的高跟鞋合宜。

正当我开始担心的时候,昆恩穿着棕色的丝衬衫和长裤从我的卧室冒出来。

"需要领带吗?"他问道,"我的袋子里有。"

哈萨特是个偏僻的乡间,小社区又不太讲究教养和世故。"我想应该不需要系领带。"我回道,昆恩看起来松了一口气。

All Together Dead

我们通通挤上车,先向西再往南开,开车途中,让我有机会跟外地来的客人解释哈萨特这个与世隔绝的豹人社区,小小的屋子群聚在雷那郡的偏远乡间,由我负责开车,这样最简单,一旦远离旧有的铁轨之后,乡间的人口愈来愈稀少,至少两三英里路的距离都没有任何灯光,然后在前方的交叉路口,终于看到汽车和灯光,我们到了。

哈萨特位于荒郊野外,坐落在一片微微凸起但又算不上是山坡的土地上,围着古老的十字路口,稍具群居的规模,孤寂的社区里散发出强烈的魔法意味,艾蜜莉亚显然察觉到其中的力量,我们愈靠近,她的表情变得敏锐又警觉,连昆恩都在深呼吸,至于我自己,当然也察觉到魔法的存在,但我不是超自然生物,受到的影响有限。

我把车子停在路边,就在霍伊特·弗坦巴利的卡车后面,他是詹森的好朋友兼跟屁虫,我一眼就看到他走在前面,朝着灯光照明的区域,我将手电筒递给艾蜜莉亚和昆恩,自己留着一个照明。

"霍伊特!"我出声叫唤,以高跟鞋实际可以负荷的程度,匆忙追上去。"嘿,你还好吗?"看到他垂头丧气的表情,我关心地问。霍伊特长得不算帅,头脑也不灵光,但是个性平稳,通常一眼就从眼前看到后果,这一点我哥哥就不擅长。

"苏琪,"霍伊特招呼道,"我不敢相信他要结婚了,我以为詹森跟我要当永远的光棍。"他试着露出笑容。

我拍拍他的肩,如果我能够爱上霍伊特,把他和哥哥永远系在一起,生活一定是平静安稳,可惜我们彼此一直不来电。

霍伊特的大脑散发出悲惨颓丧的情绪,深信今天晚上他的生活要面临永远的改变,他以为詹森会完全变了一个人,就此像个品性良好的丈夫,乖乖在家陪伴妻子,弃他的朋友于不顾。

我当然希望霍伊特的预期正确无误。

在人群聚集的边缘,霍伊特走过去招呼鲶鱼,两个人开始大声取笑詹森就此竖旗投降要结婚的事情。

但愿男性的团结力量能够帮助霍伊特安然度过结婚典礼的进行,我不知道克里丝塔是否真的爱詹森——但霍伊特是这样没错。

037

昆恩牵着我的手，艾蜜莉亚跟在后面，一起穿过人潮，来到中央。

詹森穿了全新的蓝西装，颜色比他的眼珠稍微深一点，看起来很帅，而且眉开眼笑，开心得很，克里丝塔一身豹纹洋装，领口简直低得不行，但总算是一件衣服，我不知道豹纹的图案是她特地讽刺性地表白自己的身份，或者是单纯的服装品位问题，我猜应该是后者吧。

这对快乐的新人站在空地中央，旁边站着哈萨特社区的领袖凯温·诺瑞斯，观众稍微退后，围成一个不太圆的圈圈。

恰巧是克里丝塔叔叔的凯温，此刻握着她的手臂，对我露出笑容，他的胡子剪得很整齐，特地穿了一套西装，在场的只有他和詹森打领带，昆恩注意到这一点，思绪放松许多。

詹森招手叫我过去，我才突然察觉自己将在仪式中充当角色，我给哥哥一个拥抱，闻到他古龙水的味道……确定没有酒味，我就稍微放松了些，本来还怀疑詹森会借着酒精壮胆，但他其实很清醒。

我放开詹森，回头看一下自己的同伴，豹人觉察到昆恩在场的反应很明显，所有的半兽人突然肃静无声，我听到他的名字像微风一样泛过他们中间。

凯温低语："昆恩是你带来的？"仿佛现身的是圣诞老人或其他的神话生物一般。

"方便吗？"我没想到会引起这样的骚动。

"噢，当然，"他说，"他是你目前的男人？"凯温有些震惊，脸上交杂着重新评估和深思的表情，我忍不住纳闷自己的新情人有什么我不知道的秘密。

"哦，嗯，类似吧。"我开始谨慎地回答。

"有他在场是我们的荣幸。"凯温保证。

"昆恩！"克里丝塔瞳孔扩张，惊呼一声，脑中的思绪透露出她对我的男伴充满追星族般的渴望，让我气得想踢她一脚，你来跟我哥哥结婚的，记得吧？

詹森跟我一样的困惑，由于变成豹人的时间只有短短几个月，对于半兽人隐秘的世界还是一知半解。

我也半斤八两。

克里丝塔努力压抑住自己回过神来，想当然尔，她非常享受这种变成众人注目焦点的感觉，但还是拨出一点空当重新评估她未来小姑的能耐，因而对我的敬意（本来是不存在的）在图表上一路蹿升。

"程序是什么？"我问得很简洁，试着把大家拉回正轨。

凯温恢复实际的一面。"既然有人类的宾客在场，我们把仪式稍作修改。"他压低嗓门解释一番，"过程是这样的……你是詹森最近的亲属，又没有其他的长辈，因此由你当担保人，我是克里丝塔最年长的亲戚，所以由我来保证，一旦他们其中之一犯了错，就由我们来受罚。"

喔！噢，有麻烦了，我飞快地瞥了哥哥一眼，他（自然而然地）似乎对我要做的承诺毫无犹豫，这一点并不意外。

"然后就跟其他的婚礼一样，由牧师前来举行仪式。"凯温说道，"如果没有外人在场，典礼就有所不同。"

我有些好奇，但目前不适合问一大堆的问题，只能挑重点。"我得承担哪种惩罚呢？所谓的'犯错'是什么？"

我继续追问自己承诺的内容，让詹森气急败坏地吁口气，凯温的黄眼睛平静地看着我，显然理解我的迟疑。

"发誓的内容如下——"凯温的表情严肃，但是语气平静，我们挨近聆听。"詹森，你要听仔细，虽然曾经讨论过，可是我认为你没有认真在听。"詹森现在听得很专注，但我知道他相当的不耐烦。

"在这里举行婚礼——"凯温挥挥手，表示他指的是哈萨特社区，"意味着要对你的配偶忠诚，除非她必须承担繁衍族群的责任。既然克里丝塔的身体没有胜算，你又不像纯种人要承担交配的义务，因此这表示彼此都要忠贞。"当面被人提醒自己的身份低人一等，詹森有一点脸红，因为他不是天生的变形人，而是被咬造成的。"因此，一旦克里丝塔红杏出墙，有族人可以做证，而且她有正当的理由，不能承担刑罚的时候，例如怀孕、生病或是抚养小孩等等，就由我来负责。我们说的不是罚款，你懂吗？"

詹森点点头："你说的是身体的惩罚。"

"对。"凯温说道,"你不但要对婚姻忠诚,也不得泄露我们的秘密。"

詹森再度颔首。

"只要族人有需要,你也要帮忙,不得推辞。"

詹森眉头深锁。

"例如什么?"我问道。

"如果玛蕾莉莎白需要人修理屋顶,我们可能都要捐钱帮忙买材料,然后大家腾出时间一起来做,如果某个小孩需要人照顾,你家就要开放接待,大家互相帮助。"

詹森再度点点头。"我了解。"他说,"我也愿意。"以后他得放弃一些和朋友鬼混的时间,我有一点同情霍伊特,也有些自怜,从此以后,我并没有多了一个姊妹,反而在某种程度上失去我的哥哥。

"你要真心诚意,否则宁可现在取消婚礼。"我把声音压得很低。"这件事关系到我的性命,你可以信守对于这个女人和她社区的承诺吗?"

詹森看着克里丝塔,看了好一阵子,我觉得不便窥视,开始左顾右盼,随意地接收其他人的思绪,内容大多数都符合预期:有些人很兴奋来参加婚礼,有的很高兴看到本郡最恶名昭彰的单身汉娶了狂野的女孩,有些对怪异的哈萨特仪式感到很好奇。哈萨特这个字在本地几乎是怪异的代名词——"那家伙诡异得跟哈萨特人一样"这句话流传了很多年,举凡来良辰镇的学校念书的哈萨特小孩,一开始都很难过,总要在操场狠狠地打过几次架之后才改观。

"我会信守诺言。"詹森沙哑地回答。

"我也一样。"克里丝塔回应。

两个人有所差别:詹森的确是真心诚意,只是我对他信守承诺的能力有点怀疑。克里丝塔有这个能力,却是口是心非。

"你是随便说的。"我指明。

"你见鬼。"她反驳。

"我通常不揭穿谎言。"我尽力地压低声音。"可是这种场面太严肃,不能袖手旁观,我能透视你的心,克里丝塔,千万别忘记。"

"我记得很清楚。"她一字一句地强调,"今天晚上我和詹森要结婚。"

我望着凯温,他很苦恼,最后只好耸耸肩膀。"反正我们阻止不了。"那一瞬间,我很想要反驳他的意见,为什么不行?我心想,如果我反手掴她一巴掌,或许得以引发足够的骚动,阻挠这整件事情。但我重新考虑了一下,他们都是成年人,至少表面上如此,无论是现在在这里,或是改天另外找地方,只要他们执意要结婚,谁都拦不了。我只好低头不语,压住心中的忧虑。

"当然。"我抬起头来,露出灿烂的笑容,一碰到真正焦虑的事情,这是我的习惯动作。"现在就开始吧。"我瞥见人群中昆恩的脸,刚才低声的争论让他关心地盯着我看,另一方面,艾蜜莉亚正愉快地和鲶鱼聊天,他们曾经在酒吧见过面。只有霍伊特孤伶伶地站在临时赶工架起来的灯光底下,双手插在裤袋里面,表情是前所未有的严肃,这幅景象感觉很奇怪,瞬间过后,我才发现原因是什么。

因为霍伊特独自一个人的次数真的寥寥可数,这是其中之一。

我握着哥哥的手臂,凯温再度抓着克里丝塔,牧师跨入圆圈中央,开始主持婚礼,即便非常努力地想为哥哥的婚礼扮出笑脸,可是一想到詹森当新郎,新娘竟然是一个打从出生就很危险、狂野又任性的女孩,叫我噙住眼泪实在很困难。

婚礼之后有舞会,结婚蛋糕、酒的供应源源不绝,食物很丰富,结果就是大大的垃圾桶装满纸盘、瓶瓶罐罐和皱纸巾。有人扛来好几箱啤酒,现场也有烈酒,至少不会有人批评哈萨特不会办宴会。

来自于蒙罗市的柴迪科乐团①开始演奏的时候,群众在街道上跳舞,音乐在田野上回响的感觉很奇特,我打了个哆嗦,忍不住纳闷在黑暗中是否有窥伺者。

"这个乐队很不错,对吗?"詹森问我。

"是的。"我说,詹森高兴得满脸通红,新娘正在和另一个表哥跳舞。

---

① 柴迪科,流行在路易斯安那州南部的黑人舞曲。

"这就是我们匆忙举行婚礼的原因,"他解释,"她发现自己又怀孕了,我们决定尽快这么做——就是做了,况且她最喜欢的乐队刚好今天有空。"

哥哥的冲动让我忍不住摇头,随即提醒自己,尽量把不以为然的明显反应降到最低,以免得罪新娘的家族另起争端。

昆恩很会跳舞,但有些卡尊①的舞步还需要我示范一下,哈萨特所有的女孩也想和昆恩跳舞,所以我轮流和凯温、霍伊特及鲶鱼各自跳了几支舞,玩得还挺愉快的,直到凌晨两点半,和昆恩稍微点头示意,他隔天必须离开,我想和他单独相处,况且脸都笑僵了,累得很。

昆恩去向凯温道谢,我看着詹森和克里丝塔两个人翩翩起舞,表情显然对彼此很满意,詹森的脑子里,眼前的这个变形人女孩,周围的次文化和突然变成超自然生物的新奇感,都让他深深地着迷。在另一方面,克里丝塔的反应比较像炫耀,因为她想找的对象一直都希望是哈萨特以外的人,在床上很刺激,又有胆量面对她和她延伸的家族……而今果真找到了。

我走向这一对快乐的新人,分别亲吻他们的脸颊,毕竟克里丝塔已经成了亲戚,我只能接受事实,由他们去共组未来的家庭,我给凯温一个拥抱,松开的时候,他安慰地拍了拍我的背部。鲶鱼拉着我绕圆圈跳舞,醉醺醺的霍伊特接下去取代他的位置,让我很难说服他们相信我真的要离开了,费了一番心力,昆恩和我终于得以走向我们的车子。

穿过人群边缘的时候,我瞥见艾蜜莉亚和一个哈萨特追求者跳舞,两个人兴致高昂,而且醉态百出。我跟她说我们要离开了,她大声地嚷嚷:"等一下我再另外搭便车回家!"

看到艾蜜莉亚玩得很快乐,我当然高兴,不过今晚一定是"忧虑之夜",让我有一点担心,然而,若有人能够照顾自己的话,那人非艾蜜莉亚莫属。

到家以后,我们慢吞吞地走进屋里,我没有去透视昆恩的状况,而

---

① 卡尊,居住在路易斯那州的法国移民后裔。

我自己则因为喧哗的噪音,以及周遭一大堆脑波的搅扰和汹涌的情绪起伏,精神弄得萎靡不振,这一天过得好漫长,幸好有部分很棒,回想起最美好的时光,我不自觉地低头对着鲍伯傻笑,猫咪贴着我的脚踝磨蹭,喵喵的声音似乎带着询问。

噢,天哪。

我觉得自己有必要跟猫咪解释艾蜜莉亚不在的事情,蹲下去一边搔它的耳朵(感觉很愚蠢)一边说:"嘿,鲍伯,她今天会玩得很晚,现在还在派对上跳舞,你不要担心,她会回家的!"猫咪背对着我,径自离开了。我向来不确定还有多少人性的部分留存在鲍伯的小脑袋里面,只希望它乖乖地睡觉,忘记这一番诡异的对话。

就在这时候,我听见昆恩在卧室里呼唤的声音,我把鲍伯的事情暂时撇到脑后,毕竟这是我和昆恩相处的最后一夜,或许又要分别好几个星期。

就在刷牙洗脸的时候,心头又掠过一抹对詹森的担忧,我哥哥已经做了决定,但愿可以就此相安无事地过一阵子,他是成年人了——我套上最美的睡衣,走进卧室,心底如此反复地提醒自己。

昆恩将我拉了过去,"不要担心,宝贝,放轻松……"

我把詹森和鲍伯的事情从脑袋和卧室里驱逐出境,回过神来,伸手描画着昆恩头皮的线条,手指沿着脊柱一路向下移动,爱极了他颤抖的回应。

第五章

　　我好像在梦游一样,幸好莫洛特酒吧的每一寸地方熟悉得有如我家的厨房,否则真会在桌椅之间跌跌撞撞,我一边登记席拉·庞佛瑞的点餐一边打哈欠,席拉平常就是我的眼中钉,这个女人和我无名无姓的前爱人约会了几星期之久——呃,几个月了吧,无论那家伙是否成了隐形人,我却打从一开始就不喜欢这个女人。

　　"休息得不够吗,苏琪?"她尖锐地问道。

　　"对不起。"我道歉,"我想是吧,昨天晚上刚好去参加我哥哥的婚礼。你的沙拉要配哪种酱料呢?"

　　"田园沙拉酱。"席拉睁大眼睛仔细地打量,仿佛要替我画人像似的观察入微,她很想探听一下詹森婚礼的事情,但是开口问我就好像对敌人割地投降一样,愚蠢的席拉。

　　仔细一想,席拉来这里干什么?若不是比尔,她从来不跨进莫洛特酒吧,她住在克莱斯,距离虽然不远,开车大约十五到二十分钟的路程,但一个住在克莱斯的房屋中介员为什么要……噢,一定是带客户来看房子的,对喔,今天的脑袋有点迟钝。

"好的，马上送来。"我转身要走。

"听着，"席拉说道，"让我坦白告诉你。"

噢，老天，根据经验判断，这句话意味着"我要好好地修理你"。

我转过身去，想要不动声色，以免流露出懊恼的反应，事实上，我很想发飙，今天这种时候任何人都最好别来惹我，因为要担忧的事情太多了，昨天晚上艾蜜莉亚没有回家，我上楼去看鲍伯，发现它呕吐在艾蜜莉亚的床中央……本来不关我的事，偏偏上面盖的是我曾祖母的百衲被，害得我受到连累，只好收拾烂摊子，把被子浸泡在洗衣机里，然后一大早昆恩就离开了，我离情依依，接着还想到詹森结婚以后很可能是一场灾难。

算一算，还有很多项目可以加注在这一串清单上（包括厨房的水龙头在滴水），总之，你可以理解，这一天我是诸事不顺，难过得很。

"我是来工作的，席拉，不是来跟你闲磕牙。"

她对我的话置之不理。

"我知道你和比尔要一起去旅行，"她说，"借此把他偷回去，你这样处心积虑计划了多久？"

我惊讶地张大嘴巴，事前完全没得到足够的警告，身体的疲倦通常会影响到心电感应的能力——如同我的反应时间和思考过程都变得有些迟钝——况且工作的时候，我都特地加强防护，更不会去透视席拉的思绪。一股怒火横扫而来，我举起手来，预备狠狠地甩她一巴掌，结果被另一只温暖的手坚决地扣住，接着放在我的身体旁边，原来是萨姆，怒火攻心之下，我甚至没发现他走到一旁，今天我少了一根筋，错过的事情还真多。

"庞佛瑞小姐，看来你最好去别的地方吃午餐。"萨姆静静地说。当然啦，每个人都盯着看，我发现所有的脑袋都警觉起来，每一双眼睛都骨碌碌地转，看着眼前这一幕，期待新鲜的八卦素材，我开始面红耳赤。

"我有权利在这里用餐。"席拉坚持说，声音又大又傲慢。这一招错得离谱，现场的形势顿时改观，观众的同情心转而投射在我身上，像波浪一般地涌过来，我睁大眼睛一脸悲伤，就像流浪儿群像中那种眼睛异常大的小孩,毕竟装可怜不会很费力,萨姆伸手环住我的肩膀,宛如我是一个身心受创的小女孩,他表情严肃地看着席拉,对她的行径深感失望。

"我有权利请你离开,"他说,"绝不能坐视你来羞辱我的员工。"

换成艾琳、霍莉或丹妮尔,席拉绝不可能对她们无礼,因为她是那种不把服务人员放在眼里的顾客,根本不去注意她们的存在,比尔在认识她之前曾经和我约会过的事实让她如鲠在喉,一直无法接受(席拉对"约会"的定义,就是"经常发生热烈性行为"的婉转用语)。

席拉气得浑身发抖,径自把餐巾甩在地上,突兀地站起身来,椅子差一点就掀翻了,幸好被经营摩托车修理店的狼人道森及时扶住,席拉抓起皮包,大步走向门口,差点就和我刚走进门的朋友塔拉撞在一起。

道森认为这一幕非常有趣。"竟然为一个吸血鬼大打出手,"他说,"那个冷血的家伙铁定很有看头,才能够让两位美女如此沮丧。"

"谁在沮丧啊?"我露出笑容,抬头挺胸地站在那里,让萨姆知道我很处之泰然,毕竟他很了解我,应该不至于被外表所骗,但他明白我情绪的转换,径自走回吧台后面,这兴致盎然的一幕让午餐的客人议论纷纷,我视若无睹,走向塔拉就坐的桌子,她有吉比·德·罗恩作陪。

"气色很好喔,吉比。"我轻快地说,从桌子中间的餐巾盒和盐罐胡椒罐当中抽出菜单,分别递给他和塔拉,虽然手指有些颤抖,但他们应该没注意。

吉比抬头对着我笑。"谢谢你,苏琪。"他用悦耳的男中音说道。吉比长得很帅,只是脑袋空空,然而,这给他一种单纯的魅力,塔拉和我在学校的时候常常照顾他,因为一旦他的单纯被外表稍微逊色的男孩子发现,成了目标的时候,曾经受到严重的欺负,特别是在高中时期。由于我和塔拉同病相怜,各自在受欢迎的指数上有重大缺陷,也就尽可能地保护吉比,为此,他陪我参加好几场我非常想去的舞会,他的家人也在我无能为力的时候接待塔拉,让她有地方可以投靠。

在痛苦的成长途中,塔拉和吉比曾有过性关系,我没有,但这一点似乎对我们彼此的关系没有影响。

"吉比找到新工作了。"塔拉心满意足地微笑,原来这是她跑来的原因,最近几个月以来,我们的关系有一点尴尬,但她知道我愿意分享她帮助吉比的成就感和骄傲。

这是好消息,有助于我的心思撇开席拉·庞佛瑞和对她满坑满谷的怒意。

"在哪里呢?"我问吉比,他盯着菜单看,好像那是天大的新鲜东西一样。

"克莱斯的健康俱乐部,"他微笑地抬起头来,"每星期有两天,我穿这个坐在柜台前面。"他挥挥手,指着身上那件干净紧绷的高尔夫球衫,是酒红色和棕色的条纹,搭配笔挺的卡其裤。"负责请会员签名、端养生饮料、清洁器材和递送毛巾等等,另外的三天,穿上运动服,负责照顾所有的女会员,免得受伤。"

"听起来很不错。"以吉比有限的能耐而言,这似乎是个完美无比的工作,我真为他高兴。吉比长得很养眼:肌肉壮观,五官俊挺,牙齿雪白,绝对是拍摄健美男子汉广告的不二人选,此外,他个性自然和善,干净清爽。

塔拉看着我,期待应有的称赞和嘉许。"你做得很棒。"我适时地鼓励,彼此和对方击掌。

"苏琪,现在,唯一能让我生活更完美的,就是你找个晚上来看我。"他说,没有一个人能够像吉比这样策划简单又有益健康的欲望。

"非常谢谢你,吉比,可是我目前有对象了。"我没有费心去压低嗓门,历经刚刚席拉骚扰的那一幕,似乎有炫耀一下的必要性。

"噢噢,是那个昆恩吗?"塔拉问道,大概是以前跟她提过一两次吧,我点头承认,两个人再一次举手击掌。"他在镇上吗?"她低声问。

"今天早上刚离开。"我低声回应。

"我要墨西哥乳酪堡。"吉比说道。

"马上来。"直到塔拉点过餐之后,我才大步走向厨房,心底不只为吉比找到工作而庆幸,也很高兴自己和塔拉能够重修旧好。今天真的很需要提振一下士气,现在才如愿以偿。

当我拎着一两袋日常用品回家的时候，艾蜜莉亚已经回来了，整个厨房焕然一新，就像南方理想家园节目中介绍的样品屋一样。每当艾蜜莉亚备感压力或是太无聊，就开始清清洗洗，虽然还不太适应屋里有一个室友，但她这样的习惯真是棒极了，我自己当然喜欢整洁干净的房子，偶尔也会激发整理打扫的干劲，可是和艾蜜莉亚比起来，我等同是邋遢鬼。

我看着一尘不染的窗户。"有罪恶感了，对吧?"

艾蜜莉亚显得垂头丧气，坐在厨房的桌子上，端着一杯古怪的茶，深色的液体冒出热腾腾的蒸气。

"是啊。"她阴郁地回答，"我看到洗衣机里面的百衲被，非常努力地刷洗污点，已经挂在屋外的绳子上晒了。"

这一点我在进门的时候就发现了，只有点点头。"鲍伯的复仇。"

"没错。"

我想问她昨夜和谁在一起，随即发觉这是她的隐私，和我不相干，再者，我觉得很疲累，因为艾蜜莉亚本身就是一级的广播电台，不过几秒钟而已，我就得知她和凯温的表弟德瑞克在一起，但过得并不愉快，而且德瑞克的床单脏兮兮的，让她浑身不自在。今天早上她醒过来的时候，德瑞克还说在他眼里看来，两个人一起过夜就算是一对，甚至要艾蜜莉亚在哈萨特留下来，她大费周章好不容易才说服德瑞克开车载她回来这里。

"古怪到让你害怕?"我把汉堡肉放进冰箱的抽屉，这一周由我负责烹饪，我预备了汉堡肉排、烤马铃薯和青豆。

艾蜜莉亚点点头，举杯喝了一口，那是她自行调配的滋补茶，用来治疗宿醉的，结果一试之下显然是难以入口。"是啊，那些哈萨特的家伙的确有一点诡异。"

"是有一部分。"艾蜜莉亚对我的读心术调适得比任何人都要好，毕竟她生性坦率，毫不隐讳，偶尔还太开放了一些，我猜，她从来不觉得有任何需要隐藏的秘密。

"你打算怎么办呢?"我在对面坐下来。

"嗳，我又不是和鲍伯约会了很久。"她懒得拐弯抹角，直接切入正题，确信我能够了解。"我们不过就共度那一夜而已，相信我，实在很棒，我就是兴奋过度，才会想要，呃，做实验。"

我点点头，装出理解的模样，对我而言，所谓的实验是，呃，舔一个从来没舔过的地方，或者尝试某一种可能害你大腿抽筋的体位……诸如此类等等，其中绝对不包括把你的伴侣变成宠物的这一招。直到今天，我都无法鼓起足够的勇气去询问艾蜜莉亚，他们当时究竟有什么目的，她的脑袋至今都没有泄露这件事情的始末。

"你大概很喜欢猫咪。"我按照思绪的方向做出符合逻辑的结论。"我的意思是，鲍伯不过是一只小猫，因此在那么多乐于和你共度一夜的男人当中，你才会看上德瑞克那家伙。"

"喔?"艾蜜莉亚一脸振奋，假装不经意地问："不止一位看上我吗?"

就女巫的身份而言，艾蜜莉亚对自己的能耐自视颇高，但是从女人的角度又不够自信。

"至少一两位吧。"我差一点忍俊不禁，这时候鲍伯走了进来，缠在我的脚边磨蹭，大声地喵喵叫，这一招的含意昭然若揭，因为他蓄意绕过艾蜜莉亚，仿佛她是一堆狗屎。

她重重地叹了一口气。"听着，鲍伯，你要原谅我，"她对着猫咪说，"对不起，我有点得意忘形了，因为参加婚礼，多灌了一些啤酒，又在街上跳舞，豹人又很新奇……对不起，真的很抱歉，好不好我现在就保证，在你恢复人形之前，我答应禁欲到底?"

只要曾经透视过她脑袋一两天(或是再多几天)的人都清楚，对艾蜜莉亚来说，这是莫大的牺牲和让步，因为她是一个健康正常的女孩，既直接又爽快，而且个人的品位多彩多姿，没有局限。"嗯。"经过三思以后，她决定修正一下，"我答应不找其他男人，可以吗?"

鲍伯的屁股坐着，前足站立，尾巴缠在前方的爪子上，模样很可爱，他睁着大大的黄眼睛，眨也不眨地望着艾蜜莉亚，似乎在考虑这一项提议，最后才发出"噜"的一声。

艾蜜莉亚笑了。

“你觉得那表示他答应了？”我说，“果真如此，请记清楚……我只跟男人，休想找上我。”

“噢，反正我大概不会打你的主意。”艾蜜莉亚回答。

我说过艾蜜莉亚这个人一点也不圆滑吗？“为什么不？”我备受侮辱。

“鲍伯不是随便乱挑的，”这一回艾蜜莉亚真的有点扭捏不自在，“我喜欢瘦瘦黑黑的。”

“看来我只好自叹不如。”我假装大失所望，艾蜜莉亚朝我丢了一个茶包，被我凌空接住。

“你的身手很敏捷。”她吓了一跳。

我耸耸肩膀，虽然喝吸血鬼的血已经是陈年往事，但体内似乎还残存着一丝功效，我向来就是个健康宝宝，现在连头痛的机会都很少，反应也比大多数人快一些，但我并不是唯一享有吸血鬼血液副作用的人类，现在很多人都知道他们血液的功效出奇的好，以致吸血鬼自己成了被追逐的猎物，被人榨血到黑市去交易，成了一种高获利高风险的行业。今天早上收音机播报了一则新闻，某个榨血人刚刚假释出狱，就从他位于德克萨卡纳的公寓里失踪了。如果你不幸和吸血鬼为敌，他耐心等待报复的时间远比你想象的更久。

“或许是因为精灵的遗传。”艾蜜莉亚深思地盯着我看。

我再度耸肩，这一次肯定带着不予置评的意味。直到最近，我才得知自己有一些精灵的血统，为此还有点不爽。老实说，这部分的遗传究竟来自于家族的哪一方，我至今都还一头雾水，更别说是哪一个祖先了。目前唯一确定的，就是在过去某一段时期，家族中的某人和某位精灵发生了不为人知的亲密关系，我为了追根究底，花了好几个小时埋头研究颜色泛黄的家谱和家族史，这些都是奶奶努力搜集出来的，结果空空如也、毫无线索。

仿佛这些念头发出召唤令，克劳汀娜突然轻扣后门，这回不是鼓着翅膀飞来的，而是开车。她是纯种的精灵，除了开车往返，还有其他赶场的方法，但只限于十万火急的状况才能使用。她长得很高，一头浓密的黑发,黑色的大眼睛,耳朵特意用头发遮起来,不像她的双胞胎哥哥克劳德,特地动了整形手术来改变形状。

克劳汀娜给了我一个热烈的拥抱,对艾蜜莉亚挥手招呼的态度则稍嫌冷淡,她们两个互相看不顺眼,艾蜜莉亚的魔法是后天学来的,克劳汀娜的魔力却是浑然天成,两个人都不太信任对方。

克劳汀娜通常都笑口常开,活泼又开朗,生性仁慈讨人喜欢,又乐于帮助别人,就像超自然生物界的女童子军一样,一方面是因为她天性使然,另一方面也是她非常努力,试着爬上魔法界的升等阶梯,达到天使的层级。但今天晚上她的表情出奇严肃,我的一颗心跟着往下沉。此时此刻,我只想上床睡觉,私下一个人想念昆恩,安抚我在酒吧里被骚扰而烦躁不安的神经,我不想再听见坏消息。

克劳汀娜坐在对面,握着我的双手,扭头瞥了艾蜜莉亚一眼。"滚吧,女巫。"这种态度让我大吃一惊。

"尖耳朵的贱人。"艾蜜莉亚嘟哝,端着马克杯站起身来。

"爱人杀手。"克劳汀娜回敬一句。

"他又没死!"艾蜜莉亚大声尖叫,"只是……不一样罢了!"

克劳汀娜哼了一声,单单这样的回应就够了。

我已经身心俱疲,没有多余的力气去责备克劳汀娜这种前所未有的粗鲁态度,而且她把我的手握得很紧,我一点都没有被安慰到的感受。"怎么了?"我问道,艾蜜莉亚怒冲冲地离开厨房,不久就传来上楼的脚步声。

"屋里没有吸血鬼吧?"克劳汀娜的语气很焦躁,你可以想象一下,巧克力狂看到一大块巧克力软糖冰淇淋,外层裹着黑巧克力糖浆时的感觉是怎样的吗?吸血鬼对精灵的感觉就是这样。

"放心,屋里面除了我、你、艾蜜莉亚和鲍伯之外,没有其他的人。"我不能否认鲍伯的人类身份,虽然有时候会忘记,特别是清理猫砂盒子的时候。

"你真要去参加高峰会议?"

"是的。"

"为什么?"

好问题。"因为女王要付我津贴。"

"你这么需要钱吗?"

我本来想要打发了事,叫她别操这个心,随即认真考虑了一下,毕竟克劳汀娜帮助我很多,我至少也应该仔细思量她所说的话。

"没有那笔钱当然也可以过。"我回答,上一次保护艾瑞克躲开那些女巫的追杀,他给的酬劳到目前为止还有剩余,但已经少掉一大笔,钱总是用得很快,去年冬天厨房失火,保险公司并没有完全理赔火灾全部的损失,此外,我添购了新的电器用品,再者为了感谢那些义务消防员来得非常快速,努力尝试挽救我的厨房和汽车,我又捐了一笔钱给消防队。

后来克里丝塔流产,詹森也需要别人帮忙支付医生的账单。

对于无债一身轻和濒临破产的两极之间,我发现自己迫切地需要多一层防护垫,不只要增加韧度,还要补强财务,宛如我的小船航行在波涛起伏的财务之海,总是希望周围再多一艘拖船,让小船驶得更平稳,不担心下沉。

"没有那笔钱当然可以过,"我的语气更加坚定,"但我不愿意。"

克劳汀娜苦恼地叹了一口气。"我不能陪你一起去,"她说,"吸血鬼对我们的反应你很清楚,我连露个脸都很危险。"

"我明白。"我有些诧异,因为打从一开始,我就没有期待克劳汀娜要和我同行。

"我认为这一趟会有大麻烦。"她警告着。

"哪一种麻烦?"上一次我去参加吸血鬼的社交宴会,结果碰上超级大难搞的麻烦,而且还是鲜血淋漓的那种。

"我不知道。"克劳汀娜说道,"但是有异样的感觉,所以才建议你留在家里,克劳德也有同感。"

克劳德才不在乎我是死是活,是克劳汀娜的宽宏大量,把她哥哥纳入自己善意的范围。因为就我所知,克劳德对这个世界的贡献,仅限于是一个好看的装饰品而已,他那个人极度自私,欠缺社交技巧,偏偏又美得不得了。

"对不起,克劳汀娜,我去罗兹市的时候会想念你的。"我说,"我自己既然答应了,就义不容辞,肯定要去。"

"你搭上吸血鬼的列车。"克劳汀娜忧愁地提醒,"就此永远把自己划归成他们的一份子,再也不会是无辜的路人甲了,未来有太多的各方人马认得你的身份,知道要去哪里找你。"

平心而论,克劳汀娜的确说的合情合理,但她表达的方式让我背上寒毛直竖、头皮发麻。她说得很对,我完全没有防御的能力,然而我早就认定自己介入吸血鬼的世界太深,已经身不由己,难以脱离。

这时候坐在厨房里,黄昏的夕阳从窗户斜射进来,突然有个启发让我茅塞顿开,从此改变想法,楼上的艾蜜莉亚一直静悄悄的,鲍伯走进来坐在他的碗旁边,目不转睛地看着克劳汀娜,夕阳的余晖照着她的脸,微微地发光,多数人在这种光线底下,皮肤的瑕疵或缺陷会无所遁形,唯有克劳汀娜依旧是完美无瑕。

我不确定自己是否终有一天,能够完全了解克劳汀娜和她对世界的看法,截至目前,我对她生活的了解依然少得可怕,唯一能够确定的,就是她尽心尽力地顾念我的利益和福祉,无论背后的原因是什么,她是真心地为我担惊受怕。即使是这样,我还是要跟女王、艾瑞克、那个被弃绝的家伙,还有路易斯安那州其他的随扈一起去罗兹市参加会议。

难道这只是因为我对吸血鬼高峰会可能安排的议程感到好奇吗?或是除了活死人以外,我还想吸引社会上其他物种的注意?难道我希望被归类成所谓的尖牙狂热派,就是那种把活死人当成明星般追逐的人类吗?或者在我内心深处的某一个角落,仍然渴望借这个机会去接近比尔,试着为他的背叛寻找感情上的意义?或者这一切都是为了艾瑞克的缘故?难道在不知不觉之间,我爱上了这一位总是轻佻、充满自信的维京人?他既英俊潇洒又是做爱高手,而且政治手腕很圆滑。

这些疑问组合起来,似乎很适合拍成连续剧,肯定很有收视率。

"明天请继续收看。"我嘟哝,克劳汀娜狐疑地斜看了一眼,我接着说道,"克劳汀娜,虽然这么说有一点尴尬,我做这件事在很多方面看起来真的不合常理,但是我想要那笔钱,所以决定这么做,等我回来以后再和你碰面,请你不要担心。"

艾蜜莉亚砰砰砰地走进来,开始替自己倒茶,然后预备走开。

克劳汀娜对她视若无睹。"我还是会担心的。"她说得很干脆,"麻烦要来了,亲爱的朋友,直接掉在你头上,要逃都逃不掉。"

"确切的时间和方式,你都不知道?"

她摇头以对。"不,我只知道有麻烦。"

"请你注视我的眼睛,"艾蜜莉亚咕哝地插嘴,"我看到一个高大黝黑的男性……"

"闭嘴。"我说。

她转身背对着我们,煞有其事地摘掉盆栽上的枯叶。

不久之后克劳汀娜就离开了,短短逗留的时间里面,她都没有恢复以往那种活泼快乐的行径,也对我离开的事情绝口不再提。

第六章

詹森婚礼之后的第二天早上，我终于觉得心情稍微恢复正常，生活有目标的确有帮助，塔拉的服饰店十点才开始营业，按照艾瑞克的说法，我需要去挑选高峰会议要穿的衣服。有一整天空闲的感觉真的很愉快，大约要下午五点半以后，我才需要去莫洛特上班。

"嘿，朋友。"塔拉从店后方走出来招呼，平常来兼职的助理麦肯纳抬头瞥了一眼，继续挪动衣服的工作，我猜她负责将乱放的服饰放回原位，举凡在服饰店里，店员似乎花很多时间做这种事情。麦肯纳没有开口，可能是我多心，她好像尽力避免和我交谈，我心里有点难过，两周前她到医院开刀割盲肠的时候，我还亲自带礼物去探望她。

"诺斯曼先生的事业伙伴鲍比·博汉打电话来交代过，说你需要旅行用的衣服？"塔拉说道，我就事论事地点点头。"休闲服可以吗？ 或是比较正式的套装呢？"她灿烂的笑容显得很虚假，我知道塔拉在担心我的安危，气我执意要去参加会议。"麦肯纳，你现在可以去邮局寄信了。"她语气有些尖锐地吩咐助理，麦肯纳腋下夹着邮件，好像夹着马鞭似的匆促地由后门离开。

"塔拉，"我说，"事情不是你想的那样。"

"苏琪，那些都与我无关。"她努力维持不温不火的口吻。

"当然有，"我答道，"你是我的朋友，我不希望你认为我是为了好玩和乐趣，才跟一堆吸血鬼去旅行。"

"那你何必去冒险？"塔拉甩开伪装的笑脸，严肃地问。

"我和路易斯安那州的吸血鬼一起参加高峰会，目的在于赚钱，会议期间，我要发挥……嗯，类似盖革计数器的功能，分辨人类是否在胡说八道想要欺骗他们，同时了解其他吸血鬼的人类随扈在想些什么，就这么一次而已。"我解释得够多了，塔拉曾经无奈地被卷入吸血鬼的世界，差一点就没命，现在只想躲得远远的不再有牵连，这是人之常情，不能怪她，可是她也不能因此支使我应该做些什么。早在克劳汀娜苦口婆心的教训之前，我已经为了这档事深入地省思过，一旦拿定主意，就不允许任何人再来质疑我的决定，只要没有危害别人的性命……买衣服没问题，为吸血鬼效命也可以。

"我们已经做了一辈子的朋友，"塔拉静静地说，"总是同甘共苦携手度过，我爱你，苏琪，我们的友情不会改变，只是这一次太难了。"塔拉的生活里经历过许许多多的失望和忧虑，实在不愿意再承受下去，所以她当场决定罢手不管，考虑晚上打电话给吉比，重新恢复他们之间的性关系，似乎要借由这种方式来纪念我这个朋友。

事情都还没发生，她就用这种方法来写我的墓志铭，感觉挺奇怪的。

"我要一件晚宴服，一件酒会穿的礼服，还要一些白天穿的好衣服。"我多此一举地检查手中的清单，不愿意再愚弄塔拉，无论她看起来多么不悦，我都打算玩一玩，她会回心转意的，我告诉自己。

我要享受买衣服的乐趣，先从晚宴服和酒会的洋装开始，挑了两件类似西装风格的套装(不完全是，因为我没办法想象自己穿着黑色细条纹的衣服)，两条长裤以及丝袜和半筒袜，外加一两套睡衣、几件内衣等等。

我在罪恶感和购物的快感中间挣扎，趁机多敲了艾瑞克一笔，心里纳闷万一他要求查看他花钱买的东西,结果会如何?当场的感觉有点糟,好像突然间我染上了购物狂热症,一部分原因在于采购的乐趣,一部分是对塔拉的怒气,还有一部分是转移心底的恐惧,想到要陪伴一群吸血鬼去开会,实在有些胆战心惊。

我暗暗地叹了一口气,乖乖把内衣和睡衣放回架子上,这些都是非必要的物品,只能忍痛割爱说拜拜,但是整体的感觉好过多了,配合特定的需要采购衣服……呃,这样还可以,也算一种收入的来源,但是趁机买内衣,就有点说不过去,就像棉花糖夹心饼,或是巧克力夹心小蛋糕,甜的很好吃,可是对你本身没有益处。

本地开始去参加太阳兄弟会会议的神父曾经跟我提过,和吸血鬼做朋友或是为他们工作,等同于是自寻死路——上星期他来吃汉堡的时候对我这么说。此时此刻站在收银机前面,等塔拉结账,再用吸血鬼的钱支付这些开销的时候,我突然想起神父这番话,难道我真的想死吗?不,我摇摇头,当然不是,然后我想到太阳兄弟会的那些人都在胡说八道,这个反吸血鬼的极右派组织,目前在美国推动的速度令人震惊,举凡和吸血鬼有任何关联的人类,包含踏进吸血鬼经营的企业等等,都是他们谴责的对象,这样实在很荒唐,但是一开始,吸血鬼为什么会引起我的注意?

事实是这样:我一直少有机会过一般人的生活,因此对我而言,其他同学的生活方式都是最理想的,只要能拥有任何一种都会很有趣味。既然我不能有丈夫有儿女,又不用担心带什么东西去参加教堂一家一菜的聚会,或是考虑房子是否要多一层油漆,那么,我至少可以担心穿着沉重的亮片礼服外加三英寸的高跟鞋,会不会影响走路的平衡感。

在我预备离开的时候,麦肯纳刚好从邮局回来,替我拎袋子上车,塔拉正在跟艾瑞克白天的助手鲍比·博汉核对账户的金额,当她挂断电话的时候,表情相当的愉快。

"额度都被我用光了?"我问道,对艾瑞克投资的金额感到很好奇。

"还有很多,"她说,"还要再多买一些吗?"

购物的乐趣已经满足了。"不,"我婉拒,"已经够了。"心底突然有一股冲动,想叫塔拉把所有的东西收回去,接着又想,对她这么做未免太卑鄙了。"谢谢你的帮忙,塔拉。"

"这是我的荣幸。"她答得很肯定,现在的笑容比较温暖真诚,毕竟塔拉喜欢赚钱,就算对我气呼呼的,怒气也难以持续太久。"你需要跑一趟克莱斯鞋的世界,买几双鞋子搭配晚宴服,现在刚好有特价促销。"

我做好心理准备,今天有很多事项要完成,下一站,鞋的世界啰。

一星期内就要出发了,想到要旅行,让我很兴奋,那天晚上的工作匆匆掠过,感觉很模糊,我从来没去过罗兹市这么远的地方,就在芝加哥附近,事实上,梅森·迪克森线①以北都没去过,生平只搭过一次短程的飞机,从什里夫波特市飞到达拉斯,仅此而已。我需要一个附滚轮的行李箱,还要……我想到一些小东西,列出一大串清单,听说某些旅馆会提供吹风机,不知道吉萨金字塔旅馆有没有?这家旅馆遍布美国各个主要的城市,以吸血鬼为尊的服务就是它的著名之处。

既然已经跟萨姆排好休假时间,我决定当晚就告诉他出发日期,萨姆坐在办公桌后面,我伸手叩门——呃,实际是叩门框,因为他几乎不关门。萨姆抬起头来,很高兴有人打岔,只要碰上处理账务的事情,他就猛抓头发,以致看起来就像通电了一样。他宁愿照顾吧台甚于处理账务,而且今天晚上特地找人来代理吧台的工作,就是为了整理账目。

"请进,苏琪。"他说,"外面还好吗?"

"相当忙碌,我只能耽搁一秒钟,让你知道我预备下星期四出发。"

萨姆试着微笑,结果表情反而苦哈哈的。"你一定要这么做吗?"他问道。

"嘿,我们已经讨论过了。"我发出警告。

"好吧,我会想念你。"他解释,"你和那么多吸血鬼在一起,让我有一点担心。"

"也有人类在场啊,像我一样。"

---

① 梅森·迪克森线,美国宾夕法尼亚州和马里兰州之间的州界线,以前曾经是南方蓄奴各州的最北界。

"不像你，那些人迷恋吸血鬼的文化几近于病态，有一些跟盗墓者没两样，只想从活死人身上大捞一笔，没有一位是健康的正常人，很难活得很长寿。"

"萨姆，两年前我对周围世界的真相一点概念都没有，也不知道你的真面目，更不了解吸血鬼之间和我们人类一样都有个别的差异性，对于精灵的存在更是一无所知，难以想象。"我忍不住摇头，"这个世界既美妙又可怕，萨姆，每一天都不相同，我甚至不敢去想自己能拥有任何形态的生活，现在愿望成真了。"

"苏琪，无论如何，我绝对不会去挡住你位置的阳光。"萨姆笑嘻嘻地说，但我依旧注意到他这句话说得很含糊，语意不清。

那天晚上帕梅拉也出现在莫洛特酒吧，表情郁闷，一身浅绿色滚蓝边的运动服，看起来很酷，脚蹬蓝色平底鞋……真的，我完全没想到这种鞋子还在卖。深色的皮革擦得亮晶晶的，鞋底还是全新的。她的出现招来很多仰慕的眼光，帕梅拉挑了一张我服务区域的桌子，耐心地坐下来，双手交握放在桌子前面，进入一种吸血鬼特有的悬宕状态，举凡没见识过的人，一旦看到都会很不安——她睁着眼睛但视而不见，身体纹丝不动，表情呆滞木然，既然她进入停机状态，我先行服务其他的客人，最后才走过去，关于她现身的原因，我其实是心知肚明，只是不愿意说破而已。

"帕梅拉，你要什么饮料呢？"

"那只老虎怎么了？"她问道，直接指向交谈的核心。

"目前我交往的人是昆恩。"我说，"因为他的工作，我们在一起的时间不多，但是高峰会议上可以碰面。"这一次昆恩也负责安排高峰会的典礼和仪式，到时候一定很忙碌，但终归可以见面，让我兴奋得充满期待。"会议结束后，我们有一整个月的时间在一起。"我告诉帕梅拉。

噢——喔，或许我太大嘴巴了，因为帕梅拉的笑容不见了。

"苏琪，我不懂你和艾瑞克之间在玩什么奇怪的游戏，总之就是不对劲。"

"我什么都没做，什么事也没有！"

"你或许没有，但是他有。自从你们在一起以后，他就变得不太一样。"

"这一点我好像无能为力吧。"我说得有气无力。

帕梅拉说道："我也是，只希望他能够厘清对你的感受，他那个人不喜欢冲突和矛盾，也讨厌在感情上纠缠不清，本来是个无忧无虑、浪荡不羁的吸血鬼，现在变成了一个人。"

我耸耸肩膀。"帕梅拉，我向来跟他直来直往，没有隐瞒，他忧虑的可能是别的事情，你大概过于夸大我在艾瑞克计划中的地位，假如他真的对我有任何海枯石烂的情愫，至少他没有告白，况且我们不曾交往过，他也知道昆恩的事情。"

"他迫使比尔跟你坦白，不是吗？"

"呃，当时艾瑞克也在场。"我不敢确定。

"如果不是艾瑞克的命令，你想比尔会说出来吗？"

我竭尽全力，要把那天晚上的痛苦全都忘记，唯有在内心最深处，我知道比尔告白的时机很奇怪，应该具有某种意义，但就是不愿意再去深思、面对。

"如果艾瑞克对你没有不恰当的情愫存在，你以为他会在乎女王暗地里命令比尔做什么勾当，还主动对人类的女孩揭穿他的阴谋？"

我自己从来没有把这些事情联想在一起，比尔的告白——承认女王特地派他来引诱我，获取我的信任——把我的心撕得四分五裂，根本没有余力思考艾瑞克为什么要强迫比尔揭穿所有的细节和阴谋。

"帕梅拉，我不知道，现在是我的工作时间，你需要点饮料，我还得照料其他桌的客人。"

"来一瓶真血牌的阴性 O 型血。"

我匆匆走到冰箱拿饮料，先放进微波炉加热，拿出来轻轻摇一摇，确保温度平均，虽然瓶子边缘的那一层看起来不太舒服，喝的口感倒和真正的血一样，有一次在比尔的住处，我曾经倒了几滴在杯子里尝尝，就我的经验判断，人造血喝起来跟人血没两样，比尔也觉得口感还不错，但他曾经不止一次地评论过，重点不在于滋味和口感，而是咬下去的那一瞬间感受到人类的心跳，那才是吸血鬼的乐趣所在，现在对着瓶口猛灌，个中的趣味都没了。我拿了瓶子和酒杯放在帕梅拉面前，同时还有纸巾。

"苏琪？"听到声音，我抬头一看，艾蜜莉亚走了进来。

我的室友经常光顾酒吧，但是今晚出现让我有点意外。"有什么事吗？"我问道。

"嗯……嗨。"艾蜜莉亚跟帕梅拉打招呼，她穿着笔挺的卡其裤、白色运动衫、白色网球鞋，我瞥了帕梅拉一眼，第一次看到她的眼睛睁得这么大。

"这位是我的室友艾蜜莉亚·布德威。"我为帕梅拉做介绍，"艾蜜莉亚，这是吸血鬼帕梅拉。"

"很高兴认识你。"帕梅拉说道。

"嘿，你穿的很酷喔。"艾蜜莉亚称赞。

帕梅拉看起来很得意："你也很不错。"

"你是本地的吸血鬼吗？"艾蜜莉亚问道，她这个人就是口无遮拦，很爱聊天。

帕梅拉回应："我是艾瑞克的副手，你应该知道艾瑞克·诺斯曼是谁吧？"

"当然。"艾蜜莉亚答道，"就是那个热情火辣的金发大帅哥，住在什里夫波特市，对吧？"

帕梅拉微微一笑，尖牙有点突出，我来回打量着艾蜜莉亚和吸血鬼这两人的互动。

"或许哪一天晚上，你愿意来参观我们的酒吧？"

"噢，当然。"艾蜜莉亚的语气不是特别的兴奋，真会装模作样，以我对她的了解，装酷的程度最多持续十分钟。

我径自抛下她们，应声去服务其他桌的客人，从眼角瞥见艾蜜莉亚坐下来，两个人聊了几分钟，随后起身站在吧台旁边等我走过去。

"今天晚上是什么风把你吹来这里？"我或许问得有点唐突。

艾蜜莉亚诧异地挑起眉毛，我并没有道歉。

"只是来让你知道,有人打电话来家里找你。"

"是哪一位?"

"昆恩来电话。"

我的脸绽放笑容,笑得很真。"他说了什么?"

"他说已经开始想念你了,等不及罗兹市见面。"

"谢谢你,艾蜜莉亚,但你可以直接打电话来这里转告,或是等我下班回家说也可以。"

"噢,我闷得有点无聊。"

我就知道会这样,问题迟早而已,艾蜜莉亚需要一份全职的工作来打发时间,当然啦,她怀念城市的生活和以前的朋友,即便在飓风袭击之前就离开了新奥尔良,但是灾难的阴影缭绕,城市受损很严重,使她也跟着受苦,同时她也很怀念巫术。本来我希望她能够和另一个酒吧女招待霍莉变成朋友,她是个热心的威卡教徒。通过我的介绍,她们两个聊了一下,事后艾蜜莉亚闷闷不乐地说,她和霍莉的巫术迥然不同,差别很大,她自己是货真价实的女巫,霍莉不过是个威卡教徒。艾蜜莉亚对威卡教的轻蔑几乎难以掩饰,但还是和霍莉的女巫团碰过一两次面,部分是为了保持关系……部分是渴望有其他同行的陪伴。

另外一方面,我这位客人很担心被新奥尔良的女巫们发现行踪,并因此为将鲍伯变成猫咪的错误要支付高额的罚金,除此之外,还有一层感情因素存在,自从卡特里娜飓风过后,艾蜜莉亚一直担心她以前同伴们的安危,一方面想知道他们是否平安,又害怕被发现。

撇开这一切,我知道总有一天(或一夜)艾蜜莉亚会烦躁得魂不守舍,开始把触角伸出我家、院子和鲍伯以外的地方。

看到艾蜜莉亚又一次走向帕梅拉的桌子,我试着不要皱眉头,提醒自己这是杞人忧天,因为艾蜜莉亚可以照顾她自己。但如果没有发生哈萨特那件事,我或许还会更相信她。随着手边的工作,我的思绪逐渐转到昆恩身上,但愿身上带了新手机(感谢艾蜜莉亚分担的租金,让我买得起),但我向来认为上班的时间不应该接电话,昆恩了解我的个性,除非方便接听,否则我是不开手机的。再过一小时就可以离开酒吧了,但愿昆恩会在家里等我的电话，幻想的魔力让我有点醉醺醺的。

继续陶醉在那种轻飘飘的感觉里头，享受新一段感情的滋润固然让人很快乐很兴奋，我还是认定应该回过神来，面对现实世界，专心服务客人，必要的时候点头微笑稍微聊一聊，并且替帕梅拉再送一两瓶真血牌过去，除此之外，我任由她们两个坐在那里交头接耳不去打扰。

最后，工作时数终于到了尾声，酒吧的客人也走光了，我和其他伙伴一起预备打烊，一一检查过每一张桌子都有足够的餐巾纸、满满的盐罐供应第二天的需要，这才穿过小走廊到储藏室，准备把围裙放进大洗衣篮里面。这些年来，萨姆听够了我们私下的暗示和明目张胆的抱怨，终于为了我们在储藏室挂上一面镜子。我发现自己纹丝不动地瞪着镜子看，赶紧摇醒自己继续解开围裙，艾琳站在那里拨弄她的红头发，自从她最近加入太阳兄弟会以后，我们已经不再是无所不谈的好朋友。虽然太阳兄弟会声称自己是知识性的组织，专注于推广和吸血鬼有关的"事实"，但是它的高层充斥着许多观念偏颇的人士，认定所有的吸血鬼内心都是邪恶不堪，所以应该用暴力的方式加以歼灭和铲除。太阳兄弟会里面最激进的分子甚至把怒火和恐惧发泄在和吸血鬼有关联的人类身上。

例如我这样的人类。

艾琳试着直视我在镜子里的眼睛，结果没有成功。

"酒吧里的吸血鬼是你的朋友？"她特意强调最后那两个字眼，语气很不友善。

"是的。"就算不喜欢帕梅拉，我还是会承认她是我的朋友，因为只要和太阳兄弟会有关的一切都会把我激怒。

"你需要多多跟人类相处。"艾琳说道，嘴巴抿成一条线，激动地眯着浓妆艳抹的眼睛，她向来就不是那种会思考的类型，没想到这么快就把太阳兄弟会的意识形态照单全收，让我既惊讶又难过。

"我已经有百分之九十五的时间和人类在一起，艾琳。"

"应该做到百分之百。"

"艾琳，你何必多管闲事？"我的耐心已经绷到临界点。

"你拼命加班累积时数，就为了和一群吸血鬼去参加某个会议，对吗？"

"我再说一遍,这与你何干?"

"我们曾经是很久的朋友,苏琪,直到那个比尔·康普顿走进酒吧里,现在你的眼里只有吸血鬼,还有怪人住进你家里。"

"我不需要对你解释我的生活方式。"我说道,火爆的脾气一触即发,知道她的脑袋里面充斥着各种矫情、自满和自以为是的念头,让我又难过又心痛。想到自己曾经当保姆替她照顾小孩;在她遇人不淑又没有人肯伸出援手的时候,我一直给她安慰;替她清理拖车;鼓励她和那些不会轻看她的男人约会;现在她瞪着我看,诧异我竟然发脾气。

"如果你需要用太阳兄弟会的胡说八道来填补,那你的生命显然非常空虚。"我说,"看看你结婚的对象就知道了,都是一些没用的家伙!"我狠狠地挖苦了一句,转身离开酒吧,暗自庆幸事先从萨姆的办公室拿了皮包,如果要中途停住,这种正气凛然、大步走出去的气势就会大打折扣。

不知怎么的,帕梅拉突然出现在我身边,速度快得让人看不清楚。我扭头一看,艾琳背贴着墙壁站在那里,表情扭曲,交织着痛苦和愤怒的情绪。我临别时痛下杀手,那句话说的真切无比,艾琳有个男朋友偷了家里的银器,她那些丈夫们……罪状一箩筐,叫人不知从何说起。

我还来不及反应,帕梅拉已经陪我走到外面了。

我浑身僵硬,对艾琳口头的攻击和自身的怒火感到震惊。"我不应该说那些话,"我开口,"就算艾琳以前的丈夫是杀人凶手,也不应该撂下那样难听的狠话。"我绝对传达出奶奶的真心话,开始颤抖地狂笑。

帕梅拉的身高比我矮一点,她一脸好奇地看着我试着控制自己的情绪。

"那女人是个娼妓。"帕梅拉评论道。

我从皮包掏出面巾纸擦眼泪,只要生气我就会掉眼泪,这一点实在很讨厌,无论是什么原因造成的,哭泣都是软弱的象征。

帕梅拉握着我的手,用她的拇指替我拭泪,接着把指头塞进嘴里,这个动作削弱了原先的温柔,我猜她应该是善意的。

"我不会骂她是娼妓,只是选择交往的对象时,或许她不够小心谨慎。"我承认。

"你何必要替她辩护?"

"习惯使然吧,"我说,"我们已经是很多年的朋友了。"

"她的友情为你做了些什么? 给你什么好处?"

"她……"我停下来思考,"我可以说自己有一个朋友,我关心她的小孩,偶尔帮忙照顾,在她不能工作的时候,替她代班,若是她替我代班,我就帮她清理拖车当回报,如果我生病,她会来探视,煮东西给我吃,更多的时候,她愿意容忍我的与众不同。"

"她利用你,你还心存感激。"帕梅拉这么说,苍白的脸没有任何表情,让我难以判断她的感受。

"帕梅拉,事实不是那样。"

"那是怎样,苏琪?"

"她真的喜欢我,我们的确有一段快乐的时光。"

"那是她懒惰的习性,包括她的友情也是这样。如果当朋友很容易,她就做个顺水人情,万一风向改变,她的友情也跟着不见了。这一回我认为风往另一个方向吹,她已经找到其他方法来提升自己的地位,增加重要性——就是憎恨别人。"

"帕梅拉!"

"难道我说错了吗? 我观察人类很多年,认识很深。"

"有一些真话应该说出口,另外有一些话最好放在心里。"

"换言之,有一些真话你宁愿我放在心里,不要说。"帕梅拉更正我的意思。

"对,事实上,就是……这样。"

"那我就此跟你拜拜,干脆回什里夫波特市好了。"帕梅拉转身绕过建筑物,走向她停车的地方。

"嘿!"

她转过头来。"怎样?"

"一开始你为什么来这里?"

帕梅拉突如其来地笑了。"除了询问你和我老板的关系,顺便认识你那位可爱的室友之外吗?"

"噢,是的,那些原因以外。"

"我想找你谈比尔的事,"她的话让我非常惊讶,"比尔和艾瑞克。"

第七章

"没什么好说的。"我开了车门丢进皮包,虽然很想直接开车回家,但是不得不转身面对帕梅拉。

"我们并不知道。"吸血鬼说道,我看见她慢慢地走过来,萨姆在拖车前面、酒吧的正后方留了两张椅子,我从院子搬过来放在车子旁边,帕梅拉明白我的暗示,径自坐下去,我坐另一张。

我悄悄地做个深呼吸,从新奥尔良回来以后,我就一直纳闷什里夫波特市的吸血鬼是不是都清楚比尔追求我的真正目的。"就算我知道比尔暗中的任务,也不便告诉你,"帕梅拉说,"因为……吸血鬼优先。"她耸了耸肩膀。"但我可以保证,我一无所知。"

我点头表示知道,原本绷紧的神经终于松开,却还是不知道要如何回应。

"我必须这么说,苏琪,你把我们这一区搞得天翻地覆,麻烦一大堆。"帕梅拉似乎没有因此受困扰,只是单纯地陈述事实,我也不觉得有道歉的必要。"这些日子以来,比尔满腔怒火,不知道要恨谁,心底充满罪恶感,没有人喜欢。艾瑞克挫折得很,至今都想不起来在你家躲藏的那段日子,也不确定亏欠你什么。另一方面他也气女王耍心机,想要通过比尔来霸占你,这种做法从艾瑞克的角度来看是侵犯领域。费莉西亚则是把你当恶魔看待,因为尖牙同盟的酒保长影和小周横死的时候,你都刚好在旁边。"她面露微笑,"噢,还有你的朋友查尔斯·廷宁。"

"这些都不是我的错。"我愈听愈懊恼,惹吸血鬼生气绝对没有好下场。即使尖牙同盟现任的酒保费莉西亚都比我强壮很多,和其他人比较起来她还是图腾柱上最底层的吸血鬼。

"我看不出有什么差别。"帕梅拉的声音柔和得出奇。"现在知道你有精灵血统——这要感谢安竺,所有的一切就轻易勾销了。但我不认为这是原因所在,你呢?有很多人类也是精灵的后裔,却没有心电感应的能力,我猜就只有你,苏琪,当然啦,知道你有精灵血缘,忍不住会对你的滋味感到好奇,上一次酒神狂女伤害你,我尝了一小口,即使血液被她的毒药污染,味道还是好极了。我们最爱精灵,这一点你很清楚。"

"爱到他们死翘翘。"我低声嘟哝,帕梅拉当然听见了。

"有时候。"她笑笑表示同意,这个帕梅拉真是的。

"好,谜底究竟是什么?"我已经预备要回家,当一个单纯的人类。

"当我说'我们不知道比尔和女王的约定',其中也包含艾瑞克在内。"帕梅拉简单地说。

我低头盯着自己的脚,努力控制脸部的表情。

"艾瑞克对这一点特别恼火。"帕梅拉这一回说得小心翼翼,"他对比尔很生气,因为比尔越过他直接和女王有协议,也因为他没有发现比尔的计划。他也气你,因为你钻到他的骨子里。他气女王,因为女王比他迂回狡诈,所以啦,她才会当上女王。除非艾瑞克能够好好地控制住自己,否则当不上国王。"

"你真的在担心他吗?"我从来不知道帕梅拉会如此认真地在乎任何事情,看到她点头,我发现自己这么问了:"你在何时遇见艾瑞克的呢?"这一点我一直很好奇,帕梅拉今天晚上似乎愿意打开话匣子分享。

"我在伦敦遇见他,就在我人生的最后一夜。"她平铺直叙的声音从阴影中传过来,头顶的安全灯照着她的半张脸,表情相当平静。"为了爱情，我甘冒一切的风险，你听了会笑坏肚皮。"

我完全没有想笑的意思。

"在那个年代，我是一个非常狂野的女孩，当时淑女不可以和绅士或任何男性单独相处，规矩和现代大不相同。"帕梅拉的嘴角往上弯成一抹微笑。"但我生性浪漫，胆大包天，有一天深夜偷偷溜出屋子，私会我最要好朋友的表哥，她就住在我家隔壁，她表哥从布里斯托来拜访她，我们一见钟情。因为门户不相当，我知道父母亲不会允许他的追求，万一被人发现我们夜晚单独在一起，我的人生就结束了，从此嫁不出去，除非父母亲强迫他和我结婚，所以我们毫无未来可言。"帕梅拉摇摇头，"现在想起来好疯狂，当年的女人没有选择的余地，最讽刺的是，我们的幽会很单纯，稍稍吻几下，说一些甜言蜜语，宣誓爱情至死不渝等等。"

我对帕梅拉咧着嘴笑，她没有抬头。

"回家路上，我试着悄悄地穿过花园，就在这时候遇上艾瑞克，再怎么悄无声息都不足以避开他。"她安静了很长一段时间。"结果我的人生真的到此结束了。"

"他为什么要转化你呢？"我尽量往后坐，双脚交叉，这一番对话来得很意外也很有趣。

"我猜是因为寂寞。"她的语调中夹着惊奇的意味。"因为儿女不能和创造者形影不离，他上一个同伴才自己出击。几年以后，孩子就要单独靠自己攻击，除非创造者发出召唤，孩子才能回到他身边。"

"难道你不生气吗？"

她试着回忆当时的感受。"一开始很震惊，"帕梅拉告诉我，"他吸干我的血，把我放回房间的床上，家人当然以为我突然生了某种怪病死掉了，草草地埋葬，艾瑞克把我挖出来，免得我在棺木中苏醒的时候还得靠自己爬出来。他抱着我解释了一番。直到死去的那天晚上，在我潜藏的冒险因子底下，只是一个固守传统的女人，习惯穿着一层又一层的衣服，你若看到我的寿衣一定会大吃一惊，好多的袖子和花边，单是裙子的布料就够你做三件洋装！"帕梅拉回忆般的露出笑容。"醒了以后,我发现当吸血鬼反而释放了我内在的狂野天性。"

"你竟然没有气得想要杀死他?"

"不。"她立刻回答,"我想和他亲热,后来我们的确有过很多次的性关系。"她咧着嘴笑。"孩子和创造者之间的联系不一定在性方面,在我们之间是这样,实际上,这一点很快就发生变化了,因为我的品位日渐扩充,举凡活的时候不被允许的经验,我都想要试试看。"

"所以你真的喜欢当一个吸血鬼? 觉得很高兴?"

帕梅拉耸了耸肩膀。"对,我喜欢现在这样,在我成为吸血鬼之前,从没听过他们的存在,花了好几天来理解自己崭新的天性。"

我没办法想象帕梅拉乍然清醒时的震惊,但她调整自我适应新处境的快速度倒是让我瞠目结舌。

"你回去探望过你的家人吗?"我问道,好吧,这个问题很糟糕,话一出口我就后悔了。

"大约过了十年,才站在远处遥望了一下,你要了解,新吸血鬼的第一要务就是远离家乡,否则会面临被人认出来和被追杀的风险,现在要去哪里,当然是随心所欲,以前却要谨言慎行、保持神秘。事后,艾瑞克和我立刻启程离开伦敦,在英格兰北部逗留了一阵子,等我稍微适应以后,我们告别英格兰来到新大陆。"

好个诡异又迷人的故事。"你爱他吗?"

帕梅拉有一点困惑,光滑的额头出现细小的皱纹。"爱他吗? 不,我们是好伙伴,性和狩猎都很享受,但是爱情吗? 不会。"上方安全灯的光线在停车场的角落投下奇形怪状的黑影,我看着帕梅拉脸上的肌肉放松下来,恢复平常的光滑。"我必须对他忠贞不二,"帕梅拉说,"遵守命令,这些我做得甘之如饴。艾瑞克聪明,有野心又很风趣,如果我私会那个年轻的傻蛋,溜回家途中没有被艾瑞克发现,今天躺在坟墓里的我就只剩骨灰了。我自己随心所欲地过了很多很多年,后来酒吧开张,我很高兴他打电话叫我来帮忙。"

这个世界上有任何人能够像帕梅拉这样,对她自己被谋杀的事这么处之泰然吗? 她显然很享受当一个吸血鬼,对于人类甚至是有点瞧不起,事实上,在她眼中的人类很可笑,起初艾瑞克对我有所表示的时候,她认为这一点胡闹,相较于以前,她的改变真有这么多吗?

"当然你几岁,帕梅拉?"

"我死的时候吗?十九岁。"她脸上没有一丝情绪的反应。

"你每天都要把头发梳高吗?"

她的神色柔和了一些。"是啊,我的发型很精巧,需要女仆帮忙,真发底下要用假发垫高,还有那些内衣!看到我穿的过程,你会笑得肚子痛!"

虽然这次的交谈非常有趣,但我发现自己精疲力竭,只想回家。"所以你对艾瑞克忠心耿耿,你们两个人都不知道比尔怀着秘密任务来到良辰镇。"帕梅拉点头。"因此,今天晚上你来这里是……"

"请你体谅艾瑞克一点。"

我从来没想过艾瑞克会需要我的同情和体谅。"这句话跟你以前的内衣一样好笑。"我说,"帕梅拉,我知道你认为自己欠艾瑞克一个人情,但他其实是杀人凶手——甜心,他杀了你——而我不欠他什么。"

"你关心他。"她第一次流露出轻微怒意。"我知道你在乎,艾瑞克的感情从来没有这样纠缠不清过,居于不利的劣势。"她似乎恢复常态,我猜这意味着我们的交谈到此结束,同时站起身来,我把萨姆的椅子放回原处。

我一言不发。

幸好不用花脑筋思考要说什么话,因为艾瑞克突然从停车场边缘的阴暗处走出来。

"帕梅拉!"这一声喊得充满火药味。"你迟到了很久,我跟着你的足迹过来确定你没事。"

"主人。"她说,我从来没听帕梅拉这么称呼过。她单膝跪在碎石地上,那种姿势一定很痛。

"走开。"艾瑞克说,帕梅拉就这样走掉了。

我保持沉默,艾瑞克用那种吸血鬼定定的眼神瞪着我,我无法透视他,只知道他很恼火,至于原因是什么、对象是谁、有多生气,通通不知道,这就是和吸血鬼在一起的乐趣所在,同时也是最恐怖的地方。

这时候艾瑞克决定行动胜于语言,突然间来到我的正前方,手指伸到我的下巴勾起我的脸,在模糊的灯光下,他的眼睛变成黑色,直接盯着我看,专注的程度让人既兴奋又痛苦,吸血鬼与纠缠交织的感情都是一体的。

他吻了我,其实我并不惊讶,一旦某个人有将近一千年的时光练习接吻的技巧,绝对会变成个中高手,我若说自己对他嘴上功夫无动于衷,无异是自欺欺人,我的体温猛然往上蹿十度,唯有使出全身的意志力才没有上前一步,双手抱住他贴着他。以死人而言,他拥有最活跃的化学分子,况且和昆恩共度一夜的结果,显然唤醒我全身的荷尔蒙。想到昆恩,就像当头被泼了一桶冷水。

我极其勉强、痛苦地退出艾瑞克的怀抱,他的神情非常专注,似乎在品尝某种东西,决定是否有保留的价值。

"艾瑞克,"我颤抖地说,"我不知道你为什么出现,也不懂你这场表演为的是什么。"

"你现在属于昆恩吗?"他眯着眼睛。

"我自立自强。"我说,"自己选择。"

"你选择了吗?"

"好个厚颜无耻的问题,艾瑞克,我们没有在约会,你也没有表示心里有过类似的念头,而且在你的生活里,我好像也没有分量可言。这不是说我在等着你表白,而是告诉你,既然没有意思表示,我当然享有另外找……呃,伴侣的自由,截至目前,我对昆恩很满意。"

"你对他的了解不会比比尔多一些。"

他在伤口上再补一刀。

"至少我很确定他没有把我当成政治筹码,也没有人命令他和我上床!"

"比尔的事情你还是知道比较好。"艾瑞克说道。

"的确比较好,"我同意,"但不表示我乐在其中。"

"明知道你听了会不好受,我还是逼他告诉你。"

"为什么?"

我不知道该如何形容,艾瑞克似乎被问倒了,一时无言以对,最后他别开目光,望向漆黑的树林。"那样做不对。"他终于回答。

"的确,但或许你想用这一招来确保我不会再爱他了?"

"或者两项都有可能。"

一阵尖锐的寂静,仿佛某个巨大的物体突然吸口气。

"好吧。"我说,好像在进行心理治疗似的。"艾瑞克,最近这几个月,自从你……患了失忆症以后,每次看到我,脸色就很阴沉,究竟是怎么一回事?"

"自从被诅咒以后,我就不断地纳闷为什么会出现在通往你家的路途中。"

我退开一两步,试图从他苍白的脸庞上抽丝剥茧,找出他在想什么的线索或证据,结果是徒劳无功。

我从来没想过艾瑞克为什么会出现在那里,那一阵子受到太多的惊吓,以致我在新年第一天的凌晨发现艾瑞克光着上半身单独一个人、毫无头绪的场景,通通埋葬在女巫大战剩余的惊恐当中。

"你找到答案了吗?"话一离口,我就察觉自己问得很愚蠢。

"没有。"他的声音近乎咬牙切齿。"咒语解除了,可是诅咒我的女巫一命呜呼,无法告诉我她的咒语内容附带什么条件,难道我要寻找的是我恨的人吗? 或是我爱的? 我发现自己竟然跑到荒郊野外去……那个荒郊野外就在通往你家的途中,难道这只是因缘凑巧吗?"

我心神不宁,陷入沉默当中不知道要说什么,艾瑞克显然在等候回应。

"大概是精灵血统的缘故。"我回得有气无力,虽然我已经花了好几个小时告诉自己,那么少许的精灵血缘只会在我认识的吸血鬼当中引起温和的吸引力。

"不对。"说完,他竟转身走了。

"喂!"我大声嚷嚷,不满意自己颤抖的嗓音。"以离场来说,这一招不错。"和吸血鬼辩论,你很难抢到最后一句话下结论。

第八章

"行囊收拾就绪……"我哼哼唱唱。

"呃,我不会孤单到想哭。"艾蜜莉亚好心地同意开车送我去机场,可是我应该逼她先答应那天早上保持愉快的心情才对,在我扑粉的时候,她一直哭丧着脸。

"真希望我能够同行。"她终于把堵在喉咙口的话一吐为快,当然啦,其实不必说我也知道她的问题所在,只是没办法解决。

"我没办法决定邀请的对象,"我说,"毕竟我只是受雇的帮手。"

"我了解。"她答得闷闷不乐。"我会替你去拿邮件、浇花,帮鲍伯梳毛球,嘿,听说倍优保险业务员需要一个总机小姐,因为原先那个女孩的妈妈从新奥尔良被疏散出来,需要全天候照顾。"

"噢,赶快去应征吧,"我说,"你一定会喜欢那份工作。"我的保险员是一个巫师,用咒语来支持他的保险单。"你一定喜欢葛列格·奥伯特,他很有趣。"我希望艾蜜莉亚去保险经纪公司的应征过程充满愉快的惊喜。

她笑盈盈地瞄了我一眼。"噢,他可爱又单身吗?"

"错，但他有一些好玩的特质，而且你已经答应鲍伯不找其他的男人。"

"喔，对，"艾蜜莉亚脸色一沉。"嘿，我们上网去看你要住的旅馆。"

艾蜜莉亚正在教我如何使用海莉表姐的电脑，我从新奥尔良带回来的时候，本来想卖掉，但是艾蜜莉亚说服我组装起来，把科技产品摆在老屋子角落的桌子上，看起来很好笑，因为艾蜜莉亚楼上的笔记本电脑也需要线路，多牵一条上网线的费用就由她支付，直到现在我还是一个紧张兮兮的新手。

艾蜜莉亚利用谷歌搜寻"吉萨金字塔旅馆"，我们瞪着屏幕上跳出来的图片，大多数的吸血鬼旅馆都像罗兹市的一样位于市中心，同时也是游客的观光景点，平常简称"金字塔"的旅馆，形状恰如其名，外观是青铜色的反光玻璃，唯有在靠近底端的楼层上有一圈比较浅色的玻璃。

"不太像……嗯。"艾蜜莉亚歪着头打量整座建筑物。

"需要再倾斜一点。"我说，她点头同意。

"没错，看起来就像他们希望盖一座金字塔，因为不需要那么多的楼层，以致建筑的角度不够倾斜，看起来就不够壮观。"

"还坐落在巨大的四方形上面。"

"是啊，我猜那些都是会议室。"

"没有停车场。"我盯着银幕看。

"噢，那些位于建筑物底层，由下往上延伸。"

"面对湖泊哟，"我说，"嘿，我可以看密西根湖了，你瞧，湖泊和旅馆中间有一座小公园。"

"大约六车道的交通距离。"艾蜜莉亚指出。

"好吧。"

"靠近主要的购物中心。"

"还有专属人类的楼层。"我大声朗读简介。"我敢打赌一定是颜色比较浅的这一层，我还以为是纯设计，不过这样一来，人类可以在白天到有光线的地方，为了健康着想。"

"听我翻译，这是法律规定。"艾蜜莉亚说道，"还有什么呢？会议室等等一大堆,除了人类楼层,全部采用不透光玻璃,顶楼附设精致装潢的套房等等,全体员工都受过精心训练,满足吸血鬼的需求,这表示他们都乐意当捐血人和提供肉体吗?"

艾蜜莉亚真是愤世嫉俗,但自从我得知她父亲的身份以后,总算有些理解她了。

"我想看看最上层的房间,就是金字塔的顶端。"

"办不到呢,旅馆说那里不是真正的客房区,所有的空调设备都塞在那里。"

"呃,见鬼,该出发了。"我瞥了一下手表。

"喔,是的。"艾蜜莉亚心情郁闷地盯着屏幕。

"我只离开一星期。"我说。艾蜜莉亚是那种讨厌一个人独处的类型,我们一起下楼,拿行李上车。

"我抄了旅馆电话,以防有紧急事故,还有你的手机号码,你带了充电器吧?"她穿过长长的碎石路车道,弯进蜂雀路,我们要绕过良辰镇上高速公路。

"带了。"还有牙刷、牙膏、剃刀、体香剂、吹风机(以防万一)、化妆用品、所有的新衣服外还多带一些备用的旧衣,以及很多双鞋、内衣和少许的珠宝配件、备用皮包,外加两本平装本小说。"谢谢你借我用行李箱。"艾蜜莉亚贡献了一个大红色的行李拖箱、衣服专用的折叠式旅行袋,外加登机用的手提袋,被我塞了一本书、填字谜游戏盒、随身 CD、耳机和小 CD 盒。

一路上我们没怎么交谈,想想留艾蜜莉亚一个人在我家里真的有点奇怪,至少一百七十年来,那里都是斯塔克豪斯家人的住处。

接近机场的时候,我们零星的交谈跟着到此为止,似乎再也找不出话题,这里是什里夫波特市主要的机场,我们的目的地在附近的私人机棚,若不是艾瑞克早在几星期前就订了阿努比斯的包机,现在会很惨,因为举行高峰会无异也在考验阿努比斯航空的负荷能力。与会的各州都派出代表团,主要涵盖大部分的美国中部,从墨西哥湾到加拿大边境,都划入美国中区的范围。

几个月前，路易斯安那州需要租两架包机，现在一架就绰绰有余，尤其是部分的人员已经先出发了。尖牙同盟的会议结束后，我看了吸血鬼的失踪名单，发现米兰妮和切斯特都榜上有名，我在新奥尔良女王的总部见过这两位吸血鬼，虽然没时间变成好朋友，他们做"鬼"似乎还不错。

一个守卫站在机棚外面的围篱门口，先查过我和艾蜜莉亚的驾照之后才放行，他是普通的退休警员，做事干练、态度机警。"前面右转，东墙的门边就有停车位。"

艾蜜莉亚微微地倾身往前看，门的位置很明显，旁边已经停了几辆车。现在大约上午十点，温暖的空气中带着一丝凉意，散发出初秋的气息，历经夏天的酷暑折磨，这个时节好多了。帕梅拉说罗兹市的温度更低，她上网查过未来一周的天气预报，打电话要我多带一件毛衣，她电话中的语气很兴奋，对帕梅拉而言这种状况很少见，显然她最近有点烦躁不安，什里夫波特市和酒吧的生活常态让她感到厌倦，或者——原因就只有我。

艾蜜莉亚帮忙拿出行李，她先解除红色拖箱上面的咒语才能交给我，我没有问她万一忘记了会怎样，只是拉起行李箱的杆子，并且把登机包甩过肩头。艾蜜莉亚拿着剩下的手提包，伸手开门。

我没看过真正的机棚，不过这里跟电影演的一样，像个巨大的洞穴，停了几架小飞机，我们按照帕梅拉的指示走向西墙的出口，阿努比斯航空的飞机停在外面，航空公司穿制服的人员正在把棺木——搬上行李输送带，他们穿着黑漆漆的制服，胸口印着个胡狼头的图案，矫情到看起来很碍眼。他们草率地看了我们一眼，没有人上来质问也没要求检查证件，任由我们走到登机的台阶前。

鲍比·博汉拿着纸夹板站在楼梯底下，既然能在大白天现身，显然就不是吸血鬼，但是苍白严厉的程度倒很像。虽然以前没见过，但我知道他的身份，他显然也认得我，这是他脑袋里的意念，不过他依旧要求查看证件，核对名单上该死的资料，他瞪了艾蜜莉亚一眼，以为她没办法把他变成癞蛤蟆（艾蜜莉亚真想这么做）。

"他要呱呱呱。"我呢喃着，艾蜜莉亚笑了。

鲍比自我介绍,我点个头,他继续说:"你在名单上,斯塔克豪斯小姐,但是布德威小姐没有,恐怕你得自行提行李上机。"爱耍权力的鲍比真是狐假虎威。

艾蜜莉亚低声地喃喃自语,鲍比突然脱口而出:"最重的行李由我来服务,斯塔克豪斯小姐,你可以拿另一袋吗? 如果不愿意的话,稍等一分钟,我再下来帮忙拿上去。"他惊愕的表情真是无价之宝,我试着克制自己别太过火,毕竟艾蜜莉亚的把戏有一点卑鄙。

"谢谢你,我可以应付。"我强调地说,接过艾蜜莉亚手中的袋子,看着他拎行李箱上楼梯。

"艾蜜莉亚,你很坏呀。"我没有很生气。

"那个混蛋是谁?"

"鲍比·博汉,艾瑞克白天的助手。"举凡特定层级以上的吸血鬼都有一位,鲍比是艾瑞克最近才找来的。

"找他做什么? 帮棺材掸灰尘吗?"

"不,安排公务、跑银行、拿干洗的衣服、处理白天的州政府事务等等。"

"原来是个跑腿的。"

"哎,对,打理重要事项,专门替艾瑞克跑腿。"

鲍比正走下楼梯,仍旧对自己彬彬有礼和殷勤服务的态度深感惊奇。"别再捉弄他了。"我知道她又再想别的馊主意。

艾蜜莉亚明白我的意思。"对,我很小心眼。"她承认,"生平最讨厌那种爱耍权力的混球。"

"谁不是呢? 下星期见啰,谢谢你送我来搭飞机。"

"不客气。"她露出孤寂的笑容,"好好享受吧,别死掉也不要被咬喔。"

我冲动地给她一个拥抱,她愣了一秒钟才回应。

"好好照顾鲍伯。"我转身走上楼梯。

第一次切断习惯的生活脐带,虽是暂时的,但焦虑的感觉还是油然而生,阿努比斯的服务人员对我说:"请自行就座,斯塔克豪斯小姐。"随即接过我的手提袋去安置。根据阿努比斯公司网站上的说明,飞机内部和一般的客机不相同,他们空中舰队的设计和设备都以运送沉睡的吸血鬼为主要的考虑,人类乘客排在第二位,周围的墙壁有棺木的凹槽,类似巨型的行李柜,飞机最前端有三排座位,右边三个座位,左边两个,供我这样的人乘坐……也可以说是利用特定能力来协助吸血鬼的人类,目前,座位上只有三个人,呃,更正一下,一个纯人类和两位半人类。

"嗨,凯特雷先生。"我出声招呼,圆滚滚的家伙从座位上笑嘻嘻地站起来。

"亲爱的斯塔克豪斯小姐。"他的招呼很热情,这是凯特雷先生一贯的作风。"我们又见面了,真的很高兴。"

一个红头发的年轻姑娘坐在凯特雷先生旁边,是他的侄女丹莎,她向来爱在打扮上作怪,今天又一次打破以前的纪录,丹莎的身高大约五英尺左右,骨瘦如柴,穿了一件长及小腿的橘色紧身裤、蓝色卡洛驰鞋和白色蓬蓬裙配手染布背心,看得人眼花缭乱。

丹莎说话的时候好像用不着呼吸,一开口就是:"你好呀。"

"你也好呀。"她既然没有进一步的动作,我就单单点个头。某些超物对握手礼有些不愿意,所以要小心应对,我转向另一位乘客,既是人类,我觉得应该没问题,主动地伸出右手,他好像看到一尾死鱼似的,明显地犹豫了一会儿才勉强出手,虚弱无力地搭一下我的手掌心,随即抽回去,似乎很想用西装裤擦手心,但勉强控制住自己。

"斯塔克豪斯小姐,这位是乔罕·葛雷司波,吸血鬼法律方面的专家。"

"葛雷司波先生。"我礼貌地招呼,试着不去介意他无礼的冒犯。

"乔罕,这位是苏琪·斯塔克豪斯小姐,女王的读心人。"凯特雷先生谦恭有礼,他的幽默感跟大肚皮一样的丰富,即使现在,眼神还是笑嘻嘻的,不过你必须牢牢记住,他有一部分不是人类——凯特雷先生的绝大部分是恶魔,丹莎是半人半魔,她叔叔的魔鬼成分更多一些。

乔罕简短地上下扫了我一眼,差一点就发出哼的一声,回头继续看他的书。

就在这时候,阿努比斯的空中小姐开始一般飞行指示,我坐下来扣上安全带,不久飞机就升空了,因为乔罕·葛雷司波的行径太让人厌恶,我连起飞的焦虑都忘掉了。

我从来没遭受过这种当面无礼的对待,路易斯安那州北部的居民或许不是很有钱,甚至有过高的青少年怀孕率及其他林林总总的问题,但我敢发誓,至少我们是彬彬有礼的。

丹莎说话了:"乔罕是大混球。"

乔罕对这句恰如其分的评语充耳不闻,径自翻过下一页。

"谢谢你,亲爱的。"凯特雷先生开口,"斯塔克豪斯小姐,说说你的近况吧。"

我挪过去坐在他们三个人对面。"乏善可陈,凯特雷先生,就如信上说的,支票收到了,谢谢你帮我处理好所有关于海莉遗产上的问题,如果你愿意重新考虑收费的话,请把费用寄给我,我很乐意支付。"不能说付得很高兴,但是可以摆脱一份人情。

"不,孩子,这是我可以帮忙的地方,那方面女王已经表达过她的谢意了,虽然当天晚上的事情没有按照她预期的计划进展。"

"那是当然,谁也没料到会有那样的结局。"我想起魏伯特的人头飞过半空中,洒出一片血雾,忍不住浑身战栗。

"你是见证人?"乔罕突如其来地开口。他拿出书签夹好并把书阖上,睁大眼镜后面的眼睛直直地瞪着我看。一眨眼之间,我从他鞋子底下的狗屎,提升为某种有趣又需要关注的东西。

"对,就是我。"

"我们需要谈一谈。"

"奇怪,这么重要的审判,如果你真要代表女王辩护的话,怎么以前都没有找我?"我尽可能用温和的语气说话。

"女王一直没有和我联络上,况且我必须把上一个客户的问题处理完毕。"乔罕的脸没有皱纹,表情几乎没变化,只是稍微绷紧一点。

"乔罕在监狱里面。"丹莎说得大声又清楚。

"噢,我的天。"我真的吓了一跳。

乔罕说道:"那些指控一点根据都没有。"

"那是当然,乔罕。"凯特雷先生的语调平板不变。

"喔喔,"我说,"那些莫须有的罪名是什么呢?"

乔罕再一次盯着我看,这回傲慢的程度收敛很多。"我在墨西哥遭人指控殴打妓女。"

如果罪名只有这一条的话,即使我对墨西哥的执法状况没什么概念,但就是很难相信一个美国人会因为殴打妓女而被捕,除非他树立了很多敌人。

"你打人的时候,手里恰巧拿着东西吗?"我带着灿烂的笑容问道。

"我相信乔罕手里握了一把刀。"凯特雷先生慎重地说明。

我的笑容倏然消失无踪。"你因为杀害妇女而在墨西哥入狱。"哈,现在谁才是狗屎呢?

"是妓女。"他更正,"那是控诉的罪名,但我绝对是无辜的。"

"当然。"我说。

"我的状况并不是目前要讨论的主题,斯塔克豪斯小姐,现在女王遭受非常严重的指控,我的任务是替她辩护,你是重要证人。"

"我是唯一的证人。"

"对,目睹真正的死亡。"

"有好几个真的死掉了。"

"高峰会议上只重视彼得·雷吉尔这一桩。"

想到魏伯特的头颅凌空飞过的景象,我叹了一口气。"是,我在场。"

乔罕或许是一个生性卑劣的小人,但他的确是专业人士,和我进行了一长串的问答过程,虽然亲眼目睹的人是我,但到最后他对现场细节的掌握程度比我还清楚。凯特雷先生兴致勃勃地旁听,偶尔做一点澄清,或是解释女王的修道院平面分布,帮助律师了解大致的方位。

丹莎听了一阵子就没了兴趣,干脆一个人坐在地板上玩丢沙包的游戏,半小时后就倾斜座椅,醺然入睡了。

三小时的往北飞行途中,阿努比斯的空服人员不时走过来递送饮料和点心,律师讯问完毕后,我起身去机上的洗手间,生平第一遭使用机上卫生设备,真是挺新鲜的经验,稍后我没有回到座位上,反而沿着飞机走道查看棺木的样式,每一具外面都有行李牌挂在手把上,今天同在飞机上的有艾瑞克、比尔、女王、安竺和赛伯特，另外还有目前款待女王的乔维斯以及第三区警长克里欧·贝比特的棺木。至于第二区警长艾拉·佑尼则在女王离开的期间负责留守，处理州内各种事务。

女王的棺木采用内嵌珍珠层设计，其他都是朴实的样式，亮光的木头材质，完全不用现代金属制品。我的手滑过艾瑞克的，想象他毫无生气地躺在里面，忍不住毛骨悚然。

"乔维斯的女人和瑞硕连夜开车出发，先去查看女王的准备事项是否都到齐了。"凯特雷先生的嗓音从我的右肩膀后面传过来，我吓得大叫，女王的律师先是有一点脸红，随即暗地里偷笑——一直笑。

"你的脚步声太轻了。"我的语气酸得像柠檬。

"你在纳闷第五位警长在哪里。"

"是啊，不过你的思绪大概落后了一两步。"

"我可不会读心术，亲爱的，只是随着你脸上的表情和身体语言稍作臆测而已，你算过棺木的数量，接着又查看行李牌。"

"所以女王不只是女王，还兼任她那一区的警长。"

"是的，这样做可以剔除疑惑，并不是所有的统治者都按照这种模式处理，但是女王认为如果她想做任何事情之前，都得去征询另一个吸血鬼的意见，未免太麻烦了。"

"听起来就是女王的作风。"我望着前方的同伴，丹莎和乔罕都在忙，丹莎忙着睡觉，乔罕在看书，我暗自纳闷那会不会是解剖方面的书籍，附带图解说明，或者是开膛手杰克的凶案记录，包含命案现场的照片在内，毕竟这类的书籍比较符合乔罕的凶暴天性。"女王怎么会找上他这种律师？"我尽可能压低声音，"他似乎……卑劣又奸诈。"

"乔罕·葛雷司波是个好律师，肯接别人不愿意接的案子。"凯特雷先生告诉我，"他同时也是个杀人凶手，但我们谁不是呢，你说对吗？"他的小眼睛直直地盯着我。

我没有回避他的目光，好一阵子才回答："为了护卫自己和我爱的人的生命，我会杀死攻击者。"每一个字我都经过深思熟虑才说出来。

"这么说就像机智的外交辞令，斯塔克豪斯小姐，我可没办法说相同的话，有时候我这么做纯粹是为了杀戮的乐趣。"

噢，真恶心，我宁愿不知道这些。

"丹莎很喜欢打猎野鹿，也会为了保护我而杀人，她和她妹妹甚至还处置过一两位不听话的吸血鬼。"

我提醒自己对丹莎要更尊重一些，追杀吸血鬼绝对是一桩无比艰巨的任务，而她玩小孩的沙包竟然玩得像上瘾一样。

"乔罕呢？"我问道。

"关于乔罕的小偏好，目前我还是别泄露的好，总之和我们在一起的时候，他不敢搞鬼，你对于他案情摘要的表现满意吗？"

"原来他在做案情摘要？噢，我想是吧，他问得非常彻底，绝对符合你的希望。"

"的确。"

"你可以先说明一下高峰会的大致情况吗？女王要我做什么？"

凯特雷先生说："我们先就座，我再试着解释给你听。"

随后的一小时当中他说了很多，我只是在聆听和提问。

丹莎坐起来打呵欠的时候，我已经对抵达罗兹市以后所要面临的新鲜事多了一些心理准备，乔罕阖上手中的书看着我们，仿佛现在有闲暇可以说话了。

"葛雷司波先生，你曾经去过罗兹市吗？"凯特雷先生率先问道。

"是的。"律师回应，"我以前在那里执业，事实上，当时我住在芝加哥和罗兹市中间的小镇，经常在两地往返。"

"你何时到墨西哥的呢？"我问道。

"噢，大约一两年前，"他回答，"我和这里的工作伙伴产生一些歧见，当时似乎是个好机会……"

"就此离开大城市？"我接下去说。

"拼死命快跑？"丹莎建议。

"卷款潜逃？"凯特雷先生说。

"以上皆是。"乔罕·葛雷司波似笑非笑地说。

第九章

飞机下午抵达罗兹市,一辆阿努比斯航空公司的货车在机场守候,要运送棺木到吉萨金字塔旅馆,进城途中我一直望着加长型轿车的窗户外面,虽然什里夫波特市的连锁商店也多得吓人,但这里依旧是另一个完全不一样的地方,沉重的红砖、繁忙的城市交通、一排又一排的房子,偶尔瞥见的湖泊……我贪心地想要同时看到每一个方向的景致,然后旅馆就出现了,令人无比惊奇。即使阳光没有灿烂到足以让青铜色的玻璃闪闪发亮,吉萨金字塔看起来还是很壮观,车辆熙来攘往的六车道马路对面果然是一个公园,再过去就是硕大的湖泊。

阿努比斯的货车绕到金字塔后面去卸下吸血鬼棺木和行李,大轿车则是弯进旅馆的正前方,我们这一群白昼生物依序下车的时候,一时之间我不知道要先看什么才好,是那片宽广的湖水还是建筑物本身的装潢,真难决定。

金字塔的大门外面站了很多穿红褐和灰棕色制服的工作人员,同时还有寂静无声的守卫,两具精雕细琢的古埃及石棺复制品分别竖立在一楼大厅的两扇门边,让我看得目不转睛,很想留下来仔细地查看一番,可惜工作人员急着把我们请进大厅,一个男的负责开车门,另一位检查身份证件,确保我们是登记过的客人(不是人类的记者、看热闹的人或是各类疯狂的追星族等等),还有一位推开旅馆的大门,请我们进入。

我有过住在吸血鬼旅馆的经验,对于武装的守卫和没有窗户的大厅已经习以为常,但是和达拉斯的静滩酒店比较起来,吉萨金字塔费了一些心思和工夫让旅馆看起来更有人气,虽然墙上的壁画完全模拟埃及的古墓壁画艺术,但整间大厅的人工造明倒是非常明亮,甚至还播放活力充沛的《来自伊帕尼玛的女孩》①当背景音乐。

大厅里面熙来攘往,比静滩酒店忙碌多了。

很多人类和其他生物大步地穿梭其中,有效率又有目的,住宿登记柜台充斥着各种活动,另外一个活动点就在贵宾咨询室,这里是本地吸血鬼网络设立的摊位。有一次我和萨姆去什里夫波特市参加酒吧设备供应商的年会,当时他想采购新的抽水系统,那次的经验让我对一般性的会场布置开始有概念,也就很确信这附近会有展示厅摆满各种摊位,并且有分组座谈或使用示范的时间表。

但愿我们的住宿简介夹有旅馆的分区使用地图,注明相关的活动和地点,或者吸血鬼太傲慢了,不屑要这种世俗的协助? 不对,因为有一张旅馆平面图就框在附近,方便宾客浏览查看,也可以查询预定的旅游团资讯。这间旅馆的楼层名称和一般的相反,最顶层的阁楼叫一楼,底部是最大的楼层,划分给人类使用的则是十五楼,人类楼和旅馆大厅中间还有一个夹层,大大小小的会议厅设在旅馆北边的附属建筑里,也就是我们在网路上看到的四方形建筑,外观奇怪而且没有窗户。

我看着在大厅匆匆来去的人们,有女仆、贴身保镖、私人随从、行李员等等……哎,我们这些人就像辛勤工作的海狸,匆匆来去只为了妥善接待活死人的大会代表。(可以这么称呼吗? 这明明称为高峰会啊?

---

① 《来自伊帕尼玛的女孩》,一九六三年在纽约录制、洋溢着巴莎诺瓦曲风的专辑,本首就是其中最著名的单曲,引发世界性的巴西音乐风潮。伊帕尼玛是位于巴西里约热内卢的一处沙滩。

两者有什么不同呢?)想到事情的优先顺序变成这种德性,我忍不住有点酸溜溜的,不过几年前而已,那时连奔带跑的是这些吸血鬼,还得躲在黑暗的角落里害怕被人发现,或许那样才符合大自然的法则吧。我在心里打了自己一巴掌,真要这么想的话,还不如去加入太阳兄弟会算了。我已经注意到有一群示威人士就站在吉萨金字塔马路对面的小公园里面,有些示威牌子上写着"死吧金字塔"。

"棺木在哪里?"我问凯特雷先生。

"他们从地下室的入口进来。"

旅馆大门有金属探测器,乔罕·葛雷司波先生倒空口袋物品的时候,我努力压抑自己不要盯着看,在他通过的那一瞬间,探测器的警铃叫得像救护车那么响,"棺木也要接受金属探测器的检查吗?"我问道。

"不必,我们的吸血鬼都用木棺,但五金材料还是金属制品,况且你又不能把吸血鬼倒出来检查他们的口袋,所以那么做毫无意义。"凯特雷先生这么回答,第一次流露出不耐烦的语气。"况且有一些吸血鬼选用现代的金属棺。"

"马路对面的示威人群,"我说,"让我担惊受怕,他们肯定希望像鬼魅一样地溜进来。"

凯特雷先生微笑的神情让人头皮发麻。"他们休想进来,苏琪小姐,有一些守卫是你看不见的。"

凯特雷先生上前办理登记,我转头环顾周围的人群,各个盛装打扮,三三两两地交谈,讨论的话题就是我们。众目睽睽的眼神立刻勾起我焦虑的情绪,人类宾客和员工纷杂的思绪汹涌而来,无疑是雪上加霜,我们是女王的人类随扈,她曾经是美国境内最有权势的吸血鬼统治者之一,现在虎落平阳,不仅经济势力往下滑落,还被冠上谋杀亲夫的罪名。我很清楚这些势利小人对我们兴致勃勃的原因——换成是我也会感到好奇——但我还是局促不安,忍不住一直想着我的鼻子油光闪亮,只想独自一个人。

柜台职员故意慢吞吞地处理我们的登记事宜,似乎特意要延长我们站在大厅展示的时间,凯特雷先生用一贯的礼貌态度应付对方的要求,拖了十分钟以后,他也开始不耐烦了。

交涉的过程当中,我原本谨慎地保持距离,后来发现这个家伙别有居心,他大约四十岁,属于消遣型的吸毒者,有三个小孩,现在故意耍弄我们寻开心,我靠过去,伸手碰一下凯特雷先生的袖子,表示我想加入讨论,他中途停住,转过来看我一眼。

"请你给钥匙,并且让我们知道我们的吸血鬼位置在哪里,否则我要去告诉你的老板,上网拍卖吉萨金字塔物品的内贼就是你,如果你敢贿赂打扫房间的女仆,别说是偷,只要摸一下女王的内裤,我就放丹莎咬死你。"丹莎刚好走过去拿瓶装水回来,听到我的话,顺从地龇牙咧嘴,露出锐利的尖牙和催命般的笑容。

从血液流通的模式可以发现柜台人员吓得脸色发白又转红,有趣极了。"是,小姐。"他突然结巴起来,不知道是不是吓得尿裤子。稍微扫瞄过他的脑袋之后,我一点都不在乎。

不久之后钥匙通通拿到手,还有一张清单列出"我们的"吸血鬼的休憩地,另外有行李服务员用精巧的推车替我们运送行李,这让我联想到另外一档事。

巴里,我在脑子里说,你在这里吗?

是啊,对方回应的声音完全不像我第一次听见的时候那么结结巴巴,苏琪·斯塔克豪斯吗?

没错,我们登记住房了,我在一五三八号房,你呢?

我在一五七六房,你好吗?

个人很好。可是路易斯安那州……我们遭遇飓风侵袭,现在又有审判问题,这些你应该都听说了吧?

对,你看到行动了。

可以这么说。我告诉他,不知道笑容能不能传输过去。

又大声又清楚。

现在我终于有点概念,约略了解别人对我的天赋有什么感受。

我们等会儿见,我跟巴里说,嘿,你姓什么?

你引出我的天赋,也为我开启一条新的路,他说。我的全名叫巴里·赫罗维兹,另外取了个绰号叫旅馆服务生巴里,万一你忘了我的房间号码,查服务生巴里就知道了。

没问题,期待见到你。

我也一样。

接下来巴里和我切断连线,分别将注意力转向其他事务上,那种思想对思想直接沟通而有的麻麻感受跟着消失无踪。

巴里是我遇见过、绝无仅有的另一个读心人。

凯特雷先生发现每个代表团中的人类——嗯,非吸血鬼——都被安置成两人一间房,某些吸血鬼也这样,他不太高兴自己和丹莎同一个房间,但是柜台职员说旅馆已经挤爆了,挪不出房间。很多事情他或许都说谎,唯有这一项是千真万确的。

我和乔维斯的女朋友同房,把门卡插进缝隙的时候,我还纳闷她是否在房间里。果然。我以为她和那些徘徊在尖牙同盟酒吧的尖牙狂热派没两样,结果卡拉·丹佛完全是另一种族类。

"嗨,女孩!"看到我进门时,她就开口了。"看你的行李一送进来,我就猜你的人快到了。我是卡拉,杰瑞的女朋友。"

"很高兴认识你。"我和她握手。卡拉是毕业舞会皇后,或许实际上没当选,也不是真正的返校舞会皇后,但她的姿色肯定足以列入候选人名单。那及肩长度的深棕色头发,咖啡色的大眼珠,牙齿洁白整齐,几乎可以替矫正牙科的牙医拍广告,她隆过胸,穿了耳洞,肚脐也穿了孔,下背部有刺青图案——V字形的黑色藤蔓,中间有绿叶衬着一两朵红色的玫瑰。为什么我能够看得这么仔细,是因为卡拉浑身光溜溜的,似乎一点也不介意她的裸体相对就我而言算是"暴露太多的资讯"。

"你和乔维斯交往很久了吗?"我借由提问来掩饰自己的尴尬。

"我想想看,我们大概认识七个月,他说我们最好分房住,因为在这里他很可能要参加一些会议,你懂吗?而我来这里是要血拼的,顺便做一下逛街购物疗法,提振心情啰!大城市!大百货公司!买了东西就需要空间储藏购物的成果,免得他问我花了多少钱。"她眨眨眼睛,模样看起来很调皮。

"嗯,"我说,"好主意。"其实不然,但是卡拉的计划和我无关,我的行李箱已经放在架子上了,我走过去开始整理,发现装新衣服的包已经放在衣橱里面,卡拉在衣橱和五斗柜里面分别留了一半的空间给我,真是有礼貌。其实她至少比我多带了二十倍的衣服,还有如此公平的态度,更加难能可贵。

"你是谁的女朋友?"卡拉一边问,一边弓起脚来涂抹指甲油,上方的灯光映着她双腿中间似乎有某种金属闪闪发亮,我困窘到了极点,赶紧转过身去抚平挂在衣架上的晚礼服的皱褶。

"和我约会的是昆恩。"

我扭过头去,蓄意地抬高视线。

卡拉一脸茫然。

"他是虎人。"我说,"负责安排会议的仪式。"

这回她多了一点反应。

"高大壮硕,剃光头。"我说。

她恍然大悟地表情一亮。"噢,对,今天早上见过他! 我在柜台登记的时候,他刚好在餐厅吃早餐。"

"这里有餐厅啊?"

"是啊,当然,只是小了一点,也有客房服务。"

"你知道的,吸血鬼旅馆通常不附设餐厅。"我说,纯粹闲聊而已,我曾经在美国吸血鬼杂志读到类似的文章。

"喔,那样很没道理。"卡拉涂好一边,开始涂另一只脚。

"从吸血鬼的角度来看不然。"

卡拉皱着眉头。"我知道他们不吃东西,可是人类要啊,这是人类的世界,不是吗? 这就好像你移民美国却拒绝学英语一样。"

我转身细看卡拉的脸庞,确定她没有在说笑,对,她说得很认真。

"卡拉。"我开口随即又闭上嘴巴,不知道要说什么,要怎么让卡拉了解一个年近四百岁的吸血鬼根本不太在乎二十岁年轻人的饮食安排,但眼前的女孩仍然在等我接着说。

"嗯,幸好这里附设了餐厅。"我退让了。

她点点头。"对,因为我早上需要喝咖啡。"她说,"少了咖啡就动不了,况且当你和吸血鬼交往的时候,你的早晨时光倾向于下午三四点以后才开始。"她笑呵呵地说。

"的确。"整理好行李,我走到窗户旁边往外眺望,发现玻璃的颜色太深,窗外的景色很难看得清楚,可惜房间的位置没有面对密西根湖,但我依旧好奇地打量旅馆西侧周围的建筑物,毕竟我不常跨入大城市,也没有来过北方。此时天色已快速地变暗,再加上深色的窗户,看了十分钟实在是乏善可陈,反正吸血鬼即将苏醒,我也要开始工作。

卡拉继续东拉西扯地闲聊,独独没有询问我在高峰会扮演的角色是什么,径自假设我来当花瓶,此刻我觉得无妨,因为她迟早会发现我天赋异秉,接着就会开始紧张兮兮,目前她是有点过度放松。

卡拉穿上衣服(真是谢天谢地),打扮得像我印象中的高级妓女,亮晶晶的绿色礼服,上身近乎全裸,搭配鞋子,效果等同于看光光的丁字裤,嗯,这可以说是她的工作服。我对自己这么轻率的论断不太满意,或许是嫉妒,因为我的工作服相较之下太保守了。

今晚我挑了一件棕色蕾丝、裙摆剪裁不规则的洋装,戴上大耳环,配咖啡色便鞋,涂口红,头发梳得很美,把门卡塞进小晚宴包就出门了,到大厅柜台查询女王所在的套房,因为凯特雷先生吩咐我直接去那里报到。

一路上我都想着和昆恩不期而遇,结果连影子都没看到,现在多了一个室友,加上昆恩的忙碌,这一次的高峰会很可能不如我期待的那么有趣。

柜台职员一看到我就脸色发青,左顾右盼地寻找丹莎的踪影,他在一张纸上潦草地写下女王的房间号码,手指不住地发抖,我将注意力转向周围的环境。

大厅有几个明显的位置设了安全监视器,前门和柜台都有,我记得电梯里好像也有,此外还有武装的保安人员,在吸血鬼旅馆这算是稀松平常的。通常吸血鬼旅馆最大的卖点是关注住宿客人的安全和隐私,否则他们可以直接选择主流旅馆当中特设的吸血鬼房间,那里比较便宜又位于市中心(几乎每个地方的"六号"汽车旅馆①都有一间吸血鬼房)。但是一想到外面的示威群众,我只希望金字塔这里的保安人员敏锐又机警。

穿过大厅走向电梯时,我朝另一位照面的妇女点头致意,我猜愈是上层的房间,装潢愈豪华,因为楼层往上的房间数逐渐减少,女王位于第四层的套房,这是早在卡特里娜飓风之前很久就订了,那时候她丈夫大概也还活着吧。这层楼只有八扇门,其实不需要看房间号码,因为赛伯特就站在苏菲安妮的房间外面,他是个彪形大汉,担任女王的侍卫至少有好几百年,跟安竺相当。少了弟弟魏伯特,这个落单的吸血鬼显得很寂寞,除此之外,他依旧是上一次见面时那位盎格鲁-撒克逊战士,浓密的络腮胡,像大野猪般的体形,缺了一两颗门牙。

赛伯特咧着嘴巴对我笑,感觉很骇人。"苏琪小姐。"这是他的招呼方式。

"赛伯特,"我小心翼翼地说,"你还好吗?"我想表示同情,但又不希望太多愁善感。

"我弟弟死得像英雄。"他骄傲地说,"力战而死。"

我深思了一下本想说:"活了一千年,你一定很思念。"随后我想到这么问就像记者询问失踪小孩的父母亲——"你们的心情如何?"

我改变主意说道:"他是伟大的战士。"这是赛伯特想听的话,他拍一下我的肩膀,差点就把我推倒在地上,然后他似乎心有旁骛,仿佛分神听广播一样。

我本来就怀疑女王能够靠心电感应跟她的"子女"们沟通,赛伯特没有多说什么,直接替我开门,果然被我猜中。幸好女王没办法对我用这种方式,隔空和巴巴沟通还算有趣,但如果我们总是形影不离,同进同出,我铁定会老得很快,况且苏菲安妮可怕多了。

女王的套房非常豪华高雅,地毯厚得像羊毛毡,有点灰白色。家具采用金色和深蓝色系,外墙的斜片玻璃完全不透光,我必须这么说——

---

① "六号"汽车旅馆,Motel 6,北美洲最大的廉价连锁汽车旅馆。

那片黑黢黢的墙壁真会让人难受得抽筋。　　一

苏菲安妮蜷缩在沙发上，显得娇小苍白，金棕色的秀发挽成一个髻盘在头顶上，一身枣红色的丝质套装配黑色鳄鱼皮鞋，珠宝配件高贵大方但样式简单。

女王如果改穿关·史蒂芬妮①设计的服装品牌会更符合她的年龄，她人类寿命结束的时候顶多十五六岁左右，以当时来算是成年，足以结婚生小孩，但在我们的年代，就是爱在购物中心钻来钻去的青少年。从现代人的角度来看，苏菲安妮的打扮未免太老气了，可是这一点只有疯子或笨蛋才会当面说出来，因为她可是全世界最危险的青少年，至于排名第二位的就站在她背后——安竺一如往常地站在苏菲安妮后方，他彻底地打量我一眼，门一关上，他就在女王旁边坐下来，我猜这个动作在某种程度上意味着我是自家人，安竺和女王都在喝真血牌人造血，看起来脸色红润，几乎像活人。

"你的房间还好吗?"女王礼貌地问道。

"很好，我和……乔维斯的女朋友同房。"

"你和卡拉同房? 为什么?"她挑起眉毛，形状如同晴空下的黑鸟。

"旅馆客满，其实没关系，我猜她大部分的时间都和乔维斯在一起。"我说。

苏菲安妮问道:"你对乔罕的看法怎么样?"

我的表情有点僵硬:"他应该进监牢。"

"只要他别让我关进去就好。"

我试着去想象吸血鬼监狱的模样，结果决定放弃。对于乔罕，我说不出正面的评语，干脆点头了事。

"你还没告诉我，你在他身上挖掘到了什么。"

"他很紧张，很矛盾。"

"说清楚。"

"他焦虑不安又充满恐惧，心底效忠的对象完全不一样，只想保住

---

① 美国流行歌手兼时装设计师，并在二〇〇三年推出自己的服装品牌 L. A. M. B.。

性命,唯一关心的就是他自己。"

"所以他跟其余的人类有什么差异可言?"安竺评论。

"多数人不会手刃妇女,"我尽可能地维持镇定冷静的语气,"也不会以此为乐。"

苏菲安妮对于乔罕·葛雷司波暴力致死案的反应并不是完全的无动于衷,只不过她自然而然地更关心自己权益的辩护,至少这是我对她的认识,一旦面对吸血鬼,我只能仰赖细微的身体语言做判断,而不是确切地从他们脑袋中获取资讯。"他负责辩护,我付款,银货两讫以后就是他自己的事了。"她说,"以后会发生什么事,谁也不知道。"她定定地看了我一眼。

是,苏菲安妮,我明白——我如此想着。

"他问你问得很彻底吗? 你觉得他清楚自己在做什么吗?"她又转回最关心的重点。

"是的,女王。"我立即回应,"他似乎很专业,很能干。"

"这样就值得了。"

我连眼睛都不敢眨。

"凯特雷把大致的程序告诉你了吗?"

"是的,他说了。"

"很好,除了在法庭作证以外,我需要你陪我出席每一个有人类在场的会议。"

这是她花大钱雇我的原因。

"啊,你有议程的时间表吗?"我问道,"让我先有一点概念,比较好预备和等候。"

在她回应以前,听见有人叩门,安竺起身去应门的动作流畅平顺,简直会让人认为他是猫,我甚至没发现他手里已经握着刀,门开了一条小缝,外面传来赛伯特低沉的嗓音。

他们对谈了几句,房门开大了一些,安竺宣布:"女王陛下,得克萨斯州国王来访。"他的语气里只有一丝丝轻描淡写的惊喜,但这已经等同于安竺兴奋得在地板上做侧手翻的动作了。得克萨斯州国王这样的举动意味着对苏菲安妮的支持,其他吸血鬼很快就会耳闻了。

斯坦·戴维斯率先进来,后面跟了一群吸血鬼和人类。

斯坦是个书呆子兼蛀书虫,在他身上一定找得到口袋保护套①,黄棕色的头发上甚至看得到梳子齿痕的轨迹,还特意戴了厚重的镜片,其实是多此一举,因为我碰到过的吸血鬼都有一流的视力和精确无比的听力,他穿了一件印着西尔斯商标、免烫的白色衬衫,配海蓝色长裤和咖啡色的软皮皮鞋,噢,老天,上次遇见他的时候他还只是警长,现在成了国王,却依旧维持着一贯低调的打扮。

斯坦后面是他的副手约瑟夫·韦拉斯克兹,身材矮小粗壮,顶着刺猬头,来自于南美洲,向来都是一张扑克脸。他旁边是红发女吸血鬼蕾切尔,我记得上次在达拉斯见过,她非常野蛮,痛恨和人类合作。最后一位是旅馆服务生巴里,名牌设计师的牛仔裤搭丝质 T 恤,脖子上一条金链子,看起来帅极了。从上次碰面以后,巴里成熟的速度几乎令人害怕,第一次注意到他的时候,巴里还在达拉斯静滩酒店担任行李服务员,十九岁的他只是个英俊的傻男孩,现在涂了指甲油,发型帅气,眼神充满戒心,仿佛曾经在鲨鱼池游过一圈。

我们相视而笑,巴里说道,很高兴看到你,美丽的苏琪。

谢谢,你看起来也很帅,巴里。

安竺按照吸血鬼规矩打招呼,独缺握手的仪式。"斯坦,我们很高兴见到你,你带来的这几位是谁呢?"

斯坦绅士般地俯身亲吻苏菲安妮的手背。"最美丽的女王,"他说,"这位吸血鬼是我的副手约瑟夫·韦拉斯克兹,这位是我的姊妹蕾切尔,这个人类是读心人巴里,谢谢你间接帮我找到他。"

苏菲安妮真的笑了。"没问题,只要能力所及,我向来都很乐意帮助你,斯坦。"她挥手示意他在对面坐下来,蕾切尔和约瑟夫分别站在两侧。"你肯到我的套房来真好,我本来还在担心都不会有访客了。"

---

① 口袋保护套,保护口袋避免太多笔把口袋扯松,另外以防漏水把口袋染黑,以前这几乎是书呆子的标准配备。

（言下之意就是，"因为我被人控诉杀死自己的丈夫，又在经济上遭受重大的打击，地位岌岌可危。"）

"我特地来表达至深的同情。"斯坦的语调平板，毫无变化可言。"你的国境承受了极度的损失，只要能帮上忙……我知道得克萨斯州境内的人类对你们伸出援手，我们吸血鬼当然不能够落人之后。"

"感谢你的仁慈。"苏菲安妮的自尊心受到很大的创伤，十分勉强地把笑容挂回脸上。"我相信你认识安竺，"她继续说下去，"安竺，你现在认识约瑟夫了，我相信诸位都知道我们的苏琪。"

电话铃突然响了，因为我靠得最近，便顺手接听。

"你是路易斯安那州女王代表团的成员吗？"某人粗声粗气地问。

"是的。"

"你们需要找人下楼来行李区拿皮箱，应该是你们遗落的东西，行李标签上看不清楚。"

"噢……没问题。"

"愈快愈好。"

"好吧。"

他挂断电话，哎，这有一点唐突。

因为女王在等我告诉她是谁来的电话，我说明对方的要求，她困惑的神情持续了不到一秒钟就说："等会儿再说。"她置之不理。

这时候，得克萨斯州国王的眼睛像激光似的投射在我身上，我微微点头，希望这是正确无误的回应，看来似乎过关了。我本来希望在女王接见访客以前先有一点时间和安竺讨论行程，虽然老实说，我根本没想到会有任何人到来，遑论是斯坦·戴维斯这么有权势的家伙。这对女王而言一定具有正面的意义，或者也可能是某种形式的微妙的吸血鬼侮辱，总之我会找出含意的。

我察觉巴里在脑中的呼唤，她是好老板吗？巴里问道。

我只是偶尔替她打工，我回答，白天另外有工作。

巴里惊奇地看着我。你在开玩笑？只要去好一点的州，例如俄亥俄州或伊利诺伊州这种真正富裕的地方，你就可以赚进大把钞票。

我耸了耸肩膀，我喜欢现在住的地方。

我们同时察觉到两位吸血鬼雇主盯着我们的无声沟通，我猜是因为表情变化的缘故，就像表情会随着交谈的内容起起伏伏……只是我们的对话没出声。

"对不起，"我说，"我不是有意无礼，只是不常遇见像我这样的人，跟另一个读心人聊天的感觉很特别，请原谅我们，夫人，先生。"

"我差一点就听见了。"苏菲安妮一脸惊奇。"斯坦，他的用处很大吗？"苏菲安妮可以用心思跟她自己的子女交谈，不过类似的天赋在吸血鬼当中就像人类一样的罕见。

"用处大得很，"斯坦证实，"你们苏琪引起我注意到他的那一天，就像我的幸运日一样，他知道人们何时在说谎，可以看透人类的动机，这样的洞察力太棒了。"

我望着巴里，纳闷他是否想过自己好像人类的叛徒，或者仅仅把自己当成提供物品满足顾客需要的摊贩。他直视我的双眼，表情很严厉，果然如此——为了服务雇主，不惜把人类的秘密透露给吸血鬼的确在他心底引发矛盾和冲突，偶尔我也会有类似的挣扎。

"嗯嗯，苏琪唯有特殊场合才替我工作。"苏菲安妮盯着我瞧，如果我能够判读她光滑的脸庞，会说她在深思，同时安竺那如同青少年般粉嫩的脸庞底下闪过某种神色，激起我的警戒，提醒自己最好小心注意，因为他不仅是在深思，而且还兴致勃勃，更好的形容似乎是他打定主意做什么。

"比尔把她带来达拉斯。"斯坦是陈述而不是发问。

"当时他是苏琪的保护者。"苏菲安妮说道。

一阵短暂的沉默，巴里暧昧地盯着我看，我给他一个"做你春秋大梦"的表情，老实说我更想给他一个拥抱，因为我们的小对话打破沉默的气氛，转向我可以应付的场面。

"你们真的需要我和巴里在场吗？毕竟这里只有我们是人类，我们两个呆坐在这里透视彼此的心思，实在说不上能做些什么，不是吗？"

约瑟夫·韦拉斯克兹来不及控制住自己，就扑哧笑出声音。

沉默了半晌，苏菲安妮先点头，斯坦跟着同意——是苏菲女王和斯坦国王，我提醒自己，巴里老练地鞠躬退席，让我很想对他吐舌头。我仅仅点个头就匆匆离开套房，赛伯特一脸怀疑地看着我们。"女王不需要你了吗？"他问道。

"目前不用。"我拍了一下安竺在最后一分钟交给我的呼叫器，"如果她需要找我的话，这个会震动。"

赛伯特不太信任地瞄了仪器一眼。"我觉得你还是留在这里等比较好。"

"女王说我可以离开。"我说。

我当然溜了，巴里尾随在后，和我一起搭电梯到大厅，我们找了一个比较隐密的角落，不容易被人发现或窃听。

我从来不曾和某个人完全在脑袋里交谈，巴里也没有类似的经验，我们用这种把戏玩了一阵子，巴里先述说他生活的点点滴滴，我则试着封锁周边其他人的脑波声音，接着再尝试同时聆听其他人和巴里的心声。

这实在挺有趣的。

结果巴里比我更擅长在一群人当中辨别谁在想些什么，我比较精通些微的差异和细节，但是要分辨思绪有时候真的不容易，不过我们还是有些共通点。

关于室内最佳的广播员，我们的意见相同，换言之，我们的"听力"相当，他随手指向某个人（刚好挑中我的室友卡拉），我们同时聆听她的心声，然后在一到五的评分表上打分数，五分表示脑波的传递最清楚，是最佳播音源。卡拉荣获三分。同意之后，我们开始替其他人评分，之后就发现我们的反应几乎是一样的。

噢，这真有趣。

我们用碰触试试看——我提议。

巴里没有起色心，反而跟我一样的专注，不等我吩咐就握住我的手，我们面对近乎相反的方向。

传进来的声音无比的清晰，仿佛在同一个时段同时和屋里所有的人大声对话一般,就像把 DVD 的音量调到最高点,高音和低重音达到完美的平衡,感觉既兴奋又骇人,虽然我面对的是柜台的反方向,但依然能清晰听见有个女声在询问路易斯安那州的代表团是否已经抵达。我瞥见自己的影像出现在柜台职员的脑袋里,他兴高采烈地抓住机会给一记回马枪。

麻烦来了,巴里警告。

我转过身去,看到一个吸血鬼迈大步朝我而来,表情不是很愉悦,浅褐色的眼珠、淡棕色的头发,一副凶残火爆的模样。

"终于,有路易斯安那的代表团成员,你们其他人都躲起来了？告诉你那个娼妓女主人,我要剥下她的皮钉在墙壁上！她休想摆脱谋杀我国王的罪名！我要亲眼看到她被钉上木桩,挂在旅馆屋顶上晒太阳！"

很不幸的,我脱口冒出浮现在脑海的第一句话:"这些招数留给你老妈。"我像个十一岁小孩一样口无遮拦,"顺便问一下,你是什么鬼？"

想当然尔,这位肯定是珍妮佛·凯特,我正想说她国王的为人就像下三滥的家伙,随即想到我喜欢自己的脑袋留在肩膀的位置上,这个女人脾气火爆,稍微刺激一下就会爆发。

我必须这么说,她瞪人的眼神真的很可怕。

"我要吸干你的血。"她厉声威胁,这时候我们已经引来一些人的注意。

"噢噢噢！"我气急败坏地失去理智了。"吓死我了,法庭不就希望听到你这么说吗？如果我说错了,麻烦更正一下,但用死亡威胁人类,这不就是——噢,对——法律禁止吸血鬼做的事情吗？或是我把法律弄错了？"

"我才不在乎人类的法律规定。"珍妮佛·凯特说道,她发现整座大厅几乎都听到我们的对话,包括很多人类,或许还有一些乐意除掉她的吸血鬼,火气立刻消退许多。

"苏菲安妮·拉克尔要接受我们吸血鬼的法律制裁,"珍妮佛丢出告别前的反击。"她一定会被判有罪,我将统治阿肯色州,让它变得很伟大。"

"那将是有史以来第一遭。"我的回答绝对有根据，即便说起来很羞愧，可是相邻的阿肯色州、路易斯安那州和密西西比州一直都是最穷困的三个州，我们彼此很感谢有对方存在，因为几乎在美国每一个项目的比较上，三个落难兄弟轮流垫底，无论是贫困程度、青少年怀孕率、癌症致死率、文盲率等等……冠军几乎都落在这三州头上。

珍妮佛迈大步离开，显然不想再回头斗嘴，她不止充满决心还凶恶残暴，但我认为苏菲安妮无论哪一项都比她略胜一筹，如果我是爱赌的女人，铁定把筹码压在法国马身上。

巴里和我相互耸一耸肩膀，插曲结束了，我们再度握着手。

又有麻烦了——巴里用认命的口吻宣布。

我集中心思在他那一边，听见虎人的声音快速朝我们走过来。

我甩开巴里的手转过身去，已然张开手臂，整张脸都在笑。"昆恩！"我喊，那一瞬间他看起来非常犹豫不定，然后就把我抱进怀里。

我紧紧抱住他，他回应的拥抱差点把我的肋骨压断，接着是亲吻，我使出所有的意志力才让这一吻维持在社会许可的范围。

我们分开喘气的时候，我发现巴里尴尬地站在几英尺以外的地方，手足无措地不确定要做什么。

"昆恩，这位是旅馆服务生巴里，"我试着不要觉得尴尬。"他是我唯一认识的另一位读心人，目前为得克萨斯州国王斯坦·戴维斯工作。"

昆恩朝巴里伸出手，我现在才察觉巴里困窘背后的理由，这回传输的画面太具体，一股红潮涌上我的脸颊，还是假装没发现比较好，当下我决定这么做，只是嘴角忍不住向上弯的露出微笑，巴里看起来也是嘻笑程度多过气愤。

"很高兴认识你，巴里。"昆恩低沉地说。

"你总管整个仪式的安排吗？"巴里问道。

"没错，就是我。"

"我听过你的大名，"巴里说，"伟大的斗士，你在吸血鬼当中声名远播,老兄。"

我歪着头,有一点没搞懂。"伟大的斗士?"我重复。

"稍后再告诉你。"昆恩的嘴巴抿成一条线。

巴里从我打量到昆恩,脸色跟着僵硬起来,看到那么严厉的表情让我忍不住有点诧异。"他没告诉你?"他问道,随即直接从我脑中收到回应。"嘿,先生,这样不对,"他提醒昆恩,"苏琪应该要知道。"

昆恩几近咆哮地回答:"我很快就会说!"

"很快?"巴里的思绪充满混乱和暴躁,"比如现在吗?"

就在这一刻,又有一个女人迈步穿越大厅朝我们走过来,虽然见识过很多凶暴的女人,但眼前这个让人害怕的程度还是高居第一二位,她身高大约五英尺八英寸,一头墨黑的卷发,手臂底下夹着头盔,身上穿着黑色的盔甲,就像是棒球捕手那种量身订制的全套装备,有护胸,护腿,护踝,额外还有一个厚皮套绑在胳膊上,脚上的靴子也很厚,随身带了长剑和手枪,还背了一副十字弓和相配的皮套。

我只能用瞠目结舌来形容。

"你就是他们说的昆恩?"她停在一码左右的地方发问,说话的腔调很重,听不出是哪里的人。

"是的。"昆恩说道,面对这么致命的家伙,昆恩似乎不像我这样惊讶。

"我是贝坦雅,你是特殊事件的主管,也包括安全事务吗?我想要找你讨论关于我顾客的特殊需求。"

"我以为那是你负责的范围。"昆恩说。

贝坦雅的笑容真的会让人血液发冷,寒毛直竖。"喔,是我的工作没错,保护他本来并不困难,如果——"

"我不负责安全事宜,"他说,"只负责统筹仪式和进行的程序。"

"好吧,"她的口音让本来只是随意的一句话变得很严重。"我应该找谁来讨论?"

"他叫陶德·杜纳提,他的办公室就在柜台后方的员工区域,你随便找员工问一下就知道了。"

"对不起,请问一下。"我打岔道。

“嗯？”她从挺直的鼻梁往下看着我，表情没有敌意也不是傲慢，只是担忧而已。

“我是苏琪·斯塔克豪斯。”我自我介绍，“请问你的客户是哪一位，贝坦雅小姐？”

“肯塔基国王。”她答，“他耗费巨资带我们来这里，如果我只能眼睁睁地看着他送命，那就太可惜了，目前的状况似乎就是这样。”

“这话是什么意思？”我听了非常惊讶，跟着警觉起来。

保镖显然乐于分享她的资讯，无奈被人打断了。

“贝坦雅！”一位年轻的吸血鬼匆匆穿越大厅而来，全黑的哥特式装扮显得很浮夸，尤其是当他站在这个威风凛凛的女人旁边。“主人说他需要你在他身边。”

“我来了。”贝坦雅说道，“我知道自己的身份，但我必须跟旅馆抗议，他们的安排方式只会增加我的工作难度。”

“拿你自己的钱去抗议。”年轻人草率地回应。

贝坦雅瞪他的眼神是我很难消受的，接着她就转身对我们一一地鞠躬。“斯塔克豪斯小姐。”她礼貌地跟我握手，我完全没想到双手也可以锻炼肌肉。“昆恩先生。”她也和他握手，巴里因为没有自我介绍，所以只点头。“我会打电话给陶德·杜纳提，这不是你的职责所在，我很抱歉浪费你的时间。”

“哇！”我目送贝坦雅离去，她穿的长裤有如液态皮革，臀部的收缩起伏都让人看得一清二楚，好像上人体解剖课一样，连屁股都有肌肉。

“她是哪个银河系的？”巴里有点茫然。

昆恩说道：“不是银河系，而是另一度空间，她是布里特林精。”

我们一头雾水地等候进一步解说。

“她是专业保镖，超级强的那一类。”他解释道，“布里特林精是最棒的保镖，要真的是富可敌国才雇得起有能耐把人越界带过来的巫师，巫师必须和他们的公会谈判交易条件，任务结束，巫师还得再把人送回另一度空间，不能丢在这里不管，他们的法律不一样，差异非常大。”

“你说肯塔基国王花了天文数字把那个女人带到这……这一度空

间?"过去两年来像天方夜谭又难以置信的事情听得很多,但是这档事真的算是空前绝后。

"这种作法太极端了,让人忍不住臆测他怎么会如此害怕,肯塔基又没有钱多得可以在里面打滚。"

"或许他赌对了冠军马。"我答得很轻率,比较担心自己要效忠的对象。"我需要找你谈一谈。"

"宝贝,我还得回去工作。"昆恩一脸抱歉,带着敌意地看了巴里一眼。"我们的确需要谈,可是我还要安排审判时的陪审员座位,同时设计婚礼的仪式,印第安纳国王和密西西比国王的谈判终于达成结论,他们要趁着众人在场顺便缔结连理。"

"罗素要结婚了?"我微笑以对,不知道他算新娘还是新郎,或是两者都有一点点。

"对,暂时不要告诉别人,他们今天晚上宣布喜讯。"

"我们何时才见面?"

"白天吸血鬼都上床以后,我再去你的房间,你在哪间房?"

"我有同房的室友。"但我还是把房号给了他。

"如果她在的话,我们就去其他的地方,"他看看手表,"别担心,一切会顺利完成。"

我不知道自己要担心些什么,但是忍不住臆测另一度空间在哪里,以及把超自然保镖带过来的困难度究竟有多高,为什么有人要花这种大钱? 贝坦雅的确是非常专业又有效率,但是肯塔基州这么大费周章,应该是面临了极端的恐惧威胁,是谁在追索他的命?

我腰间的呼叫器哔哔叫,显然是女王呼叫我回去报到,巴里的也在响,我们对看一眼。

上班了,他想着。我们一起走向电梯。如果我在你和昆恩中间惹了麻烦,真的很抱歉。

你又不是故意的。

他看了我一眼,真的露出羞愧的表情。

我猜自己有罪,因为我在心里勾勒出一副你和我在一起的景象,结果昆恩闯进来破坏我幻想的生活。

啊……哈。

别担心——你不用说什么，只是不切实际的幻想而已，现在真的和你在一起，我就必须调整了。

啊。

但我不应该因着失望和沮丧让自己变成破坏好事的混蛋。

啊，没关系，我确信昆恩和我能够化解误会。

所以，你没发现我封锁的幻想的画面，嗯？

我点头点得很用力。

呃，至少还有一点乐趣。

我对他微微一笑，每一个人活着都应该有梦想——我说，我的梦想就是找出肯塔基州的钞票从何而来，他又是雇用谁把那个女人带过来，难道她不是你所见过的最恐怖的吗？

不是。

巴里的回答让我很惊讶。

我今生所见最恐怖的东西——呃，并不是贝坦雅。

随后巴里就封锁了我们大脑之间沟通的大门，还把钥匙丢掉。赛伯特推开女王套房的房门时，我们的心思放回公事上。

巴里他们的代表团离开以后，我微微挥了挥手，让女王知道如果她想听的话，我有话要说。她和安竺在讨论斯坦特意来访的背后有什么动机，两个人停下的状态近乎一致，真的很诡异，他们的脑袋歪向同样的角度，配合极端苍白的脸孔和纹丝不动的姿势，感觉就像在观赏一件大理石雕刻的艺术品，沉睡中的《女神与萨梯》①或是风格类似的创作品。

"你知道布里特林精是什么吗？"这个陌生的名词让我说得结结巴巴。

女王点头以对，安竺不置可否。

"我刚刚见过。"我说，女王听了猛然抬起头。

_____

① 《女神与萨梯》，十九世纪名画，作者是威廉·阿道夫·布格罗，萨梯是希腊神话中的森林之神。

"是谁那么大费周章地雇用布里特林精？"安竺问道。

我一五一十地说了。

女王看起来——嗯，她的表情很难用言语形容，或许有些忧心忡忡，或许是听得入神，因为我在大厅积累了太多情报。

"没想到有一个人类仆役的帮助这么大，"她对安竺说，"其他人竟然在她面前随口透露任何事情，连布里特林精都没有戒心。"

如果安竺的表情是一种指标的话，那他可能有一丁点嫉妒。

"但在另一方面，针对这些事情我通通无能为力，"我说，"只能把听到的内容告诉你，毕竟这些算不上机密资讯。"

"肯塔基哪来这么多钞票？"安竺说道。

女王摇摇头，她似乎一点概念都没有，而且是真的不在乎。"你看到珍妮佛·凯特了吗？"她问我。

"是的。"

"她说了什么？"安竺问道。

"她说要吸干我的血，还要亲眼看到你被木桩钉在旅馆的屋顶上晒太阳！"

刹那间室内鸦雀无声，一片寂静。

然后苏菲安妮开口了："愚蠢的珍妮佛。以前切斯特常说的那句话是什么？那个贱人自我膨胀得太厉害了……现在该怎么做才好？不知道她是否愿意接待我的使者？"

她和安竺目不转睛地看着对方，我确信他们彼此用心电感应在沟通。

"我猜她占用了阿肯色预订的套房。"女王告诉安竺，他拿起旅馆内部使用的电话，拨给柜台总机。这不是我第一次听见直接用州名来称呼那一州的国王或女王，然而，无论这一段婚姻的结束方式有多么暴力，用州名来称呼前任丈夫似乎太冷漠了。

"对。"他挂断电话之后回答。

"或许我们应该走访一趟。"女王说道，她和安竺再一次进入那种无声无息的对话方式，我猜看起来就像我和巴里一样。"我确定她会让我们进门，她肯定有话要当面跟我说。"女王拿起话筒，亲手拨了房间号码，这些动作可不是她平常会做的。

"珍妮佛。"她迷人地说，接着凝神听了一大串话，我只听见一小部分，珍妮佛的口气似乎跟大厅时一样恶劣。

"珍妮佛，我们需要聊一聊。"女王依旧维持迷人的丰采，唯有口气硬了一些，线路的另一端陷入沉默。"讨论和谈判的大门依然为你敞开，珍妮佛，"苏菲安妮说，"至少我的门没关，你怎么说呢？"珍妮佛显然又说话了。"没问题，很好，珍妮佛，顶多一两分钟我们就下去。"女王挂断电话，默默伫立了好长一段时间。

珍妮佛·凯特既然已经提起诉讼，指控苏菲安妮谋杀彼得·雷吉尔，因此在我看来，女王去拜访她绝对是个馊主意，可是安竺点头赞同女王的决定。

苏菲安妮和她最大的凤敌通完电话以后，我以为随时都会出发前往阿肯色代表团的房间，然而女王或许不够自信，不止没有立即出发去找珍妮佛·凯特谈判，还慵懒地拖延时间，特地整理服装仪容、换鞋子，到处找套房钥匙等等诸如此类的琐事，然后又接了一个电话，是关于她代表团中的人类成员有哪些客房服务可以一并列入账单，所以至少十五分钟后我们才出房门，赛伯特从楼梯间走出来，和安竺一起等候电梯。

珍妮佛·凯特的代表团住在七楼，门外一个人影都没有，我猜她没有另外雇保镖，安竺过去叩门，苏菲安妮抬头挺胸，表情充满期待，赛伯特落在后方，突如其来地对着我微笑，我差一点就畏缩地发抖。

门自己开了，房间里面黑黢黢的。

从里面飘出来的气味一闻就知道不妙。

"哎，"路易斯安那女王说道，"珍妮佛死掉了。"

第十章

"你去看看。"女王吩咐我。

"什么？你们每一个都比我强壮！胆子也比我大！"

"我们是她控告的对象，"安竺指出，"里面不可以有我们的气味，赛伯特，你进去看。"

赛伯特闪入黑暗里面。

平台对面的房门突然开了，出来的是贝坦雅。

"我嗅到死亡的味道，"她说，"发生什么事了？"

"我们来拜访，"我说，"但房门没锁，里面有些不对劲。"

"你们不知道缘由吗？"

"不知道，赛伯特进去察看了。"我解释，"我们在外面等。"

"我找副手过来，我不能离开岗位，以致肯塔基的门外没人看守。"她回头对着屋里呼叫，"克罗瓦姬！"发音听起来像这样。

类似贝坦雅的年轻版冒了出来——一样的盔甲，只是尺寸小了好几号，年纪稍轻，棕发，不太可怕……但依旧是不容轻忽的对手。

"你去侦查一下。"贝坦雅下令，克罗瓦姬一言不发地抽出长剑，有如危险的梦境一样滑入套房里。

我们屏气凝神地站在外面——呃，至少是我屏住呼吸，吸血鬼没有气息，至于贝坦雅似乎一点都不焦躁，径自找到恰当的位置，可以同时看到珍妮佛·凯特敞开的房门和肯塔基国王关着的门。她握住长剑保持警戒。

女王的五官似乎有点紧张，甚至可以说是兴奋，换言之，比平常的面无表情多一点情绪起伏，赛伯特走出来摇摇头，什么都没说。

克罗瓦姬出现在门口。"都死了。"她向贝坦雅报告结果。

贝坦雅没有说话，继续等候。

"每个都是被斩首的。"克罗瓦姬进一步地说明下去。"那个女人，嗯——"她心算了一下——"被砍成六块。"

"糟透了。"女王开口的同时，安竺也说话了："好极了。"他们懊恼地对看了一眼。

"有人类吗？"我尽量压低嗓门询问，就是不希望引起他们的注意，但又非常想要知道。

"没有，全是吸血鬼。"克罗瓦姬看到贝坦雅点头示意，才敢回答我的问题。"我看到三位，他们的躯壳开始分解，迅速剥落成碎片。"

"克罗瓦姬，你进去打电话通知陶德·杜纳提。"克罗瓦姬一言不发地走进肯塔基套房去通报，效果让人大吃一惊，短短五分钟之内，电梯前方的区域被各式各样各色人等的生物塞爆了。

掌控现场的是一个穿着红褐色夹克、口袋印着保安人员字体的男人，显然就是陶德·杜纳提本人，他原来是警员，因着护卫和帮助活死人可以赚大钱而提早办理退休，但是赚钱不等同于他对吸血鬼有好感，现在高峰会才刚刚开始就出事，气得他大发雷霆，认定接下来的工作会多到超过他的负荷程度。我听说他罹患了癌症，但不确定是哪一种。陶德一心想要延续工作的寿命赚钱养家，以免死后家人陷入经济困境。这次的调查无疑会引发很多工作压力和紧张气氛，何况还有精力的耗损，他虽然不开心，还是顽强地决定要善尽责任。

杜纳提的吸血鬼老板，也就是旅馆经理跟着来到现场，这个人我认得,几个月以前克里斯汀·巴洛克曾经登上"卓越"吸血鬼杂志(就是"风云人物"杂志的吸血鬼版)的封面,巴洛克在瑞士出生,还是活人的时候,在西欧地区设计并负责管理好几家时髦的旅馆,后来他说服同一行业的吸血鬼,只要能把他"转化"(不光转化成吸血鬼还来到美国),他愿意为吸血鬼组成的董事会卖命,经营出备受好评和利润丰厚的旅馆,结果两方面他都做到了。

现在克里斯汀·巴洛克得到永生不死的生命(只要避开尖锐的木制品),吸血鬼旅馆连锁企业则是赚进天文数字的钞票,但他不是保安人员也不是执法专家,更不是警察,当然啦,他或许能够把地狱装潢成高级旅馆,并且指示建筑师有多少间套房要附设酒吧,然而面临这样的处境,他来了又有什么用? 员工一脸嫌恶地看着巴洛克,他穿的西装连我这种不太识货的人看起来都知道很高档,肯定是量身定做而且所费不赀。

我被人群挤到后面,直到背贴着门——我察觉这是肯塔基的套房,门关着没开,有这么一大堆群众挤在这里,两位布里特林精需要额外的警戒,小心谨慎地保护他们的雇主,因为群众非常的骚动不安,有个穿制服的女人站在我旁边,很像警察的制服,但不用打领带。

"你让这么多人挤在这里好吗?"我这么问,不是要指挥这个女人办案的技巧,只是看不过去,难道她从来不看《CSI犯罪现场》吗?

女保安人员阴沉地瞪了我一眼,"那你在这里做什么?"她反问我,似乎这样就表达得很清楚。

"我在这里是因为发现尸体的就是我们这一群人。"

"呃,你只要保持安静,我们会进行后续的工作。"她说话的口气傲慢得不行。

"什么工作? 你只是无所事事地站在这里。"我指出。

好吧,或许不该说得这么坦白,不过她真的没有做什么,在我看来她应该要——

接下来她就抓住我猛然撞向墙壁,用手铐把我铐住。

我惊愕地大叫一声。"我的意思不是要你这么做。"我的脸被压向套房的门,说话有困难。

后方的群众突然鸦雀无声。"长官,这里有一个女人在找麻烦。"女保安说道。

附带说一下,她穿红褐色丑死了。

"蓝翠,你在做什么?"某个男人用非常理性的口吻问道,好像面对一个胡闹不讲理的小孩。

"她在指挥我办案。"女保安说道,但我听得出来她的语气像泄了气的皮球。

"她对你说些什么呢,蓝翠?"

"她问我这么多人站在这里做什么,长官。"

"这个问题不合理吗,蓝翠?"

"长官?"

"你不认为我们应该先清空一部分群众吗?"

"是,长官,可是她说尸体是他们那群人发现的。"

"所以她不可以离开现场。"

"对,长官。"

"她企图离开吗?"

"没有,长官。"

"但你用了手铐。"

"啊。"

"拿开她该死的手铐,蓝翠。"

"是,长官。"现在的蓝翠就像扁平的松饼,傲气都泄光了。

松了手铐让我如释重负,终于可以转过身来,我气得很想修理蓝翠一顿,可是这么一来又会被手铐伺候,还是忍气吞声比较好。苏菲安妮和安竺拨开群众,事实上是群众自动退开的,因为吸血鬼和人类面对路易斯安那女王及她的保镖都乐于把路让出来。

苏菲安妮瞥了我的手腕一眼,发现毫无外伤的迹象,立刻做出正确的诊断——受重伤的只有我的自尊心。

"这位是我的员工。"苏菲安妮静静地说,对象显然是蓝翠,同时又让大家听到。"对于这个女人的侮辱或伤害等同于冲着我而来。"

蓝翠不知道苏菲安妮是何方神圣,但她还不至于有眼无珠不认识权力的气势,况且安竺很吓人,我确信他们两位是世界上最让人提心吊胆的青少年。

"是,夫人,蓝翠会以书面道歉。现在您可以告诉我这里发生了什么事吗?"陶德·杜纳提以异常理性的口吻问道。

群众安静地等待着,我搜寻贝坦雅和克罗瓦姬的踪影,发现她们不见了。安竺突然开口了,大声地问:"你是安全人员主管吗?"这时候苏菲安妮靠近我说:"别提布里特林精的事。"

"是的,先生。"警员伸手摸胡子,"我是陶德·杜纳提,这位是我的老板克里斯汀·巴洛克先生。"

"我是安竺·保罗,这位是我的女王苏菲安妮·拉克尔,那个年轻女孩是我们的员工苏琪·斯塔克豪斯。"安竺静静地等候下一步。

克里斯汀·巴洛克无视于我的存在,唯独看着苏菲安妮的眼神,就像我看着想要买来当星期天晚餐的烤肉卷一样充满垂涎。"您的大驾光临是本旅馆的无上光荣。"他用浓厚的英语腔呢喃,尖牙的牙尖露了出来,他体形高大,下巴方正,黑头发,有一对深灰色的小眼睛。

苏菲安妮大方地接受他的赞美之词,但是眉毛在刹那间揪在一起,显露尖牙绝对不是一种"你撼动我的世界"的微妙说法,一时之间,没人开口说话,气氛僵了一秒钟,然后我接着说:"你们不通知警察吗,要怎么做?"

"我认为必须先考虑要怎么跟警方说。"巴洛克说道,声调温柔又有教养,简直在嘲笑我这个南方的乡下人。"杜纳提先生,可以请你进去察看状况吗?"

杜纳提穿过人群的动作一点也不客气,一直守在门口的赛伯特(反正他闲着没事可做)闪到一边让人类进去,魁梧的保镖随即走到女王身边,靠近统治者让他的神情愉快多了。

趁着杜纳提在阿肯色套房察看的时间,克里斯汀·巴洛克转而对着群众宣布:"有多少人是听到这里出事而下来的?"

大约有十五位举手或点头。

"请你们移驾到地面大厅的啜血酒吧，我们的侍者会提供特别的饮料招待诸位。"话一说完，这十五个人就迅速散去了，巴洛克果然能够掌握他口渴的同胞或吸血鬼的需要。

"发现尸体的时候，有哪些人当时并不在场？"第一组群众一离开，巴洛克问第二个问题，除了我、女王、安竺和赛伯特四个人之外，其他的通通举手。

"请举手的这些人自行离去。"巴洛克说得彬彬有礼，仿佛是诚恳而衷心的邀请，他们果然走了，独独蓝翠迟疑了一下，但老板给她的眼神吓得她仓皇地跑下楼去。

人潮清空以后，中央电梯周围的区域宽敞多了。

杜纳提走了出来，脸色还好，没有反胃的迹象，只是少了刚刚的沉着。

"他们只剩下很小块的东西，我猜是你们所谓的残余物散了一地，我想共有三位，但其中一个被砍成很多块，也可能只有两位。"

"住宿登记人是谁？"

杜纳提查看掌上型的电子设备。"阿肯色州的珍妮佛·凯特，套房是阿肯色代表团预定的，就是阿肯色剩余的吸血鬼。"

杜纳提特意在剩余这个字眼上做强调，显然对女王的历史心知肚明。

克里斯汀·巴洛克挑起一边浓密的眉毛，"我很了解自己的同胞，杜纳提。"

"是，先生。"

苏菲安妮的鼻子优雅地皱在一起，有些不屑，似乎用鼻子来表示：谁是他的同胞，鬼扯淡。巴洛克变成吸血鬼，顶多四年而已。

"是谁进去察看尸体的？"巴洛克问道。

"我们都没有，"安竺立刻回答，"一步也没有跨进去。"

"那是谁呢？"

"门没锁，我们闻到死亡的气味，就我的女王和阿肯色吸血鬼之间的处境而言,我们深信明智之举就是不要进去。"安竺说道,"于是就指派了女王的保镖赛伯特。"

安竺完全省略克罗瓦姬侦查的那一段,他和我的确有一些共通点:我们都会用一些不尽然是谎言的话来回避真正的事实。他果然是个中老手。

他们继续追问下去——大多数的问题或者没答案或者无法回应——我自己则忍不住纳闷,现在女王最主要的指控者一命呜呼了,她还需要上法庭吗?不知道阿肯色州以后划归谁统治?根据逻辑推论,结婚契约肯定在彼得·雷吉尔的财产方面会赋予女王某些权利,自从卡特里娜飓风以后,我确信苏菲安妮迫切需要每一笔收入,只要能占为己有的都不会放弃。既然是安竺杀了彼得,阿肯色的权力还归她所有吗?我完全没想过这一次的高峰会对女王具有多大的压力。

问了自己这些问题以后,我发现最迫在眉睫的问题还没有提出来,就是谁杀了珍妮佛·凯特和她的同伴?(经过新奥尔良的大战和今天的屠杀事件,阿肯色州的吸血鬼还能剩下多少?毕竟阿肯色又不是大州,人口集中的中心更少。)

克里斯汀·巴洛克直视我的眼睛,把我唤回眼前的现实状况。"你是那个读心人。"他突然这么说,把我吓了一跳。

"对。"我直接回应,已经很厌烦用先生夫人的那一套尊称。

"珍妮佛·凯特是你杀的吗?"

我愕然以对,根本不需要伪装。"你太高估我了,"我说,"竟然认为我可以同时摆平三个吸血鬼,不,不是我杀的,今天晚上她在大厅找上我,说了一堆废话,但我们就见过这一次。"

他有些诧异,似乎在期待另一种答案或是更谦逊的态度。

女王跨了一步站在我旁边,安竺模仿她的举动,两位古老的吸血鬼一左一右地把我夹在中间,真是温馨又亲切,但我知道他们的目的在提醒旅馆老板,我是他们特殊的人员,不可以被骚扰。

恰好在这一刻,一个吸血鬼撞开楼梯间的门冲向死亡的套房,巴洛克以相同的快速挡在门口,新来的吸血鬼砰然一声撞摔在地上,随即一溜烟地爬起身来,动作快得让我来不及看清楚,他气急败坏地要布洛克走开。

但他终究无能为力,只好从巴洛克前方退开一步,如果这个小家伙是人类的话,早就气喘如牛了,结果只是浑身颤抖,他有棕色的头发、短胡子,穿了一件彭尼百货的旧西装,外表很普通,直到你注视他睁大的眼睛,才会发现他的精神有点不正常。

"这是真的吗?"他低声问,语气很认真。

"珍妮佛·凯特和她的同伴都死了。"克里斯汀·巴洛克的语气里面不乏同情心。

矮个子嚎啕大哭,真的是哀嚎,让我手臂的寒毛直竖。他跪在地上,悲伤得不行,身体前后摇晃。

"我猜你是她的成员之一?"女王问道。

"对,是!"

"我现在是你的新女王,愿意接纳你到我的旗帜底下。"

哀号声戛然而止,似乎突然被一对利刃剪断一样。

"可是你杀了我们的国王。"吸血鬼说。

"我是你国王的合法配偶,在他死亡的时候,有权利继承他的州。"苏菲安妮说道,深色的眼睛几乎充满善意和启发性。"而他的确死掉了。"

"书面文字是这么说的。"凯特雷先生在我的耳边细语,我差一点惊吓得大叫。人们常说魁梧的家伙动作很轻巧,我认为这句话是胡说八道,大胖子的动作应是惊天动地才对,但是凯特雷先生的脚步声却像蝴蝶一样轻盈,直到他开口说话,我才发现他就站在旁边。

"写在女王的结婚契约里面的吗?"我问道。

"对,"他说,"彼得的律师详细检视过所有的条文,如果死的是苏菲安妮,彼得也适用相同的规定。"

"我猜这一项应该有很多附带条件吧?"

"噢,有一些,死亡当时必须有人证。"

"喔,老天,就是我。"

"没错,女王要你随侍在侧并且听由她的指挥,绝对有一个好理由。"

"其他条件是什么?"

"没有第二人选的存在得以掌控大权,换言之,就是发生大灾难。"

"现在果真发生了。"

"对,似乎如此。"凯特雷先生看起来相当得意。

我的脑袋瓜好像用来抽大乐透号码球的滚筒似的不断转动。

"我叫亨利·费斯。"矮吸血鬼这么说,"阿肯色州只剩五位吸血鬼,来罗兹市还活着的只有我一个,因为我刚刚下楼去抱怨浴室的毛巾。"

我必须伸手捂住嘴巴才不至于扑哧笑出声音,毕竟这时候哈哈大笑不太恰当,不是吗?安竺的目光一径盯着跪在地上的男人,但不知道他的手怎么会溜过来捏我一下,这之后就难以笑出来,事实上,尖叫会比较容易。

"毛巾有什么问题?"巴洛克为了维护旅馆的声誉已经偏离了正题。

"单单珍妮佛一个人就用了三条毛巾。"亨利开始解释,苏菲安妮立刻打断他横生枝节的故事。"够了,亨利,你到我的套房来,巴洛克先生,我们将非常期待听到你最新的调查结果。杜纳提先生,请问你打算通知罗兹市的警方吗?"

她的措词很礼貌,仿佛杜纳提有最终的决定权似的,因此安全主管立刻说道:"不,夫人,在我来看这似乎是吸血鬼的家务事,况且已经没有尸体可以搜证,套房没有架摄影机,也就没有录像,请诸位抬头看一下……"我们当然跟着他的指示望向走廊的角落。"就会发现某人丢了一块口香糖精确地遮住安全摄影机的镜片,或者说,假如是吸血鬼的话,纵身一跳黏上去就对了。我当然会检视录像带记录,但是以吸血鬼的快速度,脸孔应该不可能看得清楚。以目前而言,罗兹市警方的刑事侦查队里面没有吸血鬼警员的编制,因此我也不知道要找谁才对。大多数的人类警员不愿意调查吸血鬼案件,除非有吸血鬼伙伴的支援当靠山。"

"我实在想不出我们还能够做些什么。"苏菲安妮的语气确切地表达出她的冷漠不在乎。"如果没有其他的需要,我们就去参加开幕仪式。"她至少看了十几次手表。"亨利先生,如果你愿意就和我们一起去,如果你没心情,我们当然能够谅解,那么赛伯特可以带你去我的套房,你就留在那里。"

"我只想去一个安静的地方。"亨利·费斯看起来就像丧家之犬,落寞极了。

苏菲安妮朝赛伯特点点头,接到这样的命令让他非常不开心,但又不得不遵守,只好悻悻然地带着阿肯色州硕果仅存的五位活死人之一离去。

一时之间各种急需思考和解答的问题蜂拥而来,我的脑袋仿佛超过负荷似的罢工了,正当我以为惊奇事件应该告一段落的时候,电梯门叮咚一声开了,比尔蹦了出来,他的出现不如亨利那么戏剧化,但的确有效果,他仓促地停住脚步评估形势,发现我们冷静地站在那里,他故作镇定地说:"我听说这里出了麻烦?"他对着空气说话,所以任何人回答都行。

我已经开始厌倦把他当成无名无姓的那位,见鬼,总之就是比尔,或许我非常痛恨他全身所有的细胞,但他的存在是不容否认的,我不知道狼人要如何把被公开弃绝的人屏除在认识的雷达外,也不知道他们是怎么处理的,我显然应付得不够好。

"的确有麻烦,"女王开口,"但我不明白的是,你来这里又能做什么?"

我没看过比尔羞愧的模样,但现在确实是这样。"很抱歉,女王,"他说,"如果你不需要做其他事情,我现在就回到大厅的摊位。"

在冰冷的寂静气氛下,电梯门关了,遮住我初恋情人的脸庞和身形,本来比尔应该在其他地方为女王效力,结果匆匆忙忙出现在这里,或许是来表达他对我的关怀,如果他企图用这种招数来软化我的心,其实是白费力气。

"我还能做些什么,协助你进行调查吗?"安竺询问杜纳提,其实他说话的对象是克里斯汀·巴洛克。"女王已经是阿肯色合法的继承人,我们当然随时提供帮助。"

"我确信美丽非凡的女王一定很乐意帮忙,她敏锐的生意脑袋和坚强不屈的精神是大家都知道的。"巴洛克彬彬有礼地朝女王一鞠躬。

这种百般迂回的赞美之词,连安竺都惊讶地眨了眨眼睛,女王更是眯眼看了巴洛克一下,我目不转睛地盯着盆栽,脸部不敢稍有表情,但随时会有忍俊不禁的危险,这样的马屁精让我今天大开眼界。

的确已经无话可说了,我在压抑的沉默中随着吸血鬼步入电梯,连凯特雷先生都闷不吭声,出奇的安静。

门一关上,他就说话了:"我的女王,你必须立刻再婚。"

让我告诉你,苏菲安妮和安竺对这颗突如其来的炸弹都有显著的反应,同时睁大眼睛。

"嫁什么人都好,肯塔基、佛罗里达,如果不是密西西比正在和印第安纳州谈判,那他也可以。总之你需要联盟,找一个稳当的靠山,否则像巴洛克这样的胡狼会虎视眈眈地在周围徘徊,汪汪乱叫地寻求你的注意。"

"谢天谢地,密西西比不用加入赛局,我可不认为自己受得了那么多的男人,偶一为之当然可以,但不是日复一日的一大堆。"苏菲安妮回应。

这一回她说得自自然然、毫无保留,近乎人性的反应,这是苏菲安妮身上前所未有的事。安竺伸手按下按键,把电梯暂停在楼层中间。"我不建议选择肯塔基,"他说,"肯花那种大钱雇用布里特林精当保镖,本身一定有麻烦。"

"亚拉巴马长得很可爱,"苏菲安妮说道,"可惜她有些床上运动让我很反感。"

我讨厌被困在电梯里面,还被当成隐形人。"我可以提问吗?"

沉默了一阵子以后,苏菲安妮点头同意。

"你一直把吸血鬼小孩留在身边,又和他们同床共枕,这一点是怎么做到的?大多数的吸血鬼都不行,不是吗?创造者和子女之间只能维持短期的关系,对吧?"

"大多数的吸血鬼子女经过一段时期以后，就不得陪伴在创造者身边。"苏菲安妮同意我的说法。"类似安竺和赛伯特这种一直陪在我身边的吸血鬼子女只有很少数的案例，这种亲密度就是我的特质和天赋，每位吸血鬼都有某一种天赋：有的能飞翔，有的特别会舞剑弄刀，而我可以把小孩留在身边，彼此对话，就像你和巴里一样。"

"既然这样，你为什么不干脆任命安竺去担任阿肯色国王，然后和他结婚呢？"

电梯里一片寂静，整整持续好长一阵子，苏菲安妮的嘴张了一两次，似乎想跟我解释为什么不可行的原因，但两次都闭上口没有说话。安竺目光炯炯地瞪着我看，我还以为两边的脸颊会开始冒烟，凯特雷先生一脸错愕，似乎看到一只猴子操着抑扬顿挫的腔调对他吟咏十四行诗。

"对。"苏菲安妮终于说话了，"有什么不可以呢？我最亲爱的朋友兼情人，既是国王又是我的配偶。"一眨眼之间，她看起来容光焕发，艳光照人。"安竺，这个主意唯一的缺陷就是你偶尔要和我分开，回到阿肯色去处理国家事务。我的大孩子，你愿意吗？"

安竺的脸庞因为爱情而改观。"为了你，不论做什么我都愿意。"

这一刻就跟柯达的照片广告一样感人肺腑，我甚至有一点哽咽。

安竺压下按钮，电梯继续往下走。

我对浪漫情怀并非无动于衷——绝对不是——但从我的角度看起来，女王需要专心找出杀害珍妮佛·凯特和其余阿肯色吸血鬼的凶手，需要去拷问毛巾家伙，就是幸存的亨利什么鬼，不应该把时间浪费在会议和社交致意上，可惜苏菲安妮不会来问我的建议，而我今天已经主动出够了主意。

大厅里人头攒动，以前置身在这么多群众当中，我的脑袋通常会超载，除非有特别谨慎的防范；但今天不然，在场的大多是吸血鬼，除了少部分人类随扈的脑波以外，我所接收的大都是一片空白。目睹这么喧闹的场面，却听不到声音真的很奇怪，就像眼睛明明看到小鸟在拍打翅膀，耳朵却听不到声响。不过现在是我的上班时间，我还是全神贯注，扫视任何有血液循环和心跳的个人。

一个男巫师、一个女的、一个爱人兼捐血人,换言之就是尖牙狂热派,不过是高档货色。当我用眼睛追踪到他行踪的时候,眼前看到的是一位美男子,从里到外都是设计师的行头,包括白色内裤,他对自己引以为傲。巴里就站在得克萨斯州国王身边,和我一样致力于工作,我追踪一两位旅馆员工看他们在做什么,人们想的不全然是非常有趣的事情,例如,"今天晚上我有个计划,打算暗杀旅馆的老板"等等类似的事情。他们想的事情大多是,"十一楼的房间需要香皂,八楼套房的暖气坏掉了,四楼客房服务的推车必须去挪开……"

接着我刚巧搜寻到一个妓女,嗯,她非常有趣,大多数我所认识的妓女都是业余人士,唯有这位是十足的专家,让我好奇到愿意和她目光接触,就外表而言她相当迷人,但还够不上是美国小姐或返校舞会皇后的候选人——她绝对不会是邻家女孩,除非你家就住在红灯区。她浅金色的头发蓬松凌乱,就像刚起床一样,棕色的眯眯眼,全身古铜色皮肤,隆过的胸部,大耳环,细跟高跟鞋,鲜艳的口红以及缀满亮片的礼服——你不能说她不懂得广告推销。她的吸血鬼男伴看起来大约四十岁,女的紧紧钩着他的手臂,好像少了协助就无法走路似的,不知道这是因为鞋跟太高的缘故,或者是因为他喜欢被人黏住。

我对她大感兴趣——她散发出强烈的性欲,十足的妓女——以致我穿过人群进一步去追踪,我太专注在目标上面,甚至没想到已经被她发现了,她似乎察觉到我的目光,扭头看着我走近,她旁边的男人正在和另一位吸血鬼交谈,所以用不着谄媚和撒娇,让她有时间用充满怀疑的尖锐眼神盯着我看。我站在几英尺的距离外聆听她的心声,纯粹是出于恶意的好奇。

古怪的女孩,又不是同行,难道是看上他了吗?没问题,就给她,反正我受不了他用舌头做那些事情,等他做完了,还要我替他和他那个家伙服务——咦,我带多余的电池了吗?或许她快走开了,不会再盯着我看?

"当然,对不起。"我感到很羞愧,回头钻进人潮里,开始搜寻旅馆的服务人员,他们端着托盘来回穿梭在人潮里面,有些杯子装血,有些装真正的饮料,供应人类的需要。侍者大多很忙碌,心有旁骛地想着要闪避拥挤的宾客,免得饮料洒出来,腰酸背痛、两脚发麻等之类的事情。巴里和我相互点个头,我发现有人脑中出现昆恩的名字,决定追踪那个线索,源头最后落在特殊节庆公司的员工身上,女孩穿着公司的 T 恤,短头发,双腿特别修长,她正在跟一个侍者说话,在场的人大都是盛装出席,女孩的牛仔裤和球鞋显得很突兀。

"——还要一箱冰汽水。"她说,"一盘三明治、一些马铃薯片,可以吗? 一小时之内送到宴会厅。"她突然转过身来,直接和我面对面,上上下下打量了我一眼,表情有些惊讶。

"你和某个吸血鬼约会吗? 金头发的。"她问我,声音听起来很刺耳,带着东北部的腔调。

"不,和我约会的是昆恩,"我说,"你这个金头发的。"至少我天生是金发,呃,稍微加工的天然产物。女孩的头发看起来像稻草……如果稻草有深色根部的话。

她看起来很不爽,我不确定是哪一点让她最气愤。"没听他说有新的女人。"当然,她是用极尽侮辱的口吻这么说的。

我不请自来地深入她脑中,发现她对昆恩用情很深,认为除了她自己,其他女人都不配,把我当成躲在男人背后、脑筋迟钝愚蠢的南方女孩。

既然她只依据不到六十秒的对话而得出这样的印象,错误情有可原,她爱昆恩也可以原谅,独独不能宽恕她那种强烈的轻蔑态度。

"昆恩不需要将个人隐私告诉你。"我说,其实心底想问的是他人在哪里,不过如此一来就给她抓到把柄了,当然不行,我忍住问题。"对不起,我还有工作要忙,相信你也一样。"

她瞥了我一眼,大步走开,身高至少比我多四英寸,瘦得很,连内衣都懒得穿,只有梅子大小的双峰晃啊晃的引人注目,这女孩老是喜欢高人一等,我不是唯一目送她背影的人,巴里已经抛开对我的幻想,投射在新目标身上。

女王和安竺离开大厅走向会议室,我赶紧跟上去,一对漂亮无比的骨灰缸插着一大束干花,放在宽敞的双扇门旁边,方便进出。

巴里问我,你参加过真正的年会吗? 正常的那种?

没有。我一边回答一边分神扫视周围的人群,不知道那些特别安全人员是怎么做的的。嗳,我跟萨姆去过一个酒吧供应商的年会,但只有一两个小时。

每个人都佩戴牌子,对吧?

如果你把挂在脖子上的东西称为牌子的话,的确。

所以门口的工作人员才能确定你已经付过入场费,没被批准的人才不会闯进来。

对,所以呢?

巴里一言不发,所以,你看到谁挂了牌子吗? 有人在检查吗?

除了我们以外没人在查看,我们又知道什么? 那位妓女可能是东北部吸血鬼派来的变装间谍,或是更恐怖的组织——我严肃地补充。

他们习惯视自己是最强壮、最令人畏惧的对象,巴里说道,他们聚在一起或许会提防彼此,但不会认真地把人类当成威胁。

我接受他的观点,布里特林精的出现已经让我很忧心,现在更是雪上加霜。

我回头望着旅馆的大门,天色暗下来以后,负责看守的由人类换成武装的吸血鬼,柜台的职员也换成穿制服的同类,眼神尖锐地打量每一个走进大门的人,显然现场的警戒防备状态不像表面上看起来那么松散,我放松下来,决定去参观一下会议厅的摊位。

第一摊是专门植尖牙的,假牙的材质包括天然象牙、银牙或金牙,价钱最贵的是附带一个小马达,只要伸舌头压一下嘴巴里的小按钮,尖牙就会自动缩回。"假牙做得几可乱真。"一个老先生向坐在摊位上的长胡子吸血鬼保证:"而且非常尖锐,噢,对极了!"我想不通谁要装这种东西,门牙断了的吸血鬼吗? 一心想当吸血鬼的家伙用来伪装? 抑或是迷恋角色扮演游戏的人类?

第二个摊子卖的是不同历史年代的音乐 CD,例如十八世纪的俄罗斯民谣，或是意大利室内乐初期的曲风，这个摊子生意兴隆，人们通常比较喜欢他们青春年少时期的音乐，就算那段青春年华的时光已经隔了好几百年。

接着是比尔的摊位，一个大大的招牌挂在临时搭设的墙壁上，简单的大字写着："吸血鬼验证"，另外一个小招牌注明："随时随地帮你追踪任何吸血鬼，只需要简单的电脑技巧。"比尔前面坐了一个女吸血鬼，已经掏出信用卡，帕梅拉把 CD 盒塞进一个小袋子，发现我就在旁边，朝我眨眨眼睛。她身上穿着充满阿拉伯风味的宽松袍子，很难想象她竟然愿意做这种琐事，而且笑得满面春风，或许在日常生活之外偶尔变化休息一下也是一种享受。

"生日最佳贺礼——灵魂血汤"，这是下一摊的招牌，神情枯燥的吸血鬼孤单地坐在那里，前面摆了一大叠书。

隔壁摊的展示规模大了很多，也不需要多做解释，"你当然要升级。"神情急切的业务员告诉一个黑人吸血鬼，她听得很专心，细细打量一个放在她面前的小棺材样品。"没错，传统上惯用木头，又可以生物分解，可是谁要那种旧东西？你的棺材就是你家，这是我老爸的口头禅。"

接下去还有很多摊位，特殊节庆公司也来摆摊，现场一张大桌子，一叠价目表和摊开的相本，用来吸引客人上门，我正想走过去瞄一眼，谁知道看摊位的是傲慢的长腿小姐，我不想再和她纠缠不清，决定继续逛逛。但我随时都注意着女王的方位，有一位人类的侍者一直盯着苏菲安妮的屁股，我想睁眼偷吃豆腐算不上是死罪，决定由他去。

这时候女王及安竺已经和警长乔维斯、克里欧·贝比特会合在一起，脸形方正的乔维斯个子不高，顶多五英尺六英寸，感觉像三十五岁，不过至少再加一百年才比较吻合他真实的岁数，最近这几周，都由乔维斯负责招待和承担苏菲安妮的开销，这些重担造成的压力很明显，听说他这个人注重穿着、个性活泼，上次见面的时候，他的头发梳得光亮平滑，现在有点不修边幅，高级西装已经到了送干洗的程度，鞋尖黯淡无光。魁梧的克里欧有一头黑发，颧骨宽阔、嘴唇很厚，相比之下她算现代人，吸血鬼的历史只有五十年。

"艾瑞克在哪里?"安竺问道。

克里欧笑呵呵的，那种低沉的笑声常常会引起男人的侧目。"他被征召了。"她说，"预定的神父没有现身，因为艾瑞克上过全套课程，所以由他主持仪式。"

安竺微微一笑。"这个奇观不容错过，究竟是什么场合?"

"再过一会儿就宣布了。"乔维斯说。

我忍不住纳闷哪一种教堂愿意接纳艾瑞克这样的神父，利润至上的教堂吗? 我溜到比尔的摊位，引起帕梅拉的注意。

"艾瑞克是神父?"我细语道。

"爱神教堂。"她立刻告诉我，顺手装了三份 CD 递给一个替主人来跑腿的尖牙狂热派。"他从网络上修习全套课程，再通过鲍比·博汉的协助，获得修业证书，有资格主持婚礼仪式。"

一位侍者不知怎么的绕过女王周围所有的宾客，端了一整盘盛满鲜血的酒杯靠近女王，一眨眼之间，安竺挡在女王和侍者中间，再一眨眼，侍者转身走往另一个方向。

我试图深入侍者的脑袋，发现里面完全是一片茫然，安竺彻底掌控了这家伙的意志力，命令他走开。但愿他没有受到伤害，我一路跟着他的去向直到位于角落的那扇门，确定他是走回厨房。好，事件排除了。

展示厅突然起了骚动，我转身察看是怎么一回事，密西西比国王和印第安纳国王手牵手一起走进来，这种态势似乎在公开表示他们结婚条件的谈判已经有了结论，罗素·艾丁顿是个瘦弱英俊的吸血鬼，只对男人感兴趣，性别局限但数量不限。他是个好同伴，也是打架高手，我还挺喜欢他这个人。但看到他让我有一点不安，因为几个月以前，我在他的游泳池里面扔了一具尸体，从光明面而言，死的是吸血鬼，所以等到春天掀起游泳池布篷的时候，尸体应该已经分解了。

罗素和印第安纳携手停在比尔的摊位前面，附带说一下，印第安纳的体格就像大野牛一样壮硕，棕色的卷发，表情很严肃。

我慢慢靠过去，可能有麻烦了。

"比尔,你的脸色看起来很不错。"罗素说道,"我的手下说你在我那里吃了苦头,现在似乎都恢复了,不知道你是怎么恢复自由的,但是我很高兴。"如果罗素暂停是为了等答复,那是白费心机,因为比尔的表情很冷淡,仿佛罗素讨论的是气候变迁而不是比尔的刑讯事件。"罗蕾娜是你的创造者,我当然不方便介入。"罗素的语气跟比尔的神情一样平静。"现在你在这里贩售电脑的小玩意,就是当时罗蕾娜处心积虑要抢夺的东西。套一句诗人说的话,'吉人自有天相,结果皆大欢喜。'"

罗素这么啰哩啰嗦,意味着他急于了解比尔的反应,比尔的口气就像冰凉的丝绸滑过玻璃,简单说了一句:"过去的就过去了,罗素,看来我要恭喜你了。"

罗素仰脸对着新郎微笑。

"对,密西西比和我要联姻了。"印第安纳国王说道,他声音低沉,外形粗犷,感觉比较像是堵在小巷子里对欠债不还的家伙拳打脚踢,或是坐在一地都是锯木屑的酒吧里都还更自在些,但罗素竟然羞红了脸。

或许这是爱情的结合。

罗素突然看到了我。"巴列特,你一定认识这个女孩。"他立刻说道,我一阵慌张,却不能夹着尾巴落荒而逃,罗素拉着他的新郎来到我面前。"这个女孩在杰克逊的时候被木桩刺中,当时在酒吧里,某个隶属于太阳兄弟会的杀手刺中了她。"

巴列特一脸惊愕的表情。"你显然活得好好的,"他说,"怎么可能?"

"这位艾丁顿先生给我很多协助,"我说,"事实上,他救了我一命。"

罗素想要假装谦虚,差一点就成功了,这位吸血鬼试着在未来的配偶面前装好人,这么人性的反应让人难以置信。

"不过你离开的时候,似乎还顺手牵羊喔。"罗素严肃地说,对我摇摇手指头。

我试图从他脸上找出端倪,答案究竟要朝哪个方向跳才好,我的确带走一条毛毯、一些罗素后宫的年轻人丢下来的衣服,当然还有比尔,那时候他被拘禁在罗素的囚牢里面——或许罗素在暗示比尔的事情,嗯?

"是,先生,但我也留了一些东西当回馈。"我说,真受不了这种猫捉老鼠的语言游戏,好,就是这样!为了救走比尔,我杀死吸血鬼罗蕾娜,不过当时多少是因为意外造成的,后来把她邪恶的遗体丢入游泳池里。

"我们清理游泳池预备夏天使用的时候,的确在底部发现了沉淀物。"罗素说道,咖啡色的眼睛深思地盯着我瞧。"真是勇于冒险的女孩,斯……"

"斯塔克豪斯,苏琪·斯塔克豪斯。"

"对,我想起来了,你不是和欧喜德·哈韦亚斯一起在亡者俱乐部吗?他是个狼人,甜心。"罗素跟巴列特解释。

"是的,先生。"我真希望他已经忘记那些小细节。

"我好像听说哈韦亚斯的父亲要角逐什里夫波特市的狼人领袖?"

"没错,可是他……呃,没有成功。"

"所以哈韦亚斯的爸爸死于那一天?"

"是的。"我说,巴列特听得很专心,一只手沿着罗素的外套袖子来回地抚摸,很特别的小动作。

这时候昆恩突然出现在我身边,一手环住我,罗素看得睁大眼睛。"两位绅士。"昆恩对着密西西比和印第安纳宣布,"婚礼的仪式都预备好了,就等你们了。"

两位国王相视而笑。"你不会脚底发冷、临阵脱逃吧?"巴列特问罗素。

"只要你给我温暖就行。"罗素露出来的微笑足以融化冰柱。"再者,如果我们取消契约,律师会气得把我们宰了。"

他们分别对昆恩点头,昆恩大步跑向展示厅另一端的台子上,站在最高层,上面有一个麦克风,他张开手臂用低沉的嗓音宣布:"各位来宾请注意,无论是绅士与淑女,国王和平民,吸血鬼和人类!你们都受邀来参加密西西比国王罗素·艾丁顿,和印第安纳国王巴列特·克罗的婚礼,地点就在仪式厅,十分钟后准时进行,穿过大厅东边的双扇门之后就是仪式厅。"昆恩很有架势地指向那扇门。

我抓住时间趁他宣布的时候欣赏他的衣着,他穿了一件腰间和脚踝处有皱褶的暗红色长裤,系了一条类似职业拳击手那样的金色宽皮带,裤管塞进黑色的皮靴,没有穿衬衫,看起来好像刚从一个大瓶子里冒出来的阿拉伯妖怪。

"他是你的新男友?"罗素问道,"昆恩?"

我点点头,他对我似乎刮目相看。

"我知道你现在有事情,"我冲动地说,"也知道你忙着要结婚,但我只想说希望我们就此扯平了,可以吗?你不会对我动怒、怀怨或记恨在心吧?"

巴列特正在接受各方吸血鬼的道贺,罗素跟着回礼,过了一会儿才顾及礼貌地转向我,虽然我知道不久他又得分心他顾。

"我不会对你怀恨,"他说,"幸好我很有幽默感,幸好我很讨厌罗蕾娜,我把马厩租给她是因为我认识她至少一两百年,到现在还是个讨厌鬼。"

"既然你没生气,就让我问一句,"我说,"为什么大家似乎都对昆恩这么肃然起敬?"

"你是真的不知道自己抓着老虎的尾巴吗?"罗素喜滋滋地说,"我现在没时间告诉你来龙去脉,因为我急着去陪伴我的未婚夫,长话短说,苏琪小姐,你的男朋友让很多人发了一笔大财。"

"谢谢。"我有点困惑,"诚心祝福你和……呃,克罗先生,愿你们在一起幸福美满。"既然不方便和吸血鬼握手,我弯腰鞠躬,趁着彼此气氛最融洽的时候尽快开溜。

瑞硕突然现身在我的手肘旁边,看我吓了一跳还哈哈大笑,这些吸血鬼,你不得不喜欢他们的幽默感。

我只看过瑞硕穿特种部队的制服,感觉挺帅的,今天晚上换成另外一种比较像军服的制服,很有骑兵队的格调,长袖上衣搭深紫色滚黑边的长裤,钉金铜色的纽扣。瑞硕天生就是棕色皮肤、深色大眼睛、黑头发,很像中东的人。

"我就知道你会在这里,很高兴又见面了。"

"她派我和卡拉先来这里。"他轻快地回答,"你看起来更迷人了,苏琪,你在高峰会玩得愉快吗?"

我忽略他那些玩笑话。"这些制服是怎么一回事?"

"如果你的意思是这是谁的制服,答案揭晓,这是女王新设计的居家制服。"他说,"如果不是在大街上站岗,我们就换掉盔甲改穿这种制服,看起来不错,对吧?"

"喔,你很时髦啦。"我说,他听了呵呵笑。

"你要去观礼吗?"

"是啊,当然,我从来没见识过吸血鬼婚礼。噢,瑞硕,切斯特和米兰妮的事我很遗憾。"他们本来和瑞硕一起在新奥尔良执行勤务。

这一瞬间,吸血鬼脸上的幽默感不翼而飞。"是的。"他僵硬地沉默了好一阵子才开口。"少了我的同袍,现在多了前毛毛。"杰克·普洛夫走过来,穿着和瑞硕一样的制服,看起来很孤独,毕竟他转化成吸血鬼的时间还不够长,没有学会活死人那种近乎第二天性的平静表情。

"嗨,杰克。"我说。

"嗨,苏琪。"他的语气有些凄凉,但又怀着希望。

瑞硕鞠躬退场,走往另一个方向,我被迫和杰克在这里,感觉好像小学时期,杰克就是那种穿错衣服、带着奇怪便当来上学的小孩,别的小孩都不搭理他。身为吸血鬼和狼人的混合体,也同时毁了他双边的关系,弄得两面不是人。

"你跟昆恩谈过了吗?"我实在无话可说,只好这么问。杰克转化之前曾经是昆恩的员工,改变以后连工作都丢了。

"擦肩而过的时候说了哈啰。"杰克说道,"真的很不公平。"

"什么?"

"无论他做了什么都可以被人接纳,我却遭到排挤和放逐。"

我知道"放逐"的含意,因为这个字眼曾经出现在我"每日格言"的日历上面,偏偏大脑暂时不予处理,因为杰克这番话的主要含意影响到我平静的情绪。"无论他做了什么?"我问,"这是什么意思?"

"呃,当然,你认识昆恩。"杰克轻描淡写,让我很想跳到他背上,用榔头狠狠地敲他后脑勺。

"婚礼开始了!"昆恩的声音通过麦克风传过来,群众开始涌向他早先指给的那扇门,杰克和我顺势跟着人潮移动,昆恩那个助理就站在门边,致赠装着干燥花瓣和香料的香氛袋,分别系着缎带,一部分是蓝与金色,另一部分是红和蓝色。

"颜色为什么不一样?"那名妓女问昆恩的助理,我很感谢她率先发问,省却我的麻烦。

"红蓝是密西西比的旗帜颜色,蓝色和金色代表印第安纳州。"女孩回答时自动露出笑脸,因此递给我红蓝色缎带的小袋子时,笑容还在,但一发现是我,她的笑脸倏地僵掉了,看起来很可笑。

杰克和我找了一个中间靠右的好位置,空荡荡的舞台只有几根柱子,完全没摆椅子,显然他们认为仪式不会持续太久。"先回答我,"我嘶声说,"关于昆恩的事情。"

"婚礼结束再说。"杰克忍住笑容,他显然已经吃瘪了好几个月,现在终于有机会占上风了,一时之间实在难以藏住他很自得其乐的事实。他回头瞥了一眼,突然睁大眼睛,我跟着望过去,看见大厅的另一端已经摆好自助餐,不过自助餐的主轴不是食物和餐点而是鲜血,而且最让我深恶痛绝的,大约有二十位男男女女排成一排,就站在人造血的喷泉旁边,每个人都佩戴牌子,简单地注明:"自愿捐血人"。我差点吐血,这样合法吗? 不过他们都是自由之身,没有被捆绑,随时可以离开,而且大多数都一脸急切地想要开始捐血。我飞快地扫瞄过他们的脑袋,没错,都是心甘情愿的。

我转向大约十八英寸高的舞台,密西西比和印第安纳国王刚刚跨上去,两个人都穿了精致华美的礼服,样式似乎在照相馆的相片上看过,那位摄影师的专长就在于记录超自然生物的重要仪式,至少这些衣服穿脱方便。罗素在衣服外面罩了一件厚重的锦缎袍子,开前襟,金光闪闪的布料上交织出蓝色和绯红的图案,显得很华丽。印第安纳国王巴列特则穿上棕铜色的礼服,图案以绿色和金色为主。

"这是他们的正式服装。"瑞硕低声呢喃,再次悄然出现,又把我吓一跳，看到他扬起嘴角露出微笑。左边的杰克朝我挨近，仿佛想要借由我身体的遮掩挡住瑞硕的视线。

但是让我最感兴趣的是结婚仪式本身，而不是吸血鬼间玩弄的政治手腕或伎俩。一个巨大的古埃及十字章是舞台中心唯一的道具，一边有张大桌子，上面放了两捆厚厚的文件，分别摆了一支笔。一位女吸血鬼站在桌子后面，穿着正式套装，裙子长及膝盖。凯特雷先生排在她后方，看起来慈眉善目，两手交握摆在肚子前面。

我的甜心昆恩（我下定决心要好好问清楚他的背景）就站在桌子另一端的舞台上，身上还是阿拉丁灯怪的打扮，他一直等到观众的窃窃私语都沉寂下来了，才夸张地摆手指向舞台右方，一个人影缓步走上舞台，披着黑色天鹅绒斗篷，斗篷的帽子压得很低，右肩上绣着金色的古埃及十字章图案，他在密西西比和印第安纳中间站住，背对十字章举起手臂。

"仪式正式开始！"昆恩大声宣布，"请大家保持肃静，见证这场婚礼。"

一旦有人要求吸血鬼静默，现场绝对没有声音，他们不像人类会坐立难安、叹气、打喷嚏、咳嗽或者擤鼻涕，让我觉得自己的呼吸都吵人。

斗篷的帽子掀开，我吁了一口气，是艾瑞克。他小麦色的头发在黑色天鹅绒的衬托下，看起来美丽耀眼，神情肃穆、架势十足，绝对是婚礼主祭的不二人选。

"我们今天在这里见证两位国王的结合。"他字正腔圆，每个字都清清楚楚地传向大厅的所有角落。"无论在口头和书面契约上，罗素和巴列特都同意两州缔结盟约一百年，在此期间，他们不可和别人结婚，非经双方同意且在场见证，也不可与他人结盟。任何一方在一年内至少要履行一次婚姻的义务。在巴列特的眼中，罗素的国家福祉仅次于他自己的州，反之在罗素看来巴列特也是一样。现在我问你，密西西比国王罗素·艾丁顿，你同意这张契约吗？"

"是，我同意。"罗素清晰地回答，对巴列特伸出他的手。

"印第安纳国王巴列特·克罗，你同意这张契约吗？"

"是，我同意。"巴列特握住罗素的手。喔喔喔。

然后昆恩上前跪下来，捧了一只杯子在他们握着的双手下方，艾瑞克掏出一把匕首，刷刷两下分别割开他们的手腕，速度快得难以分辨。

噢，恶心。两位国王朝杯中滴血的时候，我开始责备自己，早该预料到吸血鬼仪式中肯定包含歃血结盟。

果然，伤口很快就密合了，罗素先喝了一口，再递给巴列特，他一口喝光，接着两人亲吻，巴列特温柔地抱着娇小的对方，继续吻了一阵子，混合的血液显然是一帖催情剂。

我瞥见杰克的眼神，"找个房间吧。"——他用嘴形如此说，我低头掩饰脸上的笑容。

两个国王终于进入下一步，慎重地签署他们事先拟定的契约书，原来穿套装的吸血鬼是来自于伊利诺伊州的律师，因为按规定要由别州的律师草拟契约，凯特雷先生也是中间人，国王和律师签署之后他也跟着签名。

其间艾瑞克一直披着华丽的黑色斗篷站在舞台上，直到签署仪式完成，双方把笔放回架子上，他才开口："这桩婚姻要神圣地持续一百年！"周围开始欢声雷动，因为吸血鬼不是欢呼的料，所以主要是群众中的人类和超物在鼓噪，吸血鬼只是认同地出声呢喃——虽然不够好，这已经是他们能力的极限了，我想。

我当然很想知道艾瑞克怎么会取得神父的资格认证，或是他们所谓的主祭者，但目前的首要之务，是先逼杰克告诉我昆恩的事情。他试图夹在人群里开溜，但我很快就追上了，因为他当吸血鬼还不够老练到足以甩开我。

"快吐吧。"我说，他竟然装蒜，假装听不懂我在问什么，但是一看我的脸，就知道我没上当。

我们置身在人群的漩涡里面，试着不要被卷向敞开的酒吧，我等着聆听昆恩的故事。

"我真不敢相信他自己竟然没有告诉你。"杰克强调，让我很想反手捆他一巴掌。

128

我杏眼圆睁地瞪着他，让他知道我等得不耐烦了。

"好啦、好啦，"他说，"这些都是我是狼人的时候听说的，你知道吗？昆恩在变形人的世界里等同于摇滚巨星的地位，他是硕果仅存的虎人之一，也是最厉害凶猛的一位。"

我点点头，截至目前，这和我对昆恩的认知很雷同。

"某一个满月的晚上，昆恩的母亲在变身的时候被抓了，当时有一群猎人出来扎营，设下陷阱想要活捉一头熊，用来参加他们非法的缠斗比赛，就是寻找新鲜的点子打赌，你懂吧？一群狗和一头熊的对抗赛。故事就发生在科罗拉多州的某个地方，地上积雪很深，他母亲一个人出门，不知怎么的竟然没有察觉到陷阱就栽进去了。"

"他父亲人在哪里？"

"他在昆恩很小的时候就过世了，发生这件事的当时他大约十五岁。"

我有一种预感，坏事还在后面，果然猜对了。

"同一天晚上他当然也变身，不久就发现母亲失去踪影，他循着线索追到营地，他妈妈在被捕的压力下变回人形，其中一个人正在对她非礼，"杰克做了个深呼吸，"昆恩把他们杀得一干二净。"

我瞪着地板，不知道要说什么。

"整个营地需要清理，周围又没有族群能介入——这是理所当然的，因为老虎不会成群结队——偏偏他母亲的伤势很重，又受到巨大的惊吓，昆恩不得已只好去当地的吸血鬼巢穴求援，他们答应帮忙，只要他同意还债三年的时间，"杰克耸一耸肩膀。"他当然签了。"

"他究竟同意做些什么？"我问道。

"为他们在斗技场卖命，仅限三年的时间或是他断气，就看哪一项条件先实现。"

我开始感觉到有一双冰凉的手指头悄悄沿着我的脊椎往上游移，这一回不是让人毛骨悚然的安竺……而是恐惧。"斗技场？"我重复，可是他若没有吸血鬼的听力，就不可能理解我的话。

"斗技场的缠斗通常会有很多人下注，"杰克解释，"就像那些猎人想抓一头熊去斗狗场一样，不是只有人类才喜欢看动物斗得你死我活，某些吸血鬼也是乐此不疲，还有一些超物也很感兴趣。"

我的嘴唇嫌恶地坻在一起，有点反胃想吐。

杰克看着我，对我的反应感到苦恼，同时让我有一些时间了解到原来悲惨的故事还没到尽头。"昆恩显然活过了那三年，"杰克继续说，"能够撑那么久的人实在是寥寥可数。"他斜看了我一眼。"昆恩一直连胜不败，那么厉害凶猛的斗士几乎是绝无仅有，不管是熊或狮子，随你挑，通通是他手下败将。"

"他们不是都很稀有吗?"我问道。

"是啊，但我猜想，就算是稀有的变形人生物也需要钱。"杰克说着抬起头来，"一旦你赚得够多，有钱下注自己的时候，斗技场的拳击可以赚进大把大把的钞票。"

"那他为什么洗手不干?"我再问，愈听愈后悔自己为什么要对昆恩的过去感到好奇，应该等他心甘情愿自己说才对，但愿真有那么一天。杰克伸手拦住一位从旁而过的侍者，从托盘上拿了一杯人造血，一口喝干。

"那三年结束，他必须照顾他妹妹。"

"妹妹?"

"对，那一天晚上他母亲就怀孕了，结果就是刚才站在门口发礼物、染了一头金发的女孩，法兰妮经常闯祸，昆恩的妈妈管不住她，只好叫她来跟昆恩住上一阵子，昨天晚上法兰妮才突然冒出来。"

这一切真的超过我能承受的范围，我非常唐突地转个身，头也不回地走掉了。幸好杰克还算聪明，并没有试图阻止。

第十一章

我焦急地想要躲开仪式厅拥挤的人群,无意间撞上一位吸血鬼,他猛然转过身来一把抓住我的肩膀,他留了类似傅满州①那样长的八字胡,满头乱发多得像鬃毛,连两匹马都自叹不如,身上穿着黑色西装。换成其他时候,我或许会好好欣赏一番,但现在我只希望他快点走开。

"这么急急忙忙做什么呢,可爱的小女仆?"他问道。

"先生,"我礼貌地说,因为他肯定比我年长很多。"我真的在赶时间,请原谅我不小心撞到了你,但我必须要离开。"

"你不会刚好是捐血人吧?"

"对不起,我不是。"

他突然松开我的肩膀,转回去延续刚刚被我打断的交谈。我大大地松了一口气,继续穿越汹涌的人潮,因为刚才的紧张事件,这一回我小心多了。

---

① 傅满州,二十世纪初期英国籍作家萨克斯·侯麦笔下的虚构人物,后来几乎成为好莱坞把中国人妖魔化的典型形象。

"原来你在这里！"安竺的口气几乎有点暴躁，"女王需要你。"

我必须提醒自己是来这里打工的，内在的心情变化并不是重点，我尾随安竺走向女王，她和一班吸血鬼及人类在交谈。

"我当然站在你这边，苏菲。"女吸血鬼说道，她穿着粉红薄纱晚礼服，单侧肩膀上别着亮晶晶的钻石别针，也有可能是克里丝塔，但我看起来像真的，反正谁知道呢？粉红薄纱衬托她巧克力色的肌肤，实在美极了。"反正阿肯色是个混蛋，我只是诧异你竟然愿意和他结婚。"

"如果我被告，你愿意手下留情吗，亚拉巴马？"苏菲安妮问道，从外貌看来，你会认定她顶多十六岁，脸上的皮肤紧实又光滑，大眼睛炯炯有神，素雅淡妆，秀发自然地垂下，对苏菲安妮而言这种发型很不寻常。

吸血鬼似乎有点心软。"当然。"她说。

她的人类同伴，就是我一开始注意过的尖牙狂热派，心里正想着——"真是信口雌黄，顶多持续十分钟，一转身就把苏菲安妮抛在脑后了，接着又聚在一起交头接耳搞阴谋。没错，他们嘴巴说喜欢放烟火，在月光下的沙滩上漫步，可是一参加宴会，就是阴谋、阴谋、阴谋和谎言、谎言、谎言，没完没了。"

苏菲安妮和我四目交接，我微微摇头，亚拉巴马借故离开去恭贺新人，她的人类随扈一路尾随，看到周围有这么多耳目，多数的听力都比我优质，我说："稍后再解释。"看到安竺点了点头。

接下来问候苏菲安妮的是肯塔基国王，就是布里特林精保护的对象，肯塔基看起来就好像大卫·克罗①，只要加上一把枪和一顶浣熊皮帽的扮相就够了，没想到他果真穿了皮裤、鞣皮衬衫外搭夹克，滚细带边的鞣皮靴，脖子系了一条大丝巾，或许他更需要保镖保护他躲开时尚警察的追捕。

贝坦雅和克罗瓦姬都不在旁边，大概待在套房里面。在我看来，既然从另一度空间用天价雇用贴身保镖，又没有随时随地保护人身安全，那有什么意义可言呢。之后，因为没有别人在场让我分心，我就发现一

---

① 大卫·克罗，美国十九世纪的传奇人物兼拓荒英雄，后来成为田纳西州的国会议员。

个奇特的现象——肯塔基后面持续有一块空间,无论人潮如何来来去去,就是空在那里,即使有人经过国王后方,应该很自然地跨进去,结果都是绕过去——显然我是误会了,布里特林精的确在执行勤务。

"苏菲安妮,你让人眼睛一亮。"肯塔基懒洋洋地说,腔调浓腻得好像蜂蜜,还特意对女王展示他伸长的尖牙。恶。

"艾萨,很高兴见到你。"苏菲安妮的语气和表情一样平静,看不出来她是否知道保镖就在他背后。我稍微靠了过去,发现贝坦雅和克罗瓦姬虽然都隐形,脑波的现象还在,魔法不仅罩住她们的外形,还把脑波消音,我只收到模糊的回声。我对着她们的位置微笑,这个动作很蠢,因为肯塔基国王艾萨立刻注意到了,我早该知道他的脑袋比外表聪明。

"苏菲安妮,我想和你聊一聊,不过你得吩咐那位金发妞走开,"肯塔基笑嘻嘻地说,"她的傻笑让我起鸡皮疙瘩。"他对着我点头,仿佛苏菲安妮有很多金发女孩追随她似的。

"当然,艾萨。"苏菲安妮直视着我说,"苏琪,请你下到底层去拿那个皮箱。"

"没问题。"我不介意偶尔跑腿做点卑微的事,早先在套房里接电话的事几乎被我遗忘。虽然我认为旅馆不派行李服务员送皮箱上来,反而要求我们下去的程序实在很愚蠢,不过无论走到哪里都有一些繁琐的规定不是吗?

我转身离开时,安竺依旧面无表情,几乎要走出听力范围之外,突然听见他说:"对不起,陛下,我们还没把你的行程告诉她。"他一闪身就到我旁边,抓着我的手臂,我猜他很可能收到苏菲安妮透过心电感应传达的指令。赛伯特一言不发,上前顶替安竺站在女王背后半步的地方。

"我们聊一聊。"安竺的动作快得像眨眼睛一样,把我带向紧急出口,来到一条灰棕色的员工走道,大约有十码长的距离,两个推车的侍者从转弯处走过来,好奇地瞥了我们一眼,一看到安竺的眼神,匆匆走掉了。

"布里特林精也在场,"我以为这是安竺想找我私下谈的原因。"就跟在肯塔基后面,他们都会隐形术吗?"

安竺又一个迅雷不及掩耳的快动作,手腕已经伸到眼前,缓缓地滴血。"吸。"他说,我感觉他在我脑中催促。

"不要。"这么突如其来的要求我喝鲜血,让我又震惊又愤怒。"为什么?"我试图躲开,可是无路可退,放眼望去也没有救兵。

"你必须和苏菲或我有一个更强烈的连结,不能只靠支票绑住,目前你所展现的价值远超过我们原先预估的程度,因为这一次的高峰会面临紧要关头,涉及生死存亡,我们必须掌握每一分优势。"

好残酷的直率。

"我不要被你控制。"我说,听到自己的声音恐惧得发抖,感觉很可怕。"我不要你能够透视我的感受,我受雇来工作,等到任务结束,我要恢复真正的生活。"

"你不再拥有真实的生活。"安竺斩钉截铁地说,表情并不是很残酷。这点很怪异,但最让人骇怕的是,他显得很务实。

"我有! 你们是雷达上的影像,我不是!"我不太确定自己这么说的含意,但是安竺了然于胸。

"我才不在乎你对未来生活的计划。"他耸了耸肩膀——谁管你的死活的意思啰。"如果你吸血可以强化我们的地位,你就必须乖乖照做。我已经解释过了,若不是尊重你的能力,我连说都懒得说。"

我用力推,就像在推一只大象,除非大象自己要走,否则简直是白费力气,安竺动都不动,手腕更加靠近我的嘴,我闭着嘴巴,心里明白他有能力打断我的牙齿,假如我张开嘴巴尖叫,或许还来不及喊杰克·罗宾森,他的血已经流入我嘴里。

气氛凝重的走道突然多了一位第三者,艾瑞克就站在那边,裹着黑色天鹅绒披风,帽子掀开,表情出奇的犹豫。

"安竺,"他的声音比平常更低沉,"你为什么要这么做?"

"你在质疑女王的旨意吗?"

艾瑞克的处境堪虑,因为他的确在干扰女王付诸执行的命令——至少我假设女王知道这档事——我只能祈祷他留下来帮我,用眼神恳求他别走。

我宁愿和其他的吸血鬼连结,也不要和安竺有关联,愚蠢的我忍不住觉得难过,我还提供苏菲安妮一个好主意,建议她认命安竺当阿肯色国王,结果得到的回报竟然是这样,无疑在教训我要学会适时地闭上嘴巴,要把吸血鬼和人类一视同仁。

"安竺,我来提供一个建议。"艾瑞克的语气更冷静、更镇定。好极了,这意味着他在动脑筋,我们其中之一必须保持理智。"总要让她高兴一些,免得日后她拒绝合作。"

噢,胡扯,我已经猜着他的建议肯定不是——"放开她,不然我打破你的头。"因为艾瑞克这个人很奸诈,铁定不会说这种话。当你需要约翰·韦恩这种铁铮铮的硬汉时,他在哪里?或者布鲁斯·威利斯也可以?甚至马特·戴蒙也好啦?假如詹森·波恩此时此刻现身,我一定会大叫是救星①。

"苏琪和我已经相互交换过好几次血,"艾瑞克说道,"我们事实上是情侣。"他走近一步。"如果是我的血,她就不会如此抗拒,这样不就也符合你的目的吗?我也发誓效忠于你。"他毕恭毕敬地行礼如仪,动作小心翼翼、谨慎无比,更增添我对安竺的畏惧。

安竺松手放开我,开始考虑,看到他手腕的裂口几乎愈合,我才颤抖地做了几个深呼吸,心跳不断加速。

安竺盯着艾瑞克,眼神流露出些许不信任,然后再看着我。

"你像一只受惊的兔子,躲在矮树丛底下逃避狐狸的追踪。"他说,接着是一阵漫长的沉默。"你对我和女王的服务很有价值,贡献不只一次而已。只要能促成相同的目的,那有什么关系?"

我正想说:"我也是彼得·雷吉尔之死的唯一目击者。"但我的守护天使要我闭上嘴巴,封住这句话,哎,或许不是真正的守护天使,而是潜意识要我别说话,无论是何者,我都心存感激。

"好,艾瑞克,"安竺答应道,"只要她和我们当中的某个人连结就可以了,我曾经尝过她一滴血,试图断定她有没有精灵血统,如果你和她

① 约翰·韦恩,布鲁斯·威利斯,马特·戴蒙,都是好莱坞巨星和银幕铁汉,唯独詹森·波恩是虚构人物,即电影《神鬼认证》中的男主角,由马特·戴蒙演出。

交换过好几次,拘束力已经很强韧,她对你的呼唤反应顺利吗?"

什么?什么呼唤?什么时候?艾瑞克从没呼唤过我,事实上,我经常跟他唱反调。

"是的,她很温驯。"艾瑞克睁眼说瞎话,害得我差点窒息,不过那样一来就毁了他谎言的效果,我只好垂头看着胸前,假装对自己不由自主被控制的状态感到很羞愧。

"嗯,好极了,"安竺不耐烦地挥挥手,"开始吧。"

"就在这里?我宁愿选比较隐秘的地方。"艾瑞克说。

"就是这里和现在。"安竺不愿意再妥协。

艾瑞克唤了一声:"苏琪。"他专心地看着我。

我直视着他,非常了解那声呼唤的含意,这回完全没有转圜的余地,无论是挣扎、尖叫或推拒都不能阻止这个程序,艾瑞克或许能够免除我被安竺压制,但这已经是他最大的限度。

艾瑞克挑起一边的眉毛。

他用这种方式告诉我,这已经是我的上上之选,他会试着不要伤害我,况且与他连结绝对优于和安竺绑在一起。

我完全了解,不只因为我不是笨蛋,也因为我们已经连结在一起,比尔和艾瑞克都吸过我的血,我也尝过他们的,这是我第一次明白原来我们之间真的有联系存在,我看待他们的人性不是多过吸血鬼的成分吗?他们得以伤害我的程度不是比其他人深吗?这不只是往日的感情把我们绑在一起,也是血液交换的缘故。或许因为我有异乎常人的不凡血缘,他们无法指使我的决定和掌控我的心智,他们没办法透视我的心思,我也奈何不了他们,但我们的确结合在一起,有多少次我在不自觉的情况下,隐隐约约感受到他们在暗处的生命力?

这些意念说起来很啰嗦,事实上只是一闪而过。

"艾瑞克。"我把头歪向一边,他从这个姿势明白我的意思,向前一步倾下身来,再以双手撑开斗篷罩住,形成某种隐秘的气氛,好像变魔术,但是用心良苦。"艾瑞克,不谈性。"我严肃地说,只要不涉及情人的血液交换,我还可以忍受,当众亲热就不行。艾瑞克贴着我,嘴唇凑近

136

我脖子和肩膀的凹处,我伸手抱住他,因为这样的站姿最舒服,他随即咬下去,我忍不住痛呼。

他没有停下来,真是谢天谢地,我只想尽快结束,他伸手抚摸我的背,似乎试着安抚我的情绪。

漫长的几秒钟之后,艾瑞克稍微舔舔一下,确保含有凝结物的唾液封住小伤口。"现在换你,苏琪。"他对着我耳语,除非躺下来或是他弯下腰,否则我够不到他的脖子,他本来要举起手腕,那样一来就得变换姿势重新摆布一番,我干脆解开他的衬衫,依然有些犹豫不前,我向来最恨这一段,因为人类的牙齿不如吸血鬼锐利,总是弄得脏兮兮的,结果艾瑞克的动作让我很讶异,他抽出刚刚在婚礼仪式上的匕首,迅速地比划,在胸口下方划出一道小裂口,血液慢慢渗出来,我顺势凑过去吸吮,这么亲密的动作让人尴尬,不过至少不用面对安竺,他也看不到我。

艾瑞克不住地躁动着,我发现他已然开始亢奋,他要这样我也爱莫能助,只能在关键的部位勉强拉开双方身体的距离,我用力地吸,他发出嗯嗯啊啊的声音,我心无杂念,只想快快结束。吸血鬼的血液很浓稠,还有淡淡的甜味,但是一想到自己正在做什么,不仅不觉得亢奋,还有些不舒服,当我认为进行得够久了才退开身体,以颤抖的手指为艾瑞克扣上衬衫,心里认定这段小插曲就此谢幕,终于可以找个没有人的角落躲起来,直到怦怦的心跳恢复常态。

没想到昆恩突然推门走进来。

"该死,你在做什么?"他大吼一声,我不确定他指的对象是我、艾瑞克还是安竺。

"他们在听令行事。"安竺尖锐地说道。

"我的女人不需要听从你的命令。"昆恩说。

我想开口反对,但是在目前的处境下,实在很难义正词严地对昆恩说我可以照顾自己。

遇上这种灾难事件,任何社交礼仪手册都不会列出应对的规则,连我奶奶的万用招数——"只要让多数人过得愉快,你去做就对了"都没办法硬套在这里,我忍不住纳闷亲爱的艾碧会如何建议。

"安竺,"我装出坚定而不是懦弱和畏惧的口吻。"已经握手谈定的事,我会为女王完成任务,但是下不为例,我绝对不再为你和女王效命。艾瑞克,谢谢你的帮助,让我不至于非常不愉快。"(虽然用愉快来形容似乎不恰当。)

艾瑞克跟跟跄跄地后退靠在墙壁上,任由披风敞开,露出长裤紧绷的状态。"噢,不客气。"他的语气如在梦中。

这一招是火上加油,艾瑞克应该是故意这么做,我忍不住面红耳赤。"昆恩,我等一下再跟你解释,我们原先就说定了。"我说道,随即犹豫了一下——如果你还愿意和我说话——我心里这么想,但不敢说出来,因为说了很不公平,如果他能够提早十分钟出现……或者干脆不要来,对我的帮助会更大。

我不看左右,眼睛直视前方地离开现场,沿着走道向右转,穿越双扇门直接进入厨房。

这显然不是我要去的地方,不过至少能暂时避开走道上的三个男人。"请问行李区在哪里?"我问最近一位穿制服的员工,她的圆盘上装满一杯杯的人造血,手也忙个不停,一言不发,仅仅朝着南面墙壁注明"出口"的方向点个头,今天晚上我真的受够了。

这扇门相当的重,门外就是通往底层的楼梯,我猜就是地下室,在我居住的地方向来没有地下室(因为水位太高了),想到要走进地面下方,不但不习惯还心生恐惧。

我走得很急,好像背后有鬼在追一样,虽然不是真的鬼,但意义相同,我满脑子想的都是那只皮箱,以免去想其他的东西,直到楼梯底下才停住脚步。

四周终于没有人影,我站在那里,一只手扶着墙壁,直到这时候,勉强压抑的反应才释放出来,身体开始发抖。我伸手去摸脖子,发现那里怪怪的,我把衣领拉出来抚平,斜着眼睛往下看,原来领子沾上了自己的血迹。我突然觉得很心酸,悲哀地坐在楼梯底下,泪水扑扑地掉下来,一个人置身在大城市里面,离家好远。

第十二章

我实在没办法承受刚刚发生的一切,感觉和我自己想象的画面或是我可能有的反应迥然不同,我一直在想,你没办法逃避,只能在那里,但这些话毫无说服力。

好吧,苏琪,我告诉自己,否则你还能怎样?这种时候没办法仔细思考,设想很多细节,只能迅速地检视一番,但可供抉择的方案几乎等于零。我打不过安竺,也没办法说服他放我一马;艾瑞克有能力但是不愿意,因为他想维护自己在路易斯安那州的吸血鬼层级和地位,同时也因为他没有十足的胜算,也有输的可能。就算打赢,还是要承受严重的惩罚,况且吸血鬼不会为人类打得你死我活。

当然,我也可以选择宁死不从,但是不太确定要怎么做才行,况且我还年轻,并不想现在就死。

所以我实在不能做什么,至少在这当下反省起来,真的找不出任何足以脱身的主意。

我打起精神,从口袋里掏出面巾纸擦眼泪,抚平头发并且抬头挺胸,准备重新树立自我形象,剩下的以后再说吧。

我推开金属门，走进一处好像洞穴似的水泥地上，这里是旅馆的工作区（最外缘就是那一条灰棕色的走道），只有最基本的装潢，讲究的重点在于功能性。

现场几乎没有人注意我的存在，让我得以好好地观察一下，反正我又不是急于回到女王身边，对吗？对面有一个巨大的工业用电梯，这栋旅馆的设计是通往外面世界的出口愈少愈好，借以降低入侵的几率，人类和阳光都是假想敌。不过旅馆总要有月台装卸棺木和货物，这座电梯就是通往上方的月台，棺木先从这里进来，再分散到预订的套房，两名武装守卫手里拿着枪面对电梯，不过老实说，他们一副很无聊的样子，完全缺乏大厅警卫那样的警觉和戒备。

就在最远处的墙边，巨型电梯的左方，一些行李箱歪歪斜斜地码成一排，整个区域都用类似机场用来引导人群的长方形带子区隔出来，现场没有人管理，我直接走过去，距离挺长的——自己辨别标签，旁边有另一个像我这种跑腿的站在那里搜寻行李，这个年轻人穿西装戴眼镜。

“你在找什么？”我问，“如果看到，我顺便替你拉出来。”

“好主意，柜台通知这里有一个我们的手提箱没人认领，所以我就下来了。标签应该是爱荷华女王菲碧·葛登，类似这样，你呢？”

“路易斯安那女王苏菲安妮·拉克尔。”

“哇，你替她办事？真的是她做的吗？”

“不是，因为我在现场。”我说，他好奇的表情更加好奇，但是看得出来我没打算再透露一些什么，只好回头继续搜寻。

我很诧异有这么多行李箱没人认领。

“怎么会这样？”我问年轻人，“他们为什么不能送到楼上的套房里面？就像其他行李一样？”

他耸耸肩膀。“我听说是责任归属问题。我们必须自己认领，他们才能说是我们亲自拿走的。嘿，这就是我要找的。”过了一会儿他说，“奇怪，所有人的名字看不清楚，只注明是爱荷华州，应该是我们团里面的吧。呃，拜拜，很高兴认识你。”他拉走一个黑色袋子。

不久，我终于成功找到目标，蓝色皮箱上的标签只有“警长，小区"——哎,实在模糊得看不清楚,吸血鬼的字迹通常草得好像鬼画符,那是由于他们所生长的年代和受教育的程度。"路易斯安那":标签上的确有这个字,我拎起旧皮箱拿到分隔区外面,上面的笔迹就算近看还是很模糊,我效法爱荷华的方法,决定把箱子拿到楼上去询问,直到某人来辨认。

一个守卫半转过身来,看我在做什么。"你要拎去哪里,美女?"他嚷嚷。

"我为路易斯安那女王工作,她派我下来领行李。"

"你叫什么名字?"

"苏琪·斯塔克豪斯。"

"嘿,乔!"他大声呼唤,另一个体形肥胖的同事坐在旧办公桌后面,面对一台破旧的电脑。"看一下有没有斯塔克豪斯这个人,好吗?"

"没问题。"乔的目光从已经走到另一端、来自爱荷华的年轻人身上转过来打量我,也是一脸好奇,但是一察觉到我在注意他就赶紧低头敲键盘,他盯着电脑屏幕的表情,仿佛所有的秘密都在里面,或许就他的工作而言的确是这样。

"有的。"乔对守卫证实,"她在名单上。"原来他就是电话当中那个没礼貌的家伙,他继续盯着我看;这一区里其他的工作人员想的都是琐碎、无关紧要的念头,唯独乔的思绪多了一层保护,我从来没碰到这种事,仿佛某人为他罩了一顶抽象的头盔,无论我怎么穿透、绕过或是钻到底下都没办法破解,进一步透视他的思绪。他一脸凶相,似乎有满腹牢骚无处发泄,但应该不知道我在做什么。

"对不起!"我大声问道,让乔听到我的声音。"名单上有我的照片吗?"

"没有。"他哼了一声,认定这个问题很愚蠢。"名单上只有住客和他们随从的姓名。"

"那你怎么知道是我本人呢?"

"啊?"

"你如何确认我就是苏琪·斯塔克豪斯?"

"难道你不是吗？"

"我是啊。"

"那你还啰嗦什么？快把该死的皮箱拎走!"乔低头看电脑，守卫转身面对电梯，这肯定就是扬基人①大名鼎鼎的傲慢无礼，我心里这么想。

这个袋子没有拉杆和滚轮，无法分辨使用人和年数，我抱着走向楼梯间，门边还有另一座电梯，容量小很多，就算能载运棺木，一次也只限一个而已。

我正想走进楼梯间，随即想到如果走这里，就会再一次经过员工通道，艾瑞克、安竺和昆恩会不会还在那里？万一他们打得不可开交呢？果真有这样的场面不会让我沮丧，只是更希望躲得远远的，我决定改搭电梯，好吧，这样很懦弱，但是类似的事情一天遭遇一次就够了。

电梯绝对是员工专用，四周的墙壁都铺上软垫，以防货物受损，这座电梯只到底部四个楼层:地下室、大厅、夹层和人类楼层。如果要往金字塔更上层，就必须转搭中央电梯，这样一来棺木得绕一圈，既慢又费事，看来旅馆员工要领薪水得格外努力。

我不确定要怎么处理，决定直接把皮箱送到女王套房。

苏菲安妮所在的楼层一片寂静，空无一人，大概所有的吸血鬼都在楼下参加宴会，某人在绿叶盆栽的大花盆里丢了一个汽水罐，盆子位于两座电梯中间，我猜这应该是某种小型的棕榈树，为旅馆增添古埃及的气氛。罐子看起来很碍眼，就算旅馆有负责清洁的员工，但是随手收拾的习惯已经在我身体里面生根，虽然没有洁癖，还是看不过去。这么好的地方，竟然有白痴乱丢垃圾破坏环境，我弯腰用空着的右手捡起来，打算丢入附近的垃圾桶。

不过罐子似乎比一般可乐罐子重很多。

我放下皮箱，双手捧着仔细察看，颜色和图案几乎跟普通的乐倍可乐②一模一样，却不是真的碳酸饮料。电梯门突然又开了，贝坦雅跨了

---

① 扬基人，泛指美国北部各州人的绰号，尤其是新英格兰一带的人。

② 乐倍可乐，美国七喜公司生产，混合果汁口味的焦糖碳酸性饮料。

出来,手里握了一把奇形怪状的枪,另一手握剑。肯塔基国王就站在保镖的肩膀后面,仍然在电梯里好奇地盯着我看。

贝坦雅看到我不偏不倚地挡在电梯出口的正前方,忍不住有些诧异,她先详细查看周围区域的状况,小心翼翼把枪口对着地板,左手握着长剑保持戒备,这才开口说话:"你可以闪到我的左手边吗?"她问得彬彬有礼。"国王要去那个房间。"她朝右侧某一个房间点头示意。

我没移动,不知道要怎么说。

她端详我的站姿和我脸上的表情,非常同情地说:"我真不懂为什么你们人类喜欢喝这种碳酸饮料,它们也让我胀气。"

"不是的。"

"有哪里不对劲?"

"这不是空瓶子。"我说。

贝坦雅的脸庞突然僵住。"你认为是什么?"她极其平静地问道,那种口气意味着天大的麻烦。

"可能是隐藏式的照相机,"我充满期盼地说,"我想也可能是炸弹,因为这不是真正的汽水罐,掂起来很重,里面并不是液体。"不仅没有瓶盖,里面也不会流动。

"我懂了。"贝坦雅还是异常的冷静,伸手按下胸前盔甲上的小面板,深蓝色区域大约像信用卡那么大。"克罗瓦姬,"她说,"四楼有不明物,我要把国王带下去。"

克罗瓦姬的嗓音回应道:"不明物有多大?"她的腔调在我听起来很像俄国腔。

"类似装糖水的罐子。"贝坦雅回答。

"啊,气泡饮料。"克罗瓦姬说道。好记性,克罗瓦姬,我心想。

"对,是斯塔克豪斯女孩发现的,不是我。"贝坦雅严肃地说,"她站着,东西在她手里。"

"叫她放在地上。"看不见的克罗瓦姬直截了当地建议,单纯陈述显而易见的事实。

站在贝坦雅后方的肯塔基国王开始焦躁不安,保镖回头瞥了他一眼。"通知本地警方派出拆弹小组。"接着吩咐克罗瓦姬:"我要把国王带下去。"

"老虎也在,"克罗瓦姬说道,"她是他女人。"

我还来不及叫:"老天,叫他别上来!"贝坦雅已经再次按下对话方块,灯光一暗。

"我必须保护国王。"贝坦雅抱歉地解释,向后退回电梯,按了按钮,对我点个头。

那个动作把我吓坏了,好像在告别,电梯门悄悄地阖上。

我孤伶伶地站在寂静的电梯口,手中握着的很可能是死亡的工具。

两台电梯都没有生命迹象可言,没有人步出四楼的电梯门,也没有人要进去,楼梯间也是静悄悄的,这段漫长死寂的时间里,我什么事都没做,就是站着握住仿造的乐倍可乐罐,轻微地呼吸,连喘大气都不敢。

一个爆炸般的声响吓了我一大跳,罐子差点掉在地上,昆恩从楼梯口冲出来,由喘息的声音判断应该是匆忙冲上楼梯,我腾不出额外的脑力去搜寻他心里在想什么,但却发现他的神情不露声色,跟贝坦雅一样冷静。主管安全事务的陶德·杜纳提只比昆恩晚一步,两个人兀自停在四英尺之外。

"炸弹小组快到了。"杜纳提率先宣布好消息。

"把东西放回原地,宝贝。"昆恩说道。

"是啊,我也很想放回去,"我说道,"但又很害怕。"我连肌肉都不敢移动,感觉好像僵硬了一百万年,开始感到疲倦,两只眼睛死命地盯着手里捧着的罐子,一再地对自己发誓,如果活得过今晚,以后我再也不碰乐倍了,虽然今天之前我都挺喜欢它的口味。

"好,"昆恩伸出他的手,"把它交给我。"

我真的很想那么做。

"除非我们知道这是什么。"我说,"或许只是针孔摄影机,是某个八卦小报企图拍摄吸血鬼高峰会议的独家照片,"我装出笑脸,"可能是小电脑,用来计算人类和吸血鬼的数目,也可能是珍妮佛·凯特被做掉以前事先埋设的炸弹,或许她想暗杀女王。"我花了几分钟思考各种可能性。

"也可能炸断你的手。"他说,"给我吧,宝贝。"

"既然发生过今晚的事情,你确定还要这么做吗?"我郁闷地问。

"那件事以后再说,别担心,先把那该死的罐子给我。"

我发现陶德·杜纳提并没有自告奋勇,虽然他已经罹患重病。难道他不想当英雄吗?他究竟哪里不对劲?然后我突然觉得很羞愧,怎么可以这样想呢?他有家庭,当然想要多一些时间和他们相处。

杜纳提满头大汗,脸色像吸血鬼一样苍白,他对着耳机说话,将现场的状况汇报给……某人。

"不,昆恩,有特殊装备的人才可以处理,"我说,"我不动,罐子不动,我们没问题,等待特别小组来就可以了。"我有点头昏脑涨,这一夜多重惊吓的后果逐渐发挥效力,我忍不住颤抖,相信只有白痴才这么做,而我还真的做了。"谁拥有 X 光的透视力?"我试着装出笑容,"奇怪,需要超人的时候,他怎么不在?"

"难道你要为这些该死的家伙当烈士吗?"昆恩愤愤不平地问,我猜他所谓的该死家伙指的是吸血鬼。

"哈!"我说,"噢,哈哈,对,因为他们爱我,你看到有吸血鬼跑上来吗?完全没有,对吧?"

"有一位。"艾瑞克从楼梯间走出来,"我们绑得太紧了,不太合乎我的口味,苏琪。"他的紧张很明显,我不曾看过艾瑞克如此焦虑不安。"我只好来陪你一起死啰。"

"太好了,这一天真是有始有终,艾瑞克又出现了。"我忍不住嘲讽一下,嗳,反正快死了。"你们都是笨蛋啊?快走开!"

陶德·杜纳提言简意赅地说:"呃,我先走一步,既然你不肯把罐子放下来,又不交给别人,你也没有被炸得粉身碎骨,因此,我干脆下楼去等炸弹小组。"

这样的逻辑没有错。"谢谢你通报他们。"我说,看着杜纳提改走楼梯,因为电梯就在我旁边,他的想法很明显,对于自己没能够提供更具体的协助深感羞愧,他打算先走一层楼梯,等到没人看见的时候,再搭电梯下去比较省力气。他离开以后,只剩下我们三个人:昆恩、艾瑞克和我三头鼎立,这有某种象征意义吗?

我开始觉得头重脚轻。

艾瑞克一步步小心翼翼地移动——大概是怕我受到惊吓吧,不久就到了我手肘旁边,昆恩的脑波好像舞台上七彩霓虹灯光球一样转个不停,不确定要如何帮我,又担心会发生不幸。

不知道艾瑞克在做什么?除了能够判断出他和我的相对位置之外,我看不到他的动作。

"你要把东西给我,乖乖地离开。"艾瑞克使出全力,要把吸血鬼的影响力灌进我的脑袋里。

"这一招无效,你是白费力气。"我嘟哝道。

"你这个女人实在很顽固。"他说。

"才没有。"一开始被指责想当烈士,现在又被说是顽固,害得我好想哭。"我就是不要动!这样才安全!"

"别人或许会以为你想自杀。"

"呃,'那些人'可以去死。"

"宝贝,把它放在花盆里,轻轻地慢慢地放下去。"昆恩的语气很温柔。"然后我去替你拿一大杯酒,你真的很勇敢,你知道吗?我以你为傲,苏琪。如果你再拖拖拉拉不肯放下,我就要生气了,听见了吗?因为我不希望你发生不幸,那样太蠢了,对吧?"

另一个物体突然冒出来,省了我和昆恩辩论的力气。警方派了机器人坐电梯上来。

突然开启的电梯门把大家吓了一跳,因为我们过于专注没发现电梯发出噪音,看到那个矮胖的小机器人从电梯里滚出来,我竟然格格地笑,正想把罐子递过去,随即发现这不是机器人的目的,似乎有人在远端遥控,它徐徐地向右转面对我,静止不动地过了几分钟,仔细察看我和我手里的罐子,接着又退入电梯,手臂震动地往上提,压下正确的按钮,电梯门关上,它也离开了。

"我真是痛恨现代科技。"艾瑞克静静地说。

"这是假话。"我说,"你很喜欢电脑为你所做的一切,我知道这是事实,记得上次看到尖牙同盟的员工名录以及所有的工作时数表填满之后,你当时的兴奋程度吗?"

"我讨厌缺乏人性的电脑科技,喜欢它的知识面。"

以目前的处境来说,还要继续这样的话题实在有点诡异。

"有人从楼梯上来。"昆恩说道,伸手去拉开。

一个拆弹专家加入我们的队伍,原先的刑事调查小组或许没有吸血鬼警员的加入,但是拆弹小队有。这名吸血鬼穿着类似太空衣那样的服装(就算没被炸弹炸死,我猜这铁定算不上是一种美好的经验),通常是挂牌子的地方,现在竟然写上大大的"砰"字,噢,真是好好笑。

"你们两位市民请离开,留我和这位小姐在场就可以了。"砰先生说道,慢慢地朝我走过来。"走啊,先生。"看到两个人动都不动,他催促着。

"不。"艾瑞克说。

"该死,我也不走。"昆恩也很坚持。

穿那种衣服要耸肩真的有点困难,不过砰先生还是做到了。他拿了一个正方形的容器,坦白说,我没有心情去看仔细,只关心他打开盖子,举起容器小心谨慎地放在我双手底下。

我也小心翼翼地将汽水罐放入加衬垫的容器内部,双手伸了出来,那种松了一口气的感受实在难以用笔墨形容。砰先生阖上盖子,笑嘻嘻的表情隔着透明的头盔看得一清二楚,我浑身颤栗,双手剧烈地颤抖。

砰先生因为防护装的因素而行动迟缓,他慢慢地转过身去,示意昆恩替他拉开楼梯间的门,昆恩开了门,吸血鬼走了进去,动作慢条斯理、小心谨慎,力求平稳。或许他一路都面带笑容,总之没有爆炸,因为我没听见爆炸声,我们三个人屏住呼吸,僵立在原地等了好长一阵子。

"噢……"我说,"喔!"我的情绪激动到极点,爆发成千万个碎片,膝盖虚弱无力开始瘫软。

昆恩扑到我身上,紧紧抱住我,"你这个笨蛋,"他说,"你这个笨蛋!"就好像在说"神哪,感谢您"一样。我被虎人抱得几乎窒息,脸庞挨着他特殊节庆公司的 T 恤磨蹭,偷偷擦掉不自觉流下来的泪水。

我从他的手臂底下偷觑一眼,附近没有其他人影,艾瑞克已经消失得无影无踪。让我得以拥有这一刻,享受被搂抱的关心,知道昆恩依然喜欢我,而且安竺和艾瑞克那桩事情并没有捏断他对我渐生的情愫,这一刻能够死里逃生,带给我莫大的安慰和轻松的感受。

这时候电梯的门和楼梯间的门同时打开,各色各样的人种冲过来找我访问。

第十三章

　　"是炸弹。"陶德·杜纳提说道,"组合得很粗糙,我希望等警方仔细研究过以后,还有更多后续的消息通知我们。"旅馆的安全主管坐在女王的套房里。噢,我很高兴自己终于有机会把蓝色手提箱放在她的沙发旁边,苏菲安妮看到遗失的箱子连一声谢谢都没有,老实说我也没有抱什么期望,一旦你有随扈的时候,当然派他们去跑腿打杂,而且不必说谢谢,这样才叫做随扈,不是吗? 但就这件事而言,我甚至不确定那个愚蠢的箱子是否属于她。

　　"我预计自己会因此被炒鱿鱼,况且还有一桩谋杀案。"安全主管的语气很平静,心底却充满苦涩和怨恨,他需要旅馆提供的员工健康保险。

　　安竺长长地看了他一眼。"那个罐子怎么会出现在女王住宿的楼层附近?"他才不在乎杜纳提会不会失业,陶德不甘示弱地回瞪了他一眼,可惜眼神很疲惫,力道不够凌厉。

　　"只因为某个人有能耐夹带炸弹进来埋放,为什么你就会被开除呢? 或者是因为你要负责保护每一位旅馆住客的安全?"乔维斯问道,完全没安好心眼。我跟乔维斯不太熟，现在开始觉得还是保持距离比较好，克里欧拍一下他的手臂，力道大得让他皱眉。

杜纳提说道："这真是长话短说，显然是有人带炸弹上楼，放在电梯门旁边的花盆里面，因为最靠近女王的套房门口，或许是以她为目标，不过也有可能是针对同一楼层的其他人，当然，也有可能是兴之所至随意摆放的，我个人认为炸弹和阿肯色吸血鬼谋杀案是两回事，经过我们询问的结果，发现珍妮佛·凯特的朋友不太多，你们女王不是唯一跟她有嫌隙的人，只是争执最严重，或许是珍妮佛过世之前找人放炸弹。"我看到亨利·费斯坐在角落里不住地摇头，胡子跟着抖动，我试着想象阿肯色代表团硕果仅余的成员鬼鬼祟祟地埋设炸弹的景象，怎么想都做不来。这位矮小的吸血鬼似乎相信自己置身在毒蛇窝里，我猜他一定非常懊悔接受女王保护的提议，因为此时此刻看起来，这样的保证极度不保险。

"我们现在还有很多事要忙。"安竺又把话题带回他原先的轨道上。"克里斯汀·巴洛克威胁要开除你的举动太轻率了，毕竟他现在最需要的就是你的忠诚度。"

"那家伙很有脾气。"陶德·杜纳提说，我确信他不是罗兹市土生土长的本地人，似乎压力愈大，他的乡音就愈明显，可能不是路易斯安那，而是田纳西州北部。"斧头还没有落下，如果能够追查出事件的起因，或许我就可以复职了，毕竟不是很多人有意愿接下这份工作，许多保安人员都不喜欢——"

和该死的吸血鬼合作——杜纳提无声地说完这句话，听见的只有他和我而已，他严厉地提醒自己将焦点放在眼前。"……花这么长的时间来维护这种大旅馆的安全事务！"他大声说给吸血鬼听。"但我自己很享受这份工作。"*当我离开人世时，孩子们需要这份福利，只要再撑两个月，就算我走了，他们依然享有旅馆承诺的保障福利。*杜纳提如此想着。

他来女王的套房找我谈乐倍可乐罐事件（警方和克里斯汀·巴洛克都来问过了），随后还留下来闲聊，吸血鬼或许没发现，其实杜纳提突然变得如此健谈是因为服过强烈止痛药的关系,我很同情他的遭遇,同时察觉到一个有这么多心事的人很难把工作做得很好,自从日常生活开始受到疾病的影响之后,杜纳提最近这几个月是怎么度过的?

或许他雇错了帮手,或许他省略某些保护旅馆住客安全的重要步骤,或许——一股热热的暖流让我心有旁骛。

艾瑞克到了。

我从来不曾如此清晰地察觉到他的存在,心情突然沉重起来,原来这一次的血液交流意义非凡,如果印象正确无误的话,这是我和艾瑞克之间的第三次,而三绝对是一个具有象征性的数字,每当他在附近,我就敏锐察觉到他的实体,我猜对他而言也是这样,我们之间的连结甚至更加紧密,远超过以前的经历,我闭上眼睛,倾身把额头靠在膝盖上。

听到敲门声,赛伯特走过去回应,他小心翼翼透过窥视孔察看,才让艾瑞克进门。我却没办法自自然然地看他一眼或是自在地打一声招呼,我知道自己应该感激艾瑞克的援助,在某种程度上的确是这样。我绝对无法容忍自己去吸安竺的血,不对,我要更正,即便如此也只好忍受了,总之会很恶心,但是血液交流并不在我的选择范围内,我永不会忘记。

艾瑞克坐在旁边的沙发上,我跳了起来,好像被赶牛棒刺到一样,装腔作势地走到对面的吧台为自己倒了一杯开水,无论在哪里,我都敏锐察觉到艾瑞克的存在,而最让人忐忑不安的则是另一项发现,他的陪伴竟然让我觉得很欣慰,仿佛多了一层安全感。

噢,太棒了。

室内没有其他空位,我沮丧地坐回维京人旁边,他现在拥有我的一部分,在今夜之前见到艾瑞克时,就是一种自在的愉悦感——只是我想到他的次数很频繁,明知道他以后会比我多活好几百年,我真的不应该对他念念不忘。

我告诉自己这不是艾瑞克的错,他或许很圆滑又爱耍权谋,甚至一心想要坐上第一名宝座(就是艾——瑞——克啦),但我看不出来他能够事先预谋,准确地臆测安竺心怀鬼胎,再匆匆忙忙地追上来,和安竺讨价还价地讲道理。所以无论我怎么看,都欠艾瑞克"谢谢"两个字,只是现在有女王和安竺在场,我们不可能进行那样的话题。

"比尔依然守在楼下的摊位,销售他的电脑磁片。"艾瑞克告诉我。

"所以呢?"

"我猜你很可能在纳闷当你碰到紧急关头的时候,为什么是我现身,他却不见人影。"

"我根本没想过。"我不懂艾瑞克这些话的目的。

"是我逼他留在那里。"艾瑞克说,"因为我是他那一区的警长,他不得不听话。"

我耸了耸肩膀。

"他气得想揍我。"艾瑞克的嘴角有一丝隐约的笑意,"比尔想充当英雄好汉,替你拿炸弹。昆恩也很乐意。"

"我记得他这么提议过。"

"我也是。"艾瑞克说道,似乎连自己都有点震惊。

"我不想再谈。"但愿我的口气说得很认真很严肃,时间已经逼近黎明,这一夜过得漫长又紧张,压力很大(这是最保守的说法),我勉强直视安竺的眼睛,对着他朝陶德·杜纳提的方向点个头,试着暗示他杜纳提的状况不太好,事实上,他的脸色像下雪的天空一样灰暗。

"请原谅,杜纳提先生……我们很喜欢你的陪伴,只不过我们需要花一些时间讨论明天晚上的计划。"安竺说得很圆滑,杜纳提浑身一僵,知道自己被人下了逐客令。

"当然,安竺先生。"安全主管识相地说,"祝各位有充足的睡眠,我们明晚见。"他稍微花了比平常多一点的力气才站起身来,甚至痛得畏缩了一下。"斯塔克豪斯小姐,但愿你能够很快抛开那些不愉快的经历,恢复常态。"

"谢谢。"我说,赛伯特开门让他离去。

"如果可以的话,"他一离开我也跟着站起来,"我想现在回房间。"

女王目光锐利地看了我一眼。"你有什么不愉快的事吗,苏琪?"那种说话的口气显示她其实不想听见答案。

"喔,怎么会不高兴?我最喜欢别人强迫我做一些违反个人意愿的事情。"我脱口而出,累积的压力愈堆愈高,这些话就像火山爆发喷出来的熔岩浆一样,完全不顾理智聪慧的一面叮咛我要闭上嘴巴。"然后,"我把心底的劝告抛在脑后,故意说得很大声,"我还喜欢跟那些应该负责的人混在一起,这样更好!"我开始语无伦次,口气愈说愈冲。

若不是苏菲安妮举起她白皙的小手制止,真不知道接下来我还会再说什么。套一句我奶奶的形容词,她似乎有一点点不安。

"你认定我明白你的言下之意,以为我想听人类对着我大吼大叫。"苏菲安妮说道。

艾瑞克的眼睛炙热明亮,好像有蜡烛在其中燃烧,整个人看起来如此的英俊,让我几乎想沉醉在他里面,神哪,救救我吧。我逼自己望着安竺,他仔细地审视着我,好像在考虑从哪里下刀切肉最漂亮,乔维斯和克里欧则是兴致盎然地旁观。

"对不起。"我砰的一声重重跌回现实的世界,已经很晚了,我实在很累,这一夜的事情层出不穷,让人疲于应付,在那一瞬间,我以为自己很可能晕倒在地上,但斯塔克豪斯家从来没出过会晕倒的弱者,我猜精灵家族也不例外。这时候该是我承认自己那一小部分的血缘关系。"我非常疲倦。"突然间我什么斗志都没有了,只想上床睡觉,我走向门口,现场没有人说话,简直是奇迹,直到我关上背后的房门,才听见女王开口:"解释吧,安竺。"

昆恩已经等在我的房间外面,我不知道看到他是应该高兴还是悲伤,因为我累得快虚脱了,我拿出门卡开门,探头进去查看了一下,确认室友不在家(我很纳闷她去了哪里,因为乔维斯是独自一个人),我扭头通知昆恩可以进来。

"我有一个主意。"他静静地说。

我只有挑起眉头,累到没力气开口。

"我们直接上床睡觉。"

我终于勉强露出了微笑。"这是今天以来最棒的提议。"这一刻,我看到昆恩值得去爱的地方。他先进浴室,我脱掉衣服折好,套上睡衣和短裤,粉红的丝料摸起来很舒服。

昆恩穿着短裤步出浴室,可惜我过于疲倦没有欣赏的力气,他先上床,换我进去刷牙洗脸,随后溜上床铺,他翻身侧躺,手臂张开,我顺势滑入他的怀抱,我们都没洗澡,但他闻起来很舒服,充满生气和活力。

"今晚的仪式安排得很棒。"关掉床头灯之后,我记得称赞他。

"谢谢。"

"还有其他任务吗?"

"是的,如果你的女王要受审的话。凯特被杀,谁知道接下来会如何? 此外明天晚上有舞会,接在审判之后。"

"噢,终于有机会穿漂亮的衣服。"想到这个前景,心底感觉愉快多了。"你要工作吗?"

"不,舞会是旅馆举办的,"他说,"你要跟我跳舞或是找那位金发吸血鬼?"

"噢,见鬼了。"真希望昆恩没有提醒我。

他似乎收到我心中的警讯,又说:"先忘掉那些吧,宝贝,只要我们现在一起在床上,把握当下就对了。"

把握当下,听起来挺好的。

"今晚你听到一些关于我的传闻,对吗?"他问道。

今天晚上的事情层出不穷,让我花了一会儿才想起那些关于他奋力求生的经历。

他有一个同母异父的妹妹,爱惹麻烦、个性古怪、依赖性又强,而且和我一开始就不对路。

他浑身紧绷地等候我的回应,从他的思绪和身体语言上都看得很清楚,我试着用一些甜蜜的好听话来表达心底的感受,可是真的太累了。

"昆恩,我看你没有可以挑剔的地方。"我说,亲他的脸颊,吻他的唇。"完全没有,我会努力去喜欢你妹妹。"

"喔。"他似乎松了一口气,"哎,很好。"他吻我的额头,接着我们就睡着了。

　　我睡得像吸血鬼一般,没有起床去洗手间,甚至连翻身都没有,只有一次濒临恢复意识的边缘,听见昆恩在打呼,声音很模糊,我昏昏沉沉地贴向他的身体,他的鼾声停住,含糊地呢喃着,随后就没有声音了。

　　等我终于真的清醒过来,床头时钟显示是下午四点,我整整睡了十二个小时,昆恩已然离开,却细心地用旅馆提供的纸张画了一个大大的嘴唇(用我的口红)放在他的枕头上。我露出会心的微笑,室友还没回来,大概是留在乔维斯的棺材里吧,我忍不住战栗。"他让我冷得寒毛直竖!"我大声地说,真希望艾蜜莉亚在这里和我对话,说到她……我从皮包里掏出手机拨电话。

　　"嘿,"她说,"你怎样了?"

　　"你在做什么?"我问道,试着压抑想家的心情。

　　"帮鲍伯梳毛,"她说,"他起毛球了。"

　　"除了这件事以外呢?"

　　"噢,在酒吧打点小工。"艾蜜莉亚装出淡然的口气。

　　我目瞪口呆。"你在那里做什么?"

　　"呃,送饮料啊,还能做什么?"

　　"萨姆怎么会找你?"

　　"太阳兄弟会在达拉斯举办大型的集会,艾琳想要请假跟她那个混球男朋友一起出席,然后丹妮尔的小孩又染上肺炎,所以萨姆非常缺人手,因为我刚好在酒吧里,他就问我会不会做这些,我当然告诉他,'嘿,这有什么难的?'"

　　"谢谢你,艾蜜莉亚。"

　　"噢,没事,我猜那么说是大不敬。"艾蜜莉亚哈哈大笑,"老实说,并不是很简单,每个人都要找你说话,你必须动作快,又不能把酒洒出来,还得记住谁点了什么饮料,这一轮由谁买单,还有谁要记账等等,然后又站那么久都不能休息。"

　　"欢迎你加入我的世界。"

　　"嗯,条纹先生好吗?"

　　我发现她指的是昆恩。"我们还好。"我确信这是真的。"昨天晚上他办了一场盛大的仪式,感觉好酷,是一场吸血鬼婚礼,你看了一定很兴奋。"

"今天晚上有什么计划?"

"呃,可能是审判法庭。"我无意继续解释下去,何况还是通过手机。"还有一场舞会。"

"哇,跟灰姑娘一样。"

"这还有待观察。"

"公事的部分还好吗?"

"等我回去以后再告诉你。"我的语气突然没那么欢欣鼓舞。"很高兴你有事可做,而且一切顺利。"

"喔,泰瑞·贝尔弗勒打电话来问你要不要养小狗,你记得上次安妮走失的事吗?"

安妮是泰瑞宝贝又昂贵的宠物狗卡他豪拉豹犬,当它走失的时候,泰瑞跑来我这里询问,后来找回爱犬时,它已经和其他狗儿有过亲密接触。

"小狗长得怎样?"

"他说你要亲眼看到才会相信,我说你很可能下星期才回来,我不敢承诺他任何的事情。"

"好的,没问题。"

我们又聊了一分多钟,毕竟才离开良辰镇不到四十八小时,实在没那么多话好说。

"所以,"她做结束,"我想你,斯塔克豪斯。"

"是吗?我也想你,布德威。"

"拜拜,别带任何奇怪的咬痕回来喔。"

这句话说得太迟了。"拜拜,小心不要把啤酒倒在警长身上。"

"果真如此,一定是我故意的。"

我哈哈大笑,对于巴德·迪尔伯恩警长,我自己也有类似的冲动。挂断电话后,我的感觉好多了,决定试一试客房服务,这可不是我每天都有的经验,甚至一年都难得碰上一回,好吧,老实说,是绝无仅有的一次。让侍者进门时我还有点不安,卡拉刚好这时候回来,浑身都是"草莓印",一身昨天的衣服。

"闻起来好香。"她说,我把可颂面包递给她,她喝橘子汁,我喝咖啡,刚好各得其所。此外,聊天的时候也都是她在说话,话题的内容都是我昨天经历过的。她似乎没有察觉到女王发现珍妮佛·凯特一行人被谋杀的时候,我也在现场,她也听说我发现一枚乐倍可乐罐的炸弹,不管横竖如何又描述了一遍,仿佛我是不知情的第三者;或许是因为乔维斯不准她开口,以致累积了这么多话像火山爆发。

"今晚你要穿什么衣服去参加舞会?"我问道,其实心里觉得这么问很矫情,她拿礼服出来炫耀,黑色的礼服缀着亮片,腰部以上几乎镂空,跟她其余的晚礼服一样,卡拉显然相信要不断强调天生丰厚的本钱。

她要求看我的礼服,我们两个啧啧赞叹,彼此虚伪地赞美对方的好品位和挑选衣服的眼光。

当然,我们得轮流使用浴室,这一点相当不习惯,等到卡拉终于步出洗手间,我已经气急败坏,几乎要发飙了,但愿她没有把全市的热水都用光了。其实剩下的还很多,虽然她的化妆品在洗脸台上丢得到处都是,我勉强视若无睹,准时完成化妆的任务。为了搭配礼服,我试着绾起头发,偏偏我最复杂的手艺仅止于马尾而已,还是放下来比较安心。这回我的彩妆比平常白天的要浓一些,戴上塔拉建议的大耳环,果真相得益彰,我试探性地左转右转,银白色耳环随着动作晃动,闪闪发光,刚好可以搭配晚礼服上半身的珠子。现在该换衣服了,我充满期待地告诉自己。

噢,我那件水蓝色的晚礼服,上身缀满银白色的珠子,胸前和后背裸露得恰到好处,还有内衬的胸罩,省却穿内衣的麻烦,内搭蓝色内裤免得留下痕迹,还有长及大腿的丝袜和银色高跟鞋。

趁着水女郎在浴室的时候,我已经涂好指甲油,现在细心地画上口红,对着镜子审视最终的成果。

卡拉说道:"你看起来真的很美,苏琪。"

"谢谢。"我眉开眼笑,非常开心,偶尔盛装打扮的感觉真好,仿佛我班级舞会的舞伴拿了一朵胸花现身,亲自为我别在衣服上。当时,因为吉比感觉很上相,其他女孩争相邀请他当舞伴,但他一一婉拒,带我去参加毕业舞会,我的礼服还是琳达姑姑亲手为我缝制的。

后来再也没有这样的机会了。

听到叩门声,我急忙再照一次镜子,确定没问题,结果来的却是乔维斯,想知道卡拉是否预备好了。她微笑地旋转身体,欣然接受该有的赞美,乔维斯亲吻她的脸,这家伙的个性特质我不太喜欢,而那张猛献殷勤的大饼脸和小胡子的外观也不是我欣赏的类型,但我不得不夸赞他的慷慨,当场就把一条钻石手链系上卡拉的手腕,干脆又不啰嗦,仿佛那是一串玻璃珠。卡拉试着压抑心底的兴奋,但终究忍不住,双手喜滋滋地环住乔维斯的脖子,一连用了好多情人间的昵称谢谢他送的礼物,那些字眼就解剖学而言相当正确,我却听得面红耳赤好尴尬。

他们对彼此心满意足,甜蜜地携手离去,我独自伫立在房间里,不愿意坐下来,因为这样会把衣裳弄皱,丧失那种完美的感受。这么一来,除了控制发脾气的冲动以外实在无事可做,卡拉把房间弄得乱七八糟,真是让人受不了。我左等右等开始有些迷惘,昆恩应该是要来套房接我吧?我们不会是约在楼下碰面吧?

皮包里突然有声音,原来我把女王的呼叫器塞在那里,噢,不会这么倒霉吧!

"快下来!"呼叫器上显示,"审判开始了!"

同一时刻,客房的电话铃声大作,我试着喘口气,拿起来接听。

"宝贝,"是昆恩的声音,"对不起,如果你还不知道的话,委员会临时决定女王要受审,就是现在,你得赶紧下来,我很抱歉。"他接着说下去,"我要负责安排场地,马上工作,或许时间不会拖太久。"

"好吧。"我虚弱地回答,他挂断电话。

我打扮得光彩夺目和新男友共度这一夜的计划就此泡汤了。

该死,就算这样,我也不要换回平常的衣服,其他人都会穿着赴宴的礼服,即使这一夜的角色有所转换,我还是决定要打扮得美美的。搭电梯下楼时我和某个旅馆的员工共乘,他无法判定我是不是吸血鬼,表情非常焦虑，每当人们无法分辨就让我觉得很好笑，以我的观察，吸血鬼的皮肤会发出微光。

一跨出电梯，安竺已经等在那里，那种慌张的神色是我从来不曾见过的，手指不自觉地握和放，嘴唇咬到出血的程度，但也痊愈得很迅速。在昨晚之前看到安竺，我会紧张，现在则变成了厌恶。但是显而易见的，我必须甩开个人的恩怨和好恶，留待以后再说。

"怎么会发生这种事？"他问道，"苏琪，你需要仔细聆听现场的一切，看起来我们背后还有更多敌人虎视眈眈。"

"我还以为珍妮佛被谋杀以后就不用审判了，毕竟她是主要指控女王的人——"

"我们也这么认为，或者就算有审判，也是官样文章，做一下表面工夫，宣布不予起诉。结果今天晚上下楼的时候，他们竟然等在这里，为了先开庭，甚至把舞会的时间延后。来，勾着我的手。"他说，我太吃惊了，想也没想就勾住他的手。

"要微笑，"他叮咛，"假装很有自信。"

我和我的好伙伴安竺——一起壮胆装出自信的表情走进会议厅。

幸好这种皮笑肉不笑的虚假笑容我已经练习得很娴熟了，因为眼前就像拯救面子马拉松赛的场面，所有的吸血鬼和他们的人类随扈夹道迎接我们的出现，有些露出笑容但不甚愉快，有些是一脸关心的表情，还有一些充满期待，仿佛即将要欣赏一场佳评如潮的电影。

各式各样的思绪环绕在周围，我自动往前走，微笑地聆听各人的心声。*可爱的东西……苏菲安妮这回逃不掉了……或许我可以打电话问她的律师，看看她愿不愿意敞开心胸接受我们国王的提议……胸部很漂亮……老大也需要找个读心人……听说她和昆恩上床……听说她和女王还有那个娃娃脸安竺都有一腿……她在酒吧工作……苏菲安妮这回完蛋了，是她活该……听说她和凯特雷搞在一起……愚蠢的审判，乐队在哪里呢？……但愿舞会上供应食物，人可以吃的食物。*

没完没了的一大堆，某些部分牵涉到我、女王以及安竺，另一部分就是一般人类的普通想法，厌倦等待，只希望舞会快快开始。

我们穿过夹道的严峻考验，一直到达昨天举行婚礼的大厅才画上休止符，挤在这里的几乎百分之百都是吸血鬼，人类的随扈和旅馆的员工大约都不许出席。在场穿梭端送饮料的也是吸血鬼，因为即将在这里进行的一切都不是人类应该知道的，本来就已经很紧张的我，现在更加忐忑不安了。

我发现昆恩忙得不可开交，比较低的平台重新做过安排，大型的古埃及十字章已经被挪开了，现场多了两个类似谱架的架子，原本密西西比和他爱人交换誓言的位置，大约就在两个架子的中间，摆了一张像国王宝座般的椅子，上面坐了一个白发苍苍的老太婆。我从来没见识过竟然有老到这种地步还被转化的吸血鬼，虽然发誓再也不要跟安竺说话，我还是忍不住问他这个问题。

"那是古老的碧多妮丝①。"他心不在焉地回答，扫视大厅的人群，大概是寻找苏菲安妮的踪影。我瞥见乔罕·葛雷司波，看来他终究得到大出风头的机会，可以站在水银灯下。路易斯安那州代表团的其他人员都坐在谋杀犯律师旁边——唯有女王、艾瑞克和帕梅拉例外，他们站在舞台附近。

安竺和我坐在右前排，左前排的吸血鬼是我们的死敌，其中最主要的就是亨利·费斯，他已经从原先那位胆小鬼变成了复仇火球，凶狠地瞪着我们看，差一点就喷出火来。

"那家伙着了什么魔?"克里欧·贝比特咕哝着坐在我右边的座位。"在他孤苦无依没人保护的时候，女王好心提议要帮助他，结果这就是他表达谢意的方法?"克里欧穿了男士传统的晚宴礼服，看起来很不错，严肃的样式刚好适合她，而她的男玩伴看起来比她女性化。我很纳闷他为什么加入，因为在场的全是超自然生物，绝大多数是吸血鬼。坐在后排的丹莎倾身向前拍了我肩膀一下，她穿着黑色滚边的红色小可爱，黑色塔夫绸蛋糕裙，只是胸围不足以塞满那件贴身的上衣，手上抓着小电玩。"很高兴看到你。"我报以微笑，她把注意力转回电玩上面。

---

① 碧多妮丝，古希腊特耳非一地有个阿波罗神庙，碧多妮丝即是在神庙中宣示神谕的女祭司。

"万一苏菲安妮被判有罪,我们会怎样?"克里欧问道,我们都鸦雀无声。

如果苏菲安妮被判有罪,我们会有什么下场? 以路易斯安那目前羸弱的处境,加上围绕在彼得·雷吉尔之死上面的丑闻,我们每个人都岌岌可危。

我不知道自己为什么没有厘清这些状况,但我的确没想过。

稍后我立刻明白了,原来丝毫不担心的原因在于我是自由美国的人类国民,没有习惯去操心自己的命运会有疑问。这时候比尔也加入围绕在女王周遭的那一小群人,我看到他跟着艾瑞克和帕梅拉一起跪下来,安竺猛然从我的左边跳起来,像电光一闪似的越过大厅,跟他们一起跪着,女王宛如罗马女神接受朝拜致敬似的站在那里,克里欧尾随我的视线望过去,耸了耸肩膀,显然不打算加入跪拜的行列。

"委员会有哪些成员?"我问黑头发的吸血鬼,她朝舞台前方点点头,五位吸血鬼坐在右边,面对古老的碧多妮丝。

"肯塔基国王、爱荷华女王、威斯康辛国王、密苏里国王和亚拉巴马女王。"她说,一一点出他们的顺序,其中我只见过肯塔基国王,至于妩媚的亚拉巴马女王也有一点印象,因为她曾和苏菲安妮有过一番对话。

另一方的律师和乔罕·葛雷司波一起站上舞台,这位阿肯色律师的某些特质让我联想到凯特雷先生,他朝我们的方向点头致意,我发现凯特雷先生跟着回应。

"他们是亲戚?"我问克里欧。

"姻亲关系。"克里欧这么说,引发我开始幻想女魔头究竟是怎样的长相,总不会全都长得跟丹莎一个样吧。

昆恩跳上舞台,他穿着灰色西装,白衬衫搭领带,手上握着一根长长的权杖,上面刻满了花纹。他朝肯塔基国王招手,艾萨飘然走上舞台,接过昆恩用夸张姿态所递过来的权杖。今天他的穿着比先前要时髦一些,他将权杖用力地敲一下地板,所有的喧哗声戛然而止,昆恩回到舞台的后方。

"我是审判大会新当选的监察长。"肯塔基国王洪亮地宣布,音量足以传遍大厅每一个角落,他高高地举起权杖,不容众人稍有忽视的地方。"遵照吸血鬼一族的传统,我召你们众人一起来见证路易斯安那女王苏菲安妮·拉克尔的审判过程,起诉的原因是她谋杀阿肯色国王彼得·雷吉尔,也是和她签妥契约的法定配偶。"

肯塔基国王用那种低沉的嗓音慢吞吞地宣布,场面非常严肃。

"我传唤双方的律师准备陈述他们的案情。"

"我预备好了。"半魔的律师说道,"我是赛门·麦蒙奈德,代表损失惨重的阿肯色州。"

"我也预备好了。"我方的谋杀犯律师照着一本小手册朗诵。"我是乔罕·葛雷司波,代表伤心欲绝的寡妇苏菲安妮·拉克尔,她被诬告谋杀签妥契约的法定配偶。"

"古老睿智的碧多妮丝,你预备要听审了吗?"肯塔基问道,老妪的头转向他的方向。

"她是瞎子?"我低语。

克里欧点头证实。"天生就这样。"她说。

"她怎么会变成法官呢?"我再追问。但周围吸血鬼怒瞪的眼神提醒了我,他们的听力好得很,我再怎么压低声音都是白费力气,最佳表达礼貌的方法只有闭上嘴巴。

"嗯。"古老的碧多妮丝说道,"我已经预备好要听双方的陈述。"她的腔调很重,很难辨认是哪里的口音。群众当中起了一股充满期待的骚动。

噢,好戏上场。

比尔、艾瑞克和帕梅拉走过去站在墙边,安竺坐回我的身旁。

艾萨国王又敲了一下权杖。"把被告带上来。"他说得非常戏剧化。

纤细柔弱的苏菲安妮款款步上舞台,两旁各有一名警卫护送,她和我们这些人一样,已经打扮好要参加舞会,特意穿了紫色的礼服,不知道她挑上皇族的颜色是否只是巧合,或许不是,我相信苏菲安妮精于安排她自身的偶然和际遇。

高领的长袖礼服甚至还有一条长长的衣裾。

"她好漂亮。"安竺的声音充满了崇敬。

对、对、对,我心有旁骛,没时间欣赏女王的装扮。两个警卫是布里特林精,大概是艾萨逼她们提供这样的服务,没想到除了横跨空间之外,她们还带了正式礼服的盔甲,黑色微亮的材质就像缓缓流动的黑水,跟第一套盔甲一样浑身裹得很紧,克罗瓦姬和贝坦雅扶着苏菲安妮走上小平台,然后微微地退开,这样一来,她们的位置既靠近犯人,距离雇主也近,两者兼顾,我想以她们的角度看,觉得这样安排很妥当。

"亨利·费斯,你来陈述吧。"艾萨直截了当地宣布。

亨利说得慷慨激昂又臭又长,而且充满指控,不过简而言之,他指证苏菲安妮和他的国王结婚,签署一般契约之后就开始耍手段,无视于彼得善良的天性和他对新娘的爱慕,将他一步一步导向致命的战争。乍听之下,亨利描述的仿佛是凯文和小甜甜布兰妮这对金童玉女,而不是两个经验老到又工于心计的吸血鬼夫妻。

总之亨利的律师放任他说下去,针对这些添油加醋的说辞,乔罕也没有提出抗议,他认为(我作过检视)亨利这么激动夸张而且让人厌烦的冗长控诉,反而让他失去其他人的同情,如果现场群众轻微地骚动和身体语言的改变是一种指标的话,那他的确判断正确。

"现在,"亨利感伤地流下眼泪,终于说到尽头了。"我们阿肯色剩余的吸血鬼数目几乎不到五位,她杀了我的国王和他的副手珍妮佛,还说愿意接纳我,我害怕变成流浪汉,软弱得差一点就接受了,结果她说谎,企图要杀我灭口。"

"这是别人告诉他的。"我呢喃着。

"什么?"安竺的嘴巴就在我耳朵旁边,置身在吸血鬼当中还要保持隐秘的对话方式实在不容易。

我举起手来要求他不要出声,不,我听到的不是亨利的心声,而是他律师的思绪,他恶魔的血统显然比凯特雷少很多。我不知不觉倾身向前,伸长脖子挨向舞台,希望能够听得更清楚——当然是用我的脑袋。

有人向亨利·费斯灌输女王打算杀死他的阴谋。一开始珍妮佛·

凯特才是坚持要指控的人，既然她已经被谋杀，亨利本来愿意息事宁人撤销控诉案，毕竟他向来都不是重要的阶层，也没有能力继承领袖的衣钵，也没有这方面的意愿和聪明，倒不如顺势投入女王麾下比较安全。然而如果苏菲安妮真的企图杀死他的话……亨利当然要先下手为强，利用仅有的手段，也就是通过法律的制裁。

"她没有要害你！"我大叫，完全没想到自己在做什么。

我甚至没意识到自己站了起来，直到发现众人的目光都投注在我身上，亨利·费斯一脸错愕地瞪着我看，嘴巴张得很大。"快说，这些话是谁告诉你的，这样一来我们就知道杀死珍妮佛的凶手是谁，因为——"

"女人，"一个洪亮的声音把我掩盖过去，非常有效率地让我闭上嘴巴。"安静。你是谁？你有什么权力打断这些严肃的法律程序？"相对于碧多妮丝老弱的外形，她的声音却是惊人的有力，此时在宝座上倾身向前，用瞎的眼睛瞪着我的方向。

好吧，置身在满屋子的吸血鬼当中还打断他们的仪式，绝对是一个自找麻烦、让鲜血溅上美丽礼服的好机会。

"我一点权力都没有，法官大人。"我回应，就在左边几码以外的地方传来帕梅拉窃笑的声音。"但我了解事实。"

"噢，那我就不用在这些程序里扮演法官的角色了，不是吗？"古老的碧多妮丝说英语的腔调很重，声音低沉又沙哑。"我何必还要离开洞穴，大老远跑来这里审判？"

的确，何必麻烦。

"因为我或许听得见事实，却没有地位和权势来行使正义。"我诚实作答。

帕梅拉又在窃笑了，我就知道是她。

艾瑞克本来和比尔以及帕梅拉站在一边，现在开始往前走，我可以感觉到他冷静而平稳的架势就近在咫尺，不知怎么的，他的靠近给了我一股勇气，原本不断颤抖的膝盖，这时候突然有一股力量升上来，某种骇然的怀疑猛然以大卡车似的力道撞上心头，因着艾瑞克给了我足够的血液,现在就血色素的成分来说,我几乎够格称为吸血鬼,原本奇特的天赋就此迈入一个决定性的重大范畴,我透视的不是亨利律师的脑袋,而是亨利本人的思绪。

"那就请你告诉我必须怎么做才对。"古老的碧多妮丝语带讽刺,尖锐的程度可以用来切肉。

我需要一两个星期的时间来克服这种可怕猜疑所引起的巨大惊吓,而且我真的认为自己应该把安竺杀了,最好也把艾瑞克宰了,即使内心的某一个角落会为他的死而啜泣不已。

这些念头在短短的二十秒之内一闪而过。

克里欧使劲地捏了我一把。"肥婆!"她生气地骂,"你会坏了大事。"我从左边移出那一排,无意间踩了乔维斯一脚,我对他瞪我的眼神和克里欧的捏人无动于衷,和其他想要吞噬我的力量比起来,这两位顶多像跳蚤一样。艾瑞克向前一步站到我的后方,让我后面多了靠山。

我走近小舞台,一时之间很难分辨苏菲安妮对这场意外的审判突然出现新的转折点有什么想法,只把注意力放在亨利和他的律师身上。

"亨利听信别人的怂恿,以为女王下决心要杀他,为了自保,他决定提出控告。"我说。

现在我来到法官的椅子后面,艾瑞克在我旁边。

"女王没有要杀我吗?"亨利问道,脸上的表情很复杂,期盼、困惑和遭到背叛等等的情绪交织在一起。这对吸血鬼而言无疑是一种苛求,因为脸部表情并不是他们最主要的沟通管道。

"不,当然没有,她提议要接纳你是真心诚意的。"我继续盯着他的眼睛,试图把我的真诚注入他惊骇的脑袋当中,现在我几乎就站在他的正前方。

"或许你在撒谎,因为你领的是她的薪水。"

"或许我可以插句话吧?"古老的碧多妮丝尖酸嘲讽地说。

啊啊,那种沉默的气氛让人冷到骨子里。

"你有第三只眼吗?"她说得很慢,好让我听得懂。

"不,夫人,我是读心人。"近看之下,古老的碧多妮丝比我想象的更苍老，简直是不可能啊。

"你能够透视人心？看透吸血鬼吗？"

"不，夫人，这些是我没办法看透的。"我异常坚决地回答，"我是从律师的思绪里面拼凑出来的。"

麦蒙奈德先生的表情很懊恼。

"这些事情你都知道？"碧多妮丝询问律师。

"是的。"他回答，"我的确听费斯先生说他受到死亡的威胁。"

"你也知道女王提议要让他成为旗下的人员？"

"是的，他是对我这么说的。"这句话的语气充满疑虑，用不着宣示神谕的碧多妮丝的智慧，普通人都听得出来。

"你不相信吸血鬼女王的话吗？"

哇，麦蒙奈德先生碰到难题了，有点进退两难。"我觉得保护委托人权益是我当律师的责任，古老的碧多妮丝。"这回他在语气之中注入恰当的谦卑品格。

"嗯嗯嗯。"古老的碧多妮丝不置可否，猜疑的意味和我的感受相同。"苏菲安妮·拉克尔，现在轮到你来陈述，你可以说了吗？"

苏菲安妮开口："苏琪说的都是真的，我提议要给亨利一份工作和我的保护。等我们传唤证人的时候，古老的智者，您就会听见苏琪是我的人证，因为彼得的人马和我的手下爆发最后战役的时候，苏琪也在场。虽然早就知道彼得和我结婚是另有阴谋，我却没有举手加害于他，直到那天的庆祝会上，他的人马率先发动攻击，因为当时的环境，他没办法挑选最好的时机来攻击我，结果导致他的手下死得精光，我的人大多活下来，事实上，当时还有非我族类在场，他就不顾一切地发动攻击了。"苏菲安妮装出震惊和感伤的神情。"害得我花了好几个月才勉强弥平事端，没有泄露出去。"

我还以为发生大屠杀之前，我已经通知大多数的超物和人类离开了，但显然还有一部分在场。

或许他们已经都不"存在"了。

"自从那一夜之后，你还遭受很多其他的损失。"古老的碧多妮丝说道,这句话充满了同情。

我开始觉得形势逆转,整个局面转而对苏菲安妮有利,这是因为追求女王的肯塔基国王担任委员,并且主导整个程序的缘故吗?

"诚如您所说的,我的确蒙受了很大的损失,无论是在人员或收入方面皆然。"苏菲安妮认同地回答,"因此我非常需要继承我丈夫的遗产,按照结婚契约,这是我应得的权利,他本来以为自己会继承富裕的路易斯安那王国,而我如果能够得到穷困的阿肯色州也会很高兴的。"

现场一片漫长的寂静。

"我应该传唤证人吗?"乔罕·葛雷司波说道,以律师而言,他的口气显得既迟疑又不确定,不过在这间法庭里面,个中的原因不难理解。"她已经站在那里了,彼得死的时候她也在场。"他伸手指向我,我只好跨到台子上。苏菲安妮看起来松了一口气,但是离我只有几英寸远的亨利·费斯却紧抓着椅子的扶手。

现场又陷入寂静。白发苍苍的老吸血鬼往前弓着身体,埋头瞪着自己的大腿沉思,然后抬起头来,盲眼正确无误地盯着苏菲安妮。"按照契约,阿肯色属于你,这项权利归你所有,至于谋杀丈夫的控诉,我现在就判你无罪。"古老的碧多妮丝近乎悠闲地宣布。

啊……耶耶! 我的位置近得足以看见苏菲安妮释然而惊讶地睁大眼睛,乔罕·葛雷司波偷偷地微笑。赛门·麦蒙奈德俯视着五位裁判,看他们对碧多妮丝判决的内容有什么反应,结果都没有人出声反对,律师耸了耸肩膀。

"现在,亨利,"碧多妮丝低沉沙哑地说,"你的安全获得保障了,究竟是谁对你说谎?"

亨利看起来毫无安全感,反而吓得失去理智,起身站在我旁边。

他的确比我们聪明,半空中突然一道闪光。

下一刻他脸上露出极度惊骇的表情,低头一看,我们所有的人都跟随他的目光移动,一支细细的木片刺入他的前胸,亨利一认出那个东西就伸手去摸,身体开始摇摇晃晃,如果是人类的话,现场的观众早就乱成一团,但是吸血鬼不一样,他们近乎无声无息地一致趴倒在地板上,唯一发出尖叫声的是瞎眼的碧多妮丝,要求知道发生了什么事,为什么大家突然如此紧张兮兮。两位布里特林精越过舞台挡在肯塔基国王前面,手中拿着武器,全神戒备。安竺几乎是从观众席上飞出来,落在苏菲安妮前面,昆恩从舞台边飞扑过来把我撞倒在地,因此被第二支箭射中;那支箭的目标仍是亨利·费斯,为了确保他必死无疑,其实已经是多此一举,因为亨利倒地的时候就一命呜呼了。

第十四章

贝坦雅用飞镖杀了狙击手,因为她面对群众的方向,清楚地看见其他吸血鬼为了保命都扑倒在地板上,唯有一位例外,这个吸血鬼没有带弓射箭,而是直接用手甩出去,因此才没有引人疑窦。即使置身在团体当中,只要有人背着弓箭出入,一定会引发某种程度的关注。

只有吸血鬼能够甩箭杀人,或许也只有布里特林精能够用这种方式射出尖锐的飞镖分解吸血鬼。

我曾经目睹吸血鬼分解的过程,其实不如想象中那么污秽脏乱,不像砍掉人类的脑袋,但依然不太愉快。所以看到脑袋从肩膀上滚下来的那一刻,我还是膝盖发软、一阵恶心,随即从地上爬起来去查看昆恩的伤势。

"我还好。"他立刻说道,"不算糟,弓箭射中我的肩膀,幸好不是心脏。"他翻身仰躺在地上,路易斯安那州的吸血鬼纷纷爬起来跳到舞台上围着女王,只落后安竺一秒钟的时间。一旦确定威胁排除之后,全都挤来我们这边。

克里欧脱下外套,扯破白色的衬衫,动作迅速地卷成一团。"你拿

169

着。"她把东西交在我的手中，再把我的手放在伤口附近。"预备压紧。"她甚至没有等我点头同意。"忍住。"她告诉昆恩，强壮有力的双手随即压住昆恩的肩膀，把他定住不动，让乔维斯把箭拔出来。

昆恩哀号一声，这没什么好惊讶的，接下来的几分钟真是糟透了，我把衬衫压紧伤口，克里欧穿上外套遮住黑色蕾丝内衣，指挥她的人类随从贺夫也捐出衬衫，他当场就脱了，我必须说，在这么盛装打扮的夜晚，突然看到一个毛茸茸的胸膛，感觉真的很震惊，而我刚刚才目睹另一个人的脑袋搬家，这时候还在意他赤裸的胸膛，更是怪异极了。

不用艾瑞克开口，我已经知道他就在一旁，因为我不再那么害怕，他跪下来和我一般高度，看着昆恩专注地咬紧牙关免得出声哀号，甚至闭上眼睛仿佛陷入昏迷。我的周围人声扰攘，充满各种活动，但是艾瑞克就在一旁，让我感觉……不完全是平静，但也不沮丧，因为有他陪伴。

我真痛恨这一点。

"他会复原的。"艾瑞克说道，语气没有特别的高兴，也不是悲伤。

"是的。"我说。

"我知道，我没看到箭射过来。"

"噢，你会扑过来挡在我前面吗？"

"不会。"艾瑞克说得坦率。"因为很可能会正中心脏，我就死定了。但如果有时间的话，我会俯冲下来抓住你，带你避开弓箭的范围。"

我实在无话可说。

"因着让你避开安竺那一咬，我就知道你很可能会因此而恨我。"他静静地说，"但是两相权衡之下，我真的是不太邪恶的一方。"

我斜瞥他一眼。"我了解。"昆恩的血浸透临时做成的止血垫，沾到我的手上。"我不能说自己宁死都不愿意被他咬，可是很接近了。"

他哈哈笑起来，昆恩的眼睛颤动了一下。"虎人恢复意识了。"艾瑞克说道，"你爱他吗？"

"还不知道。"

"你以前爱我吗？"

一组抬担架的人员走了过来，这些不是普通的医护人员，吉萨金字塔不会欢迎人类的医护人员进入，因此这些是为吸血鬼效命的变形人或狼人，带头的是一个年轻女孩，看起来像蜜熊。"我们会让他痊愈的时间快得破纪录，小姐。"

"等一会儿我再去探望他。"

"我们会照顾他的，"她说，"他在我们中间会好得更快，能照顾昆恩是我们的荣幸。"

昆恩点点头。"我已经预备好，你们可以移动了。"虽是这样，他却是咬着牙关说的。

"等会儿见。"我握着他的手，"你是最勇敢的勇者，昆恩。"

"宝贝，"他痛得咬住下唇忍耐，"要小心。"

"你不用担心，"顶着短短的爆炸头发型的黑人说道，"她旁边还有一个保镖在守护。"他冷冷地看了艾瑞克一眼，艾瑞克伸出手扶我站起来，跪在坚硬的地板上让我的膝盖有点吃不消。

他们抬起昆恩的身体放在担架上时，他似乎痛得昏过去了，我往前一步，但是黑人伸出手来，那只手看起来就像刻上纹路的黑檀木，肌肉线条明显。"小姐，你留着就好，"他说，"我们现在在工作。"

我目送他们抬走昆恩，等他离开视线外，我才低头看一下身上的礼服，感觉有点惊奇，竟然没事！没弄脏、没血迹，只有一些皱痕。

艾瑞克耐心地等着。

"我曾经爱过你吗？"我知道他不会放弃，还是给他一个答案吧。"或许有一点。但我心底一直都知道，无论跟我在一起的是谁，都不是真正的你，或迟或早都会恢复记忆，想起自己的身份和地位。"

"你对男人似乎没有一个单纯的爱或不爱的答案。"

"你也不太肯定自己对我的感觉。"我顶了一句。

"你是个谜，"他说，"你的母亲是谁？父亲又是谁？噢，我知道，你会说他们就是从小抚养你，在你童年时意外过世的那两位，我记得你曾经说过，只是不知道真实性如何，果真如此，精灵的血统是在什么时候传入你的家族当中呢？是来自于你的某一位祖辈吗？我是这样猜测的。"

"这关你什么事？"

"我们现在绑在一起，当然和我有关。"

"这会消逝吗？应该会，对吗？我们不会永远这样吧？"

"我喜欢像这样，假以时日你也会喜欢的。"他似乎该死地确信。

"试图谋杀我们的吸血鬼是谁？"我用问句来改变话题，一方面希望他弄错了，再者对我而言，这个话题该说的都已经说了。

"我们一起去查看。"他牵着我的手，我乖乖地跟在后面，因为我也想知道答案。

贝坦雅伫立在吸血鬼的尸体旁边，目前尸体已经在快速分解当中，她收回飞镖，贴着长裤擦拭干净。

"射得真好。"艾瑞克说道，"他是谁？"

她耸肩以对。"不认识，只知道他是射箭者，这是我唯一在乎的。"

"只有他一个人吗？"

"是的。"

"你能形容出他的长相吗？"

"我就坐在旁边。"一个矮小的男吸血鬼插嘴，他大约五英尺高，身体很瘦，头发长到背部，如果进监牢的话，不到三十分钟内，那些缺女人的家伙就会挤破他的牢房门，或许发现实情以后他们会很失望，因为在粗心者的眼里，他的确很像全世界最容易下手的目标。这名矮小的吸血鬼道："他很粗犷，并没有特地为晚宴盛装，就是卡其裤和条纹衬衫……呃，这些你们都看到了。"

虽然尸体像一般的吸血鬼一样发黑剥落，不过衣物却是安然无恙。

"或许他身上有驾照？"我建议，对人类而言几乎是必然现象，但吸血鬼不一定，总之试试看无妨。

艾瑞克蹲下去掏他裤子前面的口袋，没有收获，另一边也没有，不必等进一步的督促，他把对方翻过来，我倒退了好几步，避开散开的灰烬碎片，后方的口袋中终于有斩获了——普通人常用的皮夹，里面果然有驾照。

驾照是由伊利诺伊州签发的，血型的栏位注明"无"，没错，果然是吸血鬼,我从艾瑞克的肩膀上方看下去,发现这个吸血鬼的名字是凯尔·柏金斯,年龄的栏位注明"3V",所以他变成吸血鬼才三年。

"他死之前一定当过弓箭手。"我说,"因为这种技巧不是一学就会的,何况他又如此年轻。"

"我同意。"艾瑞克说道,"白天的时候,我要你去查看本地所有的弓箭练习场,甩箭这种技术没办法急就章练成,一定要受过训练,那是特制的箭,我们必须知道凯尔·柏金斯发生什么事,这个离群的家伙为什么接受这样的任务,跑来参加会议,杀死必要的对象。"

"因此他是……吸血鬼杀手?"

"嗯,我想是。"艾瑞克说道,"有人处心积虑在背后操纵这一切,这个柏金斯是候补人选,以防审判的结果不如预期。若不是你介入,他早就称心如意了,看起来是幕后有人费了很大心机利用亨利·费斯的恐惧,结果这个笨蛋差一点就供出人名,凯尔在这里就是要预防他泄密。"

清洁组的人员随即到达,这组吸血鬼人员拿了尸袋和清洁用品出现,旅馆不会要求人类服务员清理凯尔的遗骸,只会派他们去打扫吸血鬼的房间。

这组人马动作迅速,凯尔·柏金斯的剩余物很快就被装进袋子里拿走了,只留下一位清洁人员用吸尘器清理,不知道罗兹市的刑案现场搜证小组如何看待那种做法。

我察觉到四周很多骚动,抬头一看发现大门敞开,工作人员涌进来搬抬椅子,短短十五分钟之内,昆恩那些审判用的道具和设备在他妹妹的指挥之下通通收走了,一组乐队随即在舞台上就位,大厅里面瞬间就清空完毕变成舞会的场地,这样的变化让我大开眼界,先是一场审判,接着有几桩谋杀案,随后就翩翩起舞了,真是生命永不止息的写照,或者应该说是死亡依旧延续?

艾瑞克说道:"你最好去跟女王确认一下。"

"噢,对,她或许有话对我说。"我左顾右盼,很快就瞥见苏菲安妮的踪影,一群人围着她恭贺无罪释放的结果,当然啦,如果碧多妮丝的拇指往下一指,裁定她要被判刑的话,这些人也一样高兴看到她送命,说到碧多妮丝……

"艾瑞克,那位老婆婆去哪里了?"我问道。

"古老的碧多妮丝就是当年亚历山大大帝曾经请教过的神谕使者,"他淡淡地解释,"当时她备受尊敬,即使年纪老迈,在她那个时代最原始的吸血鬼依然转化了她,而今她撑得比所有的人更久。"

我不愿意去想在吸血鬼的世界因着人造血的发明而发生重大改变之前,她是怎么生存过来的,她年纪这么老,走路蹒跚,要怎么追逐人类的猎物?或许是依赖其他人把猎物带到她面前,就像养蛇人拿活老鼠喂食宠物一样吗?

"针对你的疑问,我猜应该是她的贴身女仆扶她回房间了,只有非常特殊的场合她才会出现。"

"就像最贵重的银器一样。"我严肃地打比喻,接着就忍俊不禁哈哈大笑,没想到艾瑞克也大笑,往上扬的嘴角出现好几条弧形的纹路。

我们回到女王后方,我不确定她是否知道我在那里,因为她忙着当舞会上的风云女郎,然而在对话的空当,短短的一瞬间,她的手伸到后面握住我的手,轻轻捏了一下。"我们稍后再谈。"她轻声说道,接着就转而招呼一个胖胖的女吸血鬼。"慕德,"苏菲安妮说道,"真高兴看到你,明尼苏达的一切都好吗?"

就在这时候,舞台上的敲打声音把大家的注意力导往乐队的方向,我吓了一跳,乐师竟然都是吸血鬼,一个头发油亮的家伙站在指挥台上说道:"如果各位吸血鬼先生和女士已经预备好要热闹一下,我们乐意现在就开始!我是瑞克·克拉克,这里是……鼎鼎有名的死人乐团!"

礼貌性的掌声显得疏疏落落的。

"今晚为诸位开场的是罗兹市两位舞艺超群的舞者,感谢蓝月制作公司,请大家欢迎……西恩和莱拉出场!"

无论你是人类或吸血鬼,都会认为踏进舞池中央的这一对舞者看起来非常耀眼醒目,他们都是冷血一类,只不过男的很老,女的是最近才转化的——我猜的。她是我今生所见最漂亮的美女之一,穿着浅褐色的蕾丝舞衣,轻飘飘地贴着她一流的美腿,宛如雪花落在树梢一样,她的舞伴大概是我看过的唯一一位脸上有雀斑的吸血鬼,红色的头发和她的秀发一般长度。

他们深情地凝视着,眼中只有对方存在,两个人的舞步和谐一致,仿佛滑入梦境当中。

我从来没看过这样的场景,就观众入迷的表情来判断,其他人也是。随着音乐画上休止符——直到现在,我都记不得他们跳的是哪一首曲子——西恩让莱拉往后躺在手臂上,贴上去咬了一口。我看得瞠目结舌,在场的人却似乎预期到这一招,每个人都兴奋得很,苏菲安妮热情如火,差一点对着安竺冒烟(幸好距离不远,因为两个人的身高差不多),艾瑞克的眼睛射出炙热的火焰,我心底立刻萌生警惕。

我断然地把注意力转回舞池中央,疯狂地鼓掌,随着这对舞者鞠躬谢幕,乐队又开始演奏,其他人纷纷加入,出于习惯,我左顾右盼寻找比尔的踪影,结果他竟然不在场。

然后艾瑞克说话了:"我们跳舞吧。"我发现自己没办法拒绝。

我们随着女王和她未来的国王人选走入舞池,还有罗素·艾丁顿和他的丈夫巴列特,他们深情款款的程度几乎和两位演出的舞者相当。

我不会唱歌但至少能跳舞,艾瑞克在漫长岁月里的某个世纪中多少也学了一点舞步,我的手搭在他背部,他搭着我的,空着的手互扣,就开始翩然起舞,我不确定这究竟是哪一种舞,但他带得很强势,跟随的人容易配合,不过总体的感觉很像华尔兹。

"你的衣服很美。"擦肩而过的时候,跳舞的莱拉说。

"谢谢你。"我眉开眼笑,被一个长得这么漂亮的女孩如此说,对我而言是很大的赞美。然后她的舞伴倾身吻了她一下,带着她舞入人群当中。

"衣服是很漂亮,"艾瑞克说道,"但你更是个美女。"

我尴尬极了,虽然以前也曾被人赞美过——因为当酒吧女招待,总会有客人称赞几句——不过大多数的赞美都是(多少带着一点酒意的)男顾客说我长得很可爱,喔,还有一个家伙形容我的骨架很突出。(不知怎么的,吉比·德·罗恩和霍伊特·弗坦巴利踩了那家伙一脚,同时不小心把整杯酒往人家身上倒，真粗心。）

"艾瑞克。"我开口，结果接不下去，因为想不出来要说什么，只能专注在脚步移动的速度上，我们跳得很快，感觉好像人在飞一样，艾瑞克突然松开我的手改而抓住腰，就在旋转的时候，顺势往上一带，借着维京人小小的帮助，我真的飞在半空中，我像小孩似的咯咯笑，头发飞扬，然后他双手一放，就在离地几英寸的地方再把我接住，连续玩了好几遍，到最后音乐结束，我才双脚着地。

"谢谢你。"跳得这么激烈，我知道自己一定披头散发像个疯子。"对不起，我要去化妆室。"

我一溜烟地穿过人群，努力克制不要眉飞色舞，笑得像傻瓜，这时候应该和——噢，对——我的男朋友在一起，而不是和另一个家伙满场飞舞，跳得开心极了，就算以我们有血液交融当借口，还是落人口实说不过去。

苏菲安妮和安竺双双停住脚步，与另一群吸血鬼在一起，既然她周围没有人类在场，也就不需要我去"聆听"，我还看到卡拉和乔维斯贴在一起，似乎很幸福，好几个吸血鬼都对她的美色着迷，让乔维斯心底充满骄傲，有同类在觊觎他已经到手的东西，那种胜利感很甜蜜。

我明白乔维斯的感受。

我愕然停住脚步。

难道我……我能看透他的思绪，真的吗？不，不可能，在今晚以前，我唯一一次捕捉到吸血鬼的思绪片段，感觉是冷酷而狡诈。

但我的确领略到乔维斯的感受，就像我看透亨利的意念一样，这是我对男性和他们反应的认知，或者是我对吸血鬼的了解，还是因为我第三次喝了艾瑞克的血，能够更清晰地掌握吸血鬼的情绪？或者是因为自己几近成了吸血鬼，以致我的能耐、天赋或诅咒——无论我怎么称呼——也跟着扩充范围，甚至涵盖了吸血鬼？

不、不、不、不！我感觉像自己，还是人类，有暖意也在呼吸，我需要去洗手间，肚子饥肠辘辘，我联想到贝尔弗勒老夫人最著名的巧克力蛋糕，忍不住流口水，没错，人类的反应。

　　嗯,我和吸血鬼之间这种新的联系会消退的,如同以往力气大增的时候一样,终究会随着时间消逝。我喝过两次比尔的血——可能不止,艾瑞克的有三次,每一次刚开始的效果都是力气和敏捷度大增,大约持续二到三个月,接着走下坡,因此这一次也不例外,对吧?我摇醒自己,没错,就是这样。

　　杰克·普洛夫背靠着墙壁,看着别人跳舞,我注意到他之前曾经搂了一位年轻的吸血鬼女孩跳舞,她笑得很开心,因此杰克的遭遇不全然是悲惨的,这一点我为他感到高兴。

　　“嘿。”我说。

　　“苏琪,审判的时候,我真是为你捏一把冷汗。”

　　“是啊,我也吓死了。”

　　“那家伙从哪来的?”

　　“我猜是浪人,艾瑞克交代我明天去射箭练习场调查一下,询问他的行踪,看看是否能够打听到幕后的主使人。”

　　“很好啊,你差一点就没命了。”他局促不安地说,“我猜你一定很害怕。”

　　其实我担心的是昆恩,反而没有去想那支箭是针对我而来的。“或许吧。我看你刚刚过得很愉快。”

　　“总有些事情要用来弥补我不能再变身的遗憾。”杰克说道。

　　“我不知道你如此努力。”我实在想不出要说些什么。

　　“试了一遍又一遍。”我们对看了好长一阵子。“呃,我要去找另一位舞伴。”说完他就胸有成竹地走向斯坦·戴维斯的得克萨斯州成员,那位年轻的吸血鬼似乎也很高兴看到他。

　　我走进化妆间,空间果然很小,因为吉萨金字塔大多数的女性都不必使用这项设施,除了梳头发以外,里面竟然有服务员,这么讲究的服务我只有听说,这还是第一次见识。我知道要付小费,幸好身上带了皮包,离开房间之前除了携带门卡,我还顺手往皮包里塞了几张美元、一些面巾纸、薄荷糖和一把小梳子。我朝服务员点个头,她身材矮胖、肤色很深,板着一张扑克脸。

我用过干净的洗手间，走出来洗手，再试着抚平头发，服务员身上的牌子显示是"琳娜"，她转身替我开了水龙头，我愣了一下，我自己也会开啊。但我一语不发地洗过手，接受她递过来的擦手巾，心想这大概是例行性的服务，是我太无知了。我丢了两块美元在小费篮里，她试着露出笑容，但是表情僵得笑不出来，显然今天晚上过得很不愉快。

"谢谢。"我转身离开，不知怎的，临时在转动门把之前看了一眼旁边的镜子，发现琳娜的眼神几乎在我背部瞪出一个大洞，原来她板着脸孔是为了要压抑心底对我的憎恶感。

当你无意间发现某个人对你深恶痛绝时，心里其实很不舒服，尤其是你们之间一点过节都没有。然而问题在她不在我，如果她不愿意为一个和吸血鬼约会的客人开水龙头，那就应该另谋高就，反正我也用不着她来开水龙头，真是莫名其妙。

我继续穿过人群，一面查看女王是否需要我的扫描（暂且不用），或者左右张望，想要找个狼人或是变形人来探听昆恩的状况（没有收获）。

运气真不错，我找着了原先侦测到的那一位气象巫师，真的被我猜中了，实在忍不住有点骄傲。今晚他被邀请来这里就是要奖励他的表现，可惜我察觉不到赞助人的身份。气象巫师一手端了酒，另一只手挽着一个中年妇女，我稍微渗入他的大脑立刻发现这位是巫师太太，他希望妻子没发现他对跳舞的美女很着迷，此外还对一个朝他走过来的金发女孩很感兴趣，这个女孩看了他很久，仿佛似曾相识，噢……那女孩是我。

如果能发现他的名字，或许方便一些，因为我实在找不出和他闲聊的话题，不过苏菲安妮绝对需要认识这个人，知道他是某人用来对付女王的工具。

"哈啰。"我露出最灿烂的笑脸，巫师妻子的笑容当中带着戒备，因为在这种盛会当中，通常不会有单身女孩（她瞥了我左手一眼，知道我未婚）主动来跟他们夫妻搭讪，至于气象巫师的笑容比较偏向害怕的一边。"你们觉得宴会如何？玩得愉快吗？"我问道。

"是啊，还不错。"妻子回应。

"我是苏琪·斯塔克豪斯。"我努力施展个人的魅力。

"奥丽薇·曹特。"她自我介绍,并且和我握手,"这位是我的丈夫朱利安。"她显然对丈夫真正的工作内容一无所知。

"你们住在这一带吗?"我尽可能不动声色地扫视人群,明明找到人了,我却不知道接下来要怎么做。

"你没看本地的电视频道,"奥丽薇自傲地说,"朱利安是第七频道的气象播报员。"

"真有趣。"我说得真心诚意,"如果你们肯跟我来一下,有个人非常乐意认识你们。"我拉着他们穿梭在人群里,心底浮现第二个念头,万一苏菲安妮计划要报复呢? 但是这样不合情理,因为事情的重点不在于有气象巫师的存在,而是有人雇用朱利安·曹特来预测路易斯安那州的气象状况,然后耍了一些手段让高峰会议延期,直到卡特里娜飓风席卷新奥尔良,削弱女王的势力。

朱利安不是省油的灯,很快就察觉到我有点不对劲,我怕他们双双开溜,直到发现乔维斯才松了一口气,极其热诚地喊出他的名字,好像很久不见的老朋友,当我终于来到他面前时,因着走得又快又急躁,差点就气喘如牛。

"乔维斯,卡拉。"我把曹特夫妇带到警长前面,仿佛刚刚从海底把他们捞上岸一样。"这位是奥丽薇·曹特和她的丈夫朱利安,女王急于认识像朱利安这样的专家,他真的对气象非常有研究。"好吧,说得不够委婉,朱利安听了脸色发白。嗯,朱利安的良心里头绝对有一丝丝的罪恶感。

"甜心,你不舒服吗?"奥丽薇问道。

"我们需要回家了。"他说。

"不不,不急着走,"卡拉跳进来打岔,"乔维斯甜心,你忘了吗? 安竺曾经说过如果认识真正的气象权威,他和女王非常乐意跟这个人聊一下。"她拉着曹特夫妇的手臂,对他们眉开眼笑,奥丽薇有些犹豫。

"当然。"乔维斯头上的灯泡一亮,这时候才恍然大悟。"谢谢你,苏琪,两位请跟我来。"他们带着曹特夫妇离开了。

想到自己的猜测完全正确，我忍不住喜滋滋的很得意。

我环顾周围，刚好看见巴里把空盘子放在托盘里。

"你要跳舞吗？"我问道，因为死人乐团正在演奏詹妮佛·洛佩兹①一首有名的老歌。巴里有点勉强，被我硬拉着下去跳，不久我们就扭腰摆臀，满场飞舞地尽情享受。再也没有什么娱乐比跳舞更能够让人在短短的时间之内，完全放松紧绷的神经，浑然忘我，我当然不像夏奇拉②那么擅长控制肌肉，但是偶尔练习一下，或许……

"你们在做什么？"艾瑞克不以为然地问道，冷冽的表情显示他不是在开玩笑。

"跳舞啊，怎么了？"我摆摆手叫艾瑞克走开，但是巴里已经识相地停住脚步，跟我挥手拜拜了。

"我玩得很开心。"我抗议地说。

"你对着所有的男人抖动天生本钱，"他说，"惹火得好像……"

"够了，老兄！就到这里为止！"我举起手指警告他。

"把你的手指挪开。"他说。

我吸了一口气，很想抓住这一股怒火，脱口说一些无可挽回的气话——反正我又不是他的附属品——这时候，一只强壮的手臂突然环住我的腰，某个充满爱尔兰腔调的陌生口音说道，"亲爱的，我们跳支舞吧？"原来是今天晚上为舞会开场的红发舞者，他用一组相当复杂的舞步把我带开了，他的舞伴也拉着艾瑞克一起跳。

"跟着我的舞步跳就好，直到你平静下来，女孩，我是西恩。"

"我叫苏琪。"

"很高兴认识你，姑娘，你很会跳舞。"

"谢谢，是你过奖了，我真的非常喜欢你们刚刚的表演。"我的怒火逐渐消退了。

"是我舞伴的功劳。"他微笑地说，笑对他而言并不容易，但是具有

---

① 詹妮佛·洛佩兹，美国著名的女明星，兼具歌手、电视制作人和舞者等才艺。

② 夏奇拉，哥伦比亚流行歌手，以演唱和创作拉丁风格的歌曲著称，宛如水蛇腰一般的舞姿非常惹火，曾经荣获格莱美奖。

莫大的效果,把他从一个脸颊消瘦、满脸雀斑的男人变得稍微有些性感。"和我的莱拉一起跳舞美得像梦一样。"

"她很漂亮。"

"噢,是的,不管里外皆美。"

"你们一起多久了?"

"一起跳舞是两年,一起生活大约一年多。"

"以你的口音判断,我猜你是绕了一大圈才到这里来。"我瞥向艾瑞克和美丽的莱拉,她笑容可掬地和艾瑞克说话,他依旧板着脸孔,但没有在生气。

"可以这么说。"他同意,"我来自于爱尔兰,到这里已经……"他皱着眉头思索,仿佛一块大理石突然起了涟漪。"至少一百年了,有时候我们很想搬回莱拉的故乡田纳西州,只是到目前为止都还没拿定主意。"

他看起来沉静内敛,没想到说了这么多话。"你厌倦了城市的生活?"

"近来发生很多反对吸血鬼的活动,无论是太阳兄弟会,或者是抢救黑夜大行动,都是在这里发起的。"

"太阳兄弟会到处都有。"我说,单单提起这个联盟就让我沮丧不已。"等他们听到狼人的事情,不知道又会发生什么事。"

"是啊,我想应该快了,狼人说这件事情即将发生。"

你想我认识这么多的超自然生物,总有一个会把最新的状况告诉我,而且狼人和变形人迟早要主动对全世界吐露他们最大的秘密,否则也会在有意或是无意之间,被吸血鬼拱出来。

"到时候很可能大战一场。"西恩说道,我强迫自己回到眼前的主题。

"你指的是超物和太阳兄弟会之间吗?"

他点头以对。"我认为很有可能。"

"那你打算怎么办?"

"我已经看过太多的战争,不想再经历一次。"他冲动地回答,"莱拉

181

还没有看过旧的世界,我相信她会喜欢的,因此我们要去英格兰,在那里跳舞,或者找个地方躲起来。"

这些话题虽然很有趣,却无法帮助我解决目前所遇到的问题,例如,花钱雇用朱利安·曹特的人是谁?乐倍可乐罐的炸弹是谁放在那里的?又是谁杀了那些阿肯色州的吸血鬼?刺杀亨利·费斯的吸血鬼浪人也是同一个人雇来的吗?

"结果究竟是什么?"我大声地说,红头发的吸血鬼听得一头雾水。

"你说什么?"

"我在自言自语,很高兴和你共舞,对不起,我要去找个朋友。"

西恩带着我跳到旁边,我们才刚分手,他已经转头寻找他的同伴,按照规矩,配对的吸血鬼通常不会厮守到天长地久,即使国王和女王签订了百年的婚约,也只要求一年履行一次婚姻的义务就够了。我很期盼西恩和莱拉能够打破这个惯例。

我决定去探望一下昆恩的状况,或许要花一点时间询问看看,因为我不知道那些狼人把他送到哪里去了。艾瑞克对我的影响力和我对昆恩刚发芽的情愫混杂在一起,让我迷惑不已,但是今天晚上昆恩救了我一命,至少应该去表达谢意。我搜寻的第一步是打电话去他的房间,但无人回应。

假如我是狼人,会把受伤的老虎抬到哪里?呃,铁定不是公众场合,因为变形人的身份至今还是个秘密,绝对不希望旅馆的员工听到任何风声,以致揭穿了还有其他超自然生物存在的事实。因此他们会把昆恩送到隐秘的地方,对吧?换句话说,谁有隐秘的房间而且能体谅狼人的处境呢?

应该是前为狼人,今是吸血鬼的杰克·普洛夫吧?昆恩很可能在他那里,也可能在旅馆的停车场某处,或是在安全主管的房间,还是在医务所里面——如果旅馆有附设医务所的话。我总得想个办法开始搜寻,决定先去问旅馆的柜台,或许是因为我和杰克隶属于同一个代表团,值班人员毫不犹豫地告诉了我房间号码,她不是原先那一位态度无礼的家伙,她觉得我的礼服很漂亮,很想买一件来穿穿看。

杰克的房间比我高一层楼,正要举手叩门的时候,我决定顺便扫描一下室内的脑波状态,其中一个空洞意味着吸血鬼的大脑(我认为这样的形容方式最贴切),另外有一两个人类的印记,其中某个人的念头顿时让我僵在那里,拳头停在半空中不动。

……他们死光光最好——这一片段的思绪模模糊糊,就此没有下文,没有其他的念头来澄清或是进一步阐述这个恐怖的主意。我举手叩门,室内的思考模式随即产生变化,杰克亲自来应门,表情不太欢迎。

"嗨,杰克。"我特意笑得很灿烂,一脸天真无邪的模样。"你好吗?我来看昆恩有没有和你在一起。"

"和我吗?"杰克一脸诧异,"从我转化以后,几乎不曾和昆恩交谈过,苏琪,我们已经无话可说了。"我一定流露出难以置信的表情,因为杰克匆匆说下去。"噢,不是昆恩的问题,是我自己,直到现在我都无法适应以前的我和现在的我之间的差异,连自己是谁都有疑虑。"他垮着肩膀,一脸颓丧。

听起来是真心话,同时勾起了我的同情心。"总之,"杰克说道,"我帮忙抬他去医务室,他现在应该在那里,还有变形人贝蒂娜和狼人杭都陪他在一起。"

杰克拉上房门,显然不要我看见屋内的同伴,他不知道我清楚他屋里有人。

反正和我不相干,只是感觉怪怪的。即便说了谢谢转身离开的时候,我依然想着这件事,杰克已经够苦恼了,我实在不想再增添他的问题,然而如果他牵涉到某种阴谋,在吉萨金字塔的大厅里鬼鬼祟祟,我就得加以调查。

不过凡事都有优先顺序,我先下楼回房间,打电话到柜台询问医务室的位置,小心翼翼地抄在纸条上,再悄悄经由楼梯偷偷站在杰克的套房外面,然而就在我离开的时间之内,他们已经作鸟兽散了,我只看到两个人的背影,奇怪得很,但又无法确认,其中一位很像是在行李处理处查询电脑记录的乔。旅馆员工来找杰克,或许是因为他和人类在一起比和吸血鬼相处更自在吧,果真如此,狼人才是他的优先人选,不是吗……

　　我杵在走廊上，心里为他感到遗憾，这时候杰克突然开门走出来，我事先忘记检查空洞点，只注意活人的印记，真惨。杰克又一次看到我，表情充满狐疑，哎，这也难怪。

　　"你要和我一起去吗？"我问道。

　　"什么？"他愕然以对，显然当吸血鬼的时间不够久，还没学会不动声色的扑克牌脸孔。

　　"去看昆恩啊？"我说，"我问了医务室的方向，你说你们有一阵子没说过话，所以我想问你要不要一起去，我可以在旁边缓和气氛？"

　　"好主意，苏琪，"他说，"但是饶了我吧，事实上，大多数的变形人都不愿意和我有所接触，或许昆恩好一些，然而我让他局促不安，他认识我的父亲、母亲和前女友，这些人现在都不愿意再看到我。"

　　我冲动地说："杰克，我很抱歉，或许你宁愿就此死掉，结果海莉却把你转化，因为她喜欢你，不想眼睁睁地看到你死去。"

　　"但我的确死了，苏琪。"杰克说道，"不再是同一个我。"他握着我的手，看着他牙齿留下来的疤痕。"你也不会再一样。"说完他就走开了。我不确定他是否知道要去哪里，只知道他想避开我。

　　我目送他的背影离开，他从头到尾都没有回头看我一眼。

　　我的心情原本就很脆弱，这次接触更是雪上加霜，我走向电梯，决定现在就去找该死的医务所，女王没召见我，显然在找其他的吸血鬼探听，一方面找出气象巫师的赞助人，另一方面则陶醉在无罪一身轻当中，审判过关了，确认继承权，还有机会让她挚爱的安竺执掌大权，对路易斯安那女王而言，诸事顺利，完美无比，我只能试着不要自艾自怜。嗯，我有抱怨的权利吗？让我想想看，我帮忙停止审判，只是万万没想到最终画上休止符的却是倒霉的亨利。既然证明女王是无辜的，那么按照结婚契约，继承权也不再有争议，至于安竺当国王又是谁想出来的主意？还有巫师的事情也证明我的推测是正确的。好吧，或许我的确有权利抱怨自己运气不佳，再者，我迟早必须在昆恩和艾瑞克之间作个抉择，但是错不在我。我捧着炸弹在那里站了好长一阵子，古老的碧多妮丝也算不上是我的粉丝,还有那么多的吸血鬼对她毕恭毕敬,此外那支箭差点要了我的命。

嘻,这还不是我最悲惨的遭遇。

医务所的地点没有我想象的那么难找,因为房门开着,里面传出来的笑声很熟悉,一跨进去,我发现和昆恩说话的是那个看起来很像蜜熊的女人,我猜她就是贝蒂娜,旁边的黑人肯定是杭都。克罗瓦姬也在场,这让我非常惊讶,虽然她穿着盔甲,但看起来却像解开领带的男士一样轻松。

"苏琪。"昆恩对我露出微笑,两位变形人却板着脸孔,显然把我当成不速之客。

幸好我来探望的不是他们,而是救我一命的男人。我走过去,对他微微一笑,坐在床边的塑料椅子上,握着他的手。

"快告诉我你现在觉得怎样?"我说。

"好像在鬼门关走了一遭似的。"他说,"但我一定会痊愈的。"

"拜托,可以给我们一点单独相处的时间吗?"我直视室内其他三个人的眼睛,非常礼貌地提出要求。

克罗瓦姬说道:"我回去保护肯塔基了。"她识相地离去,临走之前似乎对我眨了眨眼睛。贝蒂娜表情不太高兴,仿佛她是学生助教上台教学,现在老师回来了,亲自收回权威。

杭都脸色阴沉地看了我一眼,威胁之意溢于言表。"你要善待我的兄弟,"他警告着,"不要亏待他。"

"绝不可能。"我说。他找不出逗留的理由,因为昆恩显然也想私下和我讨论,他只好离开了。

"我的粉丝团成员愈来愈多了。"我目送他们离去,才起身关上房门,除非有吸血鬼的好听力,或者巴里站在门外,我们的对话应该没有人会听见。

"这是你为了吸血鬼跟我谈分手的时候吗?"昆恩问道,脸上没有一点开玩笑的意味,身体纹丝不动。

"不,我只想让你了解事情的经过,你先听,我们稍后再讨论。"我这么说好像对他的意愿很有把握，其实正好相反，静待他答复的时候，我的心脏几乎跳出了胸口。最后他终于点点头，我如释重负地闭上眼睛，双手紧紧握着他的左手。"好吧。"我做好心理准备，一股脑儿地叙述下去，希望他能够了解艾瑞克的确是两权相害取其轻的那一方。

昆恩没有抽回他的手，也没有回握着我。"你和艾瑞克绑在一起。"他说。

"是的。"

"你和他至少交换过三次血。"

"是的。"

"你知道他可以凭自己高兴，随时把你转化吗？"

"我们任何人都有可能随时被转化成吸血鬼，昆恩，包括你在内，只要两个人把你制服，另一个吸干你的血再注入就够了，这种事不是不可能的。"

"你们两个互相交换过这么多次，或许他很快就会做决定，而这一切都是安竺的错。"

"关于这件事我已经无能为力，虽然我想改变，也希望和艾瑞克一刀两断，把他赶出我的生命，但我不能够。"

"除非他被木桩刺中。"

我感觉心头一阵疼痛，差一点就伸手去捂住胸口。

"你不愿意看到那样的结果。"昆恩的嘴唇紧紧抿成一条线。

"对，我当然不希望！"

"你很在乎他。"

噢，废话！"昆恩，你知道艾瑞克和我曾经在一起，然而他当时失去记忆，什么都不记得了。我是说，他知道那个事实存在，但是过程记不起来。"

"如果这个故事是我听别人说的，你知道我会怎么想。"

"昆恩，我和别人不一样。"

"宝贝，我不知道怎么说才好，我关心你，喜欢跟你在一起，渴望和你同床、同桌用餐、一起煮饭，有关你的一切我几乎都喜欢，包括你的天赋在内,唯独不擅长和别人分享。"

"同一时间我不会脚踏两条船。"

"你说什么?"

"我是说,我愿意跟你交往,除非你不想。"

"如果金头发的老大叫你跟他上床,你要怎么办?"

"我会说我听到了……但要先问你的意见。"

昆恩坐立难安地在小床上欠动身体。"我在痊愈之中,但还是会痛。"他满脸倦容地承认。

"如果不是因为这件事非常重要,我不会来打扰你。"我说道,"我试着对你开诚布公、毫不隐瞒,你为我挨了那一箭,至少我应该用诚实来回报。"

"明白了,苏琪,我向来是一个十分清楚自己要什么的男人,但我必须告诉你……这一次我是无言以对,直到这一刻之前,我都以为我们是天造地设的一对,"昆恩的眼睛突然炯炯发光,"如果他死掉了,我们的难题就消失了。"

"如果你杀了他,有问题的人是我。"我说得再坦白不过。

昆恩闭上眼睛。"等我痊愈,你睡上一觉,有时间放松以后,我们再来讨论,"他说,"你最好也见一下法兰妮,我……"我大吃一惊,以为昆恩要哽咽,万一他哭了,我一定控制不住,而此时此刻,最不需要的就是眼泪。我倾身靠过去,几乎要压在他身上,轻轻吻了他一下,嘴唇飞快贴着他,然后他握住肩膀把我拉过去,有许多可以探索的地方,包括他的温暖、他的内心……昆恩随即倒抽一口气,我们双双退开,他极力忍住疼痛,眉头几乎皱在一起。

"噢! 对不起!"

"不要为那样的亲吻而道歉!"他说,不再泪眼汪汪了。"我们之间的确有一些东西存在, 苏琪。我不要安竺那些吸血鬼的伎俩来破坏我们的好事。"

"我也有同感。"我不愿意放弃昆恩,原因不在于我们之间这种火热的化学反应。安竺让我害怕,天晓得他究竟在打什么馊主意? 我真的一无所知，我猜艾瑞克也没有头绪，不过他那种人向来不反对运用权力。

我十分勉强地跟昆恩说再见，开始找路返回舞会会场，自己觉得有义务跟女王报备，确定她不需要我的服务，我已经精疲力竭，只想脱掉礼服，上床去呼呼大睡。

克罗瓦姬斜靠在前方走道的墙边，感觉很像在等我。这位年轻的布里特林精不像贝坦雅那么刚毅，宛如雕像一般，如果贝坦雅是一只黑色卷发的老鹰，克罗瓦姬的颜色淡多了，一头柔软的浅棕色头发，需要借助设计师的巧手整理，绿色的大眼睛，眉毛高耸。

"他似乎是个好男人。"她说话的腔调很重，克罗瓦姬显然不是那种婉转迂回的个性。

"我也有同感。"

"吸血鬼就不一样，他们天性虚假不可靠。"

"天性吗？所以你指的是毫无例外可言？"

"没错。"

我陷入沉思，实在身心俱疲，没有力气去猜测对方这么说的目的，最后决定用问的比较快。"怎样，克罗瓦姬？你想说什么？"

"我们来这里保护肯塔基国王，会不会让你觉得很好奇？他为什么决定花这种天文数字的费用来雇用我们？"

"是啊，我想过，后来觉得还是别管闲事的好。"

"其实和你很有关。"

"那就说吧，我没力气猜。"

"一个月以前，艾萨在随扈里面发现太阳兄弟会的间谍。"

我错愕地停住脚步，克罗瓦姬跟着停下来。"真是糟糕。"我明白这句话完全不足以表达内心真正的想法。

"间谍的下场的确很糟糕，但她走入死亡幽谷之前曾经透露一些信息。"

"哇，你说得好文雅。"

"只是一堆废话，她死得一点也不文雅，艾萨是个老派的家伙，或许外表现代化,骨子里却是传统的吸血鬼,那个可怜的女人在投降之前被他整得七荤八素,但是艾萨乐此不疲。"

"她说的话有可信度吗?"

"问得好。如果我是她的话,为了少受一点苦,肯定什么话都愿意说。"

我不确定这是事实,因为克罗瓦姬看起来很坚强,不像会招供的类型。

"我认为她说的是实话,总之她透露太阳兄弟会有一个小团体听到这次高峰会的风声,决定把握这个黄金时机,摊开在阳光之下对抗吸血鬼,不再是单纯的示威或集会鼓吹,而是面对面的战争,他们并不是太阳兄弟会的主流团体……那些领袖只会小心翼翼地宣称,'噢,天哪,不,我们不愿意诉诸暴力对抗,我们只会提醒人们小心谨慎,因为和吸血鬼来往等同于和魔鬼交易。'"

"你对这个世界发生的事情相当清楚。"我说道。

"是的,"她回答,"接受任务之前,我会先进行深入的研究。"

我很想问问她所居住的世界,他们如何在两个世界之间来来去去,他们收费的金额,他们的战士都是女性吗,或者男人也可以胜任,真是这样,男人穿那种长裤不知道是什么模样,可惜时间和地点都不合适追问这些问题。

"所以你的症结点是什么?"

"我认为太阳兄弟会很可能在这里发动重大攻势。"

"可乐罐炸弹吗?"

"事实上,我对那件事深感困惑,不过东西就在路易斯安那的房门外,如果真是这样,太阳兄弟会必然已经知道他们的计划失败了。"

"阿肯色套房还有三名吸血鬼被谋杀。"我说。

"是啊,这也是我百思不得其解的地方。"克罗瓦姬指出。

"他们杀了珍妮佛·凯特和其他人吗?"

"当然,如果有机会的话。只是规模小了一些,根据间谍的说法,他们有很大的计划——感觉不太可能,况且凡人要怎么溜进套房杀死三个吸血鬼？"

"所以啦，乐倍可乐罐的结果是什么？"我问道，努力思索事件背后的因素，我们边走边说，已经来到宴会厅外面，乐队演奏的旋律从里面传出来。

"呃，害你多了几根白头发。"克罗瓦姬微笑地说。

"那不是目标吧，"我说，"我没那么自高自大。"

克罗瓦姬心意已定。"你说得对，"她说，"不可能是太阳兄弟会，他们绝不希望让一颗小炸弹毁了大计划。"

"因此炸弹在那里是别有目的。"

"那是什么？"

"如果炸弹真的引爆的话，结果顶多是把女王吓一大跳。"我慢条斯理地解释。

克罗瓦姬一脸错愕。"不会死吗？"

"她又不在屋里。"

"炸弹本来是更早就会引爆的。"克罗瓦姬说。

"你怎么知道？"

"保安的杜纳提听警方这么说，他把我们当同行看待。"克罗瓦姬咧着嘴笑。"他喜欢穿盔甲的女人。"

"嘿，有谁不喜欢？"我也跟着笑了。

"他还说炸弹的威力很小，这并不是说不会造成伤害，当然有可能造成死伤，你也可能被炸死，不过整件插曲似乎缺乏效率，计划得很草率。"

"除非本来的用意就是虚惊一场，故意要被人发现，没有要引爆的意味。"

克罗瓦姬耸耸肩膀。

"真搞不懂，"我说，"如果不是太阳兄弟会，那会是谁呢？太阳兄弟会的计划又是什么呢？难道是手持削尖的棒球棍一起冲进大厅吗？"

"这里的保安系统很一般。"克罗瓦姬指出。

"是啊，我知道，我曾经到地下室去拿女王的行李箱，守卫的态度都很懒散,旅馆员工走进来也没有搜身,还把行李箱混在一起,弄得乱七八糟。"

"这些都是吸血鬼雇来的人类,真是不可思议,就某个层面而言,吸血鬼知道他们没有不死之身,但在另一方面,他们又活得太久了,误以为自己是万能的。"克罗瓦姬再次耸了耸肩膀。"哎,上班啰。"我们走进宴会厅,死人乐团仍然在演奏。

安竺就站在女王旁边,这回是并肩而立,而不是站在女王的后方,位置的变化具有莫大的意义,但还不至于明显到让肯塔基国王放弃希望,此外,克里斯汀·巴洛克也对女王大表殷勤,如果他有尾巴的话,一定摇得很厉害,急于讨苏菲安妮的欢心。我环顾大厅里面其余的国王和女王,有这么多显赫的人士同时出现,我数了一下,女王只有四位,其他十二位统治者都是男性,四名女性当中,明尼苏达显然已经和威斯康星国王配成一对,俄亥俄的手臂搂着爱荷华,他们是一对夫妻,除了亚拉巴马以外,唯一没有配对的女王是苏菲安妮。

虽然有很多吸血鬼不在乎伴侣的性别,或者对那些别有所好的同类容忍度很高,但有一部分肯定是不以为然。现在,彼得·雷吉尔死亡的疑云已经烟消雾散,难怪苏菲安妮如此艳光四射,笑容像花一般灿烂,因为吸血鬼一点都不害怕快乐的寡妇。

亚拉巴马的小情人伸出手指悄悄地在她赤裸的背部游移,她佯装害怕地尖叫一声。"你知道我最讨厌蜘蛛。"她娇嗔地说,紧紧抓住他,就像普通女孩一样,小男友故意吓她,好让女王小鸟依人般地靠近。

等等,我突然心想,暂停一分钟,但是那个念头不肯成形。

苏菲安妮注意到我在徘徊,招手要我过去。"我以为大多数的人类都去休息了。"她说。

我瞄了大厅一下,果真如此。"你对朱利安·曹特有什么看法?"我有点害怕女王会伤害他。

"他不太清楚自己做了什么,"苏菲安妮答道,"至少在某种程度上。但我们彼此有所理解,"她微微一笑。"他和妻子都安然无恙,今晚我不需要你留在这里,去寻欢作乐吧。"她没有颐气指使的意味,而是真的要我去享受一下，至于做些什么，她并不在意。

"谢谢。"我想到自己最好再谨慎一点，"谢谢你，夫人，祝你晚安，明晚见。"

一屋子的吸血鬼，再加上看过来的都露出尖锐的牙齿，让我非常乐于离开，个别的吸血族愿意屈就人造血，但是一大群就难了，因为美好的往日回忆会让他们渴望温暖的来源，而不是实验室发明的液体，再用微波炉加热。果然按照排定的时间表，一群自愿捐血人准时现身，在后门排队，不久他们开始忙碌，好像（我猜）挺愉快的。

以前比尔告诉过我，适应真血牌的口味以后，再从人类的颈部吸血，感觉就像在麦当劳连吃好几餐之后，改去茹丝葵牛排馆①一样。我瞥见乔维斯在角落里用鼻子磨蹭卡拉，不知道她是否需要救援，但是一看到她脸上的表情，我决定最好别去煞风景。

那晚卡拉没有回房间，少了昆恩的陪伴，我有一点遗憾，然而眼前有很多事情需要思考，无论我的抉择是什么，麻烦事似乎就躲在吉萨金字塔的走廊转角虎视眈眈，不管我转哪个弯，它都执意找上我。

---

① 茹丝葵牛排馆，总店位于美国新奥尔良，是全球最大的顶级牛排餐厅。

第十五章

清晨四点我才上床睡觉，一直睡到中午，只是这八小时的睡眠其实不足八小时，中间半醒半睡，体温似乎无法自动调节，可能和血液的交换有关……也可能是我多心。我还做了噩梦，迷迷糊糊两次听到卡拉进门，两次睁开眼睛，都没看到人。这时候才发现在人类楼层的深色玻璃外射进来的光线，根本不像真正的天然光，顿时让我有些不知所措。

舒舒服服地洗了个澡以后感觉好多了，我打电话想订客房服务，随即又决定下楼去小餐厅，想看看其他的人类。

餐厅的客人寥寥可数，我的室友不在场，只有一两位人类玩伴，还有巴里。他指一指旁边的椅子，我坐进去，左顾右盼寻找侍者，想要点咖啡，她立刻送了过来，第一口的感觉真是通体舒畅，直到喝完一整杯之后，我才用自己的方式开口——你今天好吗？昨天熬了一整夜？

没有，斯坦带着他的新女友早早就上了床，所以我跟着放松，他们还处于蜜月阶段，我进去跳舞，后来就和爱荷华女王带来的浓妆女孩在一起，玩了很久。巴里挑挑眉毛，告诉我那个女孩很辣。

嗯，你今天有什么计划？

你在门底下看到这些夹页了吗？巴里把一小叠纸推到我面前，这时候侍者刚好送来早餐，英式松饼和蛋。

有，我塞在皮包里——哇，我可以一边吃东西一边和巴里交谈，嘴巴含着东西说话，我用的方式真是酷极了。

仔细看一下。

巴里切开松饼预备抹上奶油，我趁机阅读纸张的内容，原来是晚上活动的时间表，这很有帮助。苏菲安妮的案子是等待判决事项上最严重的案例，也是唯一和王族有关的，当然也有其他案子，第一堂是晚上八点钟，涉及个人伤害案，是伊利诺伊州的吸血鬼麦可控告威斯康星的吸血鬼乔丽，麦可指称乔丽一直等到他白天睡着以后，用老虎钳打断了他的一颗尖牙。

哇，听起来……很有趣。我扬扬眉毛。这种事怎么不交由警长处理就好？其实吸血鬼并不喜欢家丑外扬。

"跨州的问题。"巴里简洁地回答，侍者刚送来一整壶咖啡，巴里先替我服务再为自己加满。

我翻到下一页，这个案子发生在密苏里州的堪萨斯市，吸血鬼辛蒂露·萨金涉嫌转化一个小孩。辛蒂露声称如果没有转化，孩子也会死于血液异常，况且她一直想要有小孩。现在她有了一个永远长不大的吸血鬼幼童，再者，孩子转化之前，曾经征得他父母的同意，还有书面同意书。堪萨斯州指定一位堪萨斯市的律师凯特·布克来保护孩子的福祉，她抱怨孩子现在拒绝探望他的人类父母，也不愿意和他们互动，这一点完全违反了辛蒂露和孩子父母之间的协议。

这个案例听起来很像白天的电视剧《法官茱蒂》①的内容，对吧？

所以今天是法庭审讯之夜，扫视过剩余的内容之后，我做出结论，"看起来我们需要在场？"

"显然是这样，第二案有证人出庭，斯坦要我在场，我敢打赌你的女王也会要求你出席，她的属下比尔被指定担任其中一名法官。唯有国

---

① 《法官茱蒂》，美国真人实境的电视节目，实际播出整个法庭裁决诉讼的过程。

王和女王有权力审判其他的王族,针对阶层比较低的吸血鬼,审判的法官由抽签决定,结果比尔幸运出线。"

"噢,天哪。"

你和他有过一段吗?

是啊,但他或许是一位好法官。

我不确定自己为什么如此判断,毕竟比尔已经流露出他有狡诈欺骗的一面,但我依旧认为他会试着用公正客观来扮演这个角色。

我发现"法庭"判决的时段安排在八点到十一点之间,之后从午夜到清晨四点注记为"交涉"时段。巴里和我对看一眼,相互耸耸肩。

"以物易物交易?"我猜想,"跳蚤市场?"

巴里毫无概念。

第四个晚上是高峰会的最后一夜,前半段的时间注明是"自由参观罗兹市",建议的行程包括:再次观赏蓝月舞者的舞姿,或者是比较明目张胆的衍生系列黑月舞蹈。程序表里面没有解释两者的差异性,我猜大概是黑月的内容偏重于情色方面的演出,不同舞群的表演场地不尽相同,地点分别详列在后面。时间表上也建议到访的吸血鬼可以去参观动物园,通过特殊安排可以在夜间开放,此外还有博物馆等等。另外还有一个俱乐部,适合有特殊偏好,倾向幽暗面欢愉的吸血鬼,俱乐部的名称是"痛苦之吻",记得提醒我避开那个地方——我这样告诉巴里。

你不喜欢小咬一口吗? 巴里故意伸出舌头碰触自己的犬齿,确保我不至于误会他的暗示。

个中的乐趣当然不少,这一点我无法否认,但我认为这个地方走的很可能是极端路线,绝不会只在脖子上小咬一口。你现在很忙吗?我必须替艾瑞克跑腿去实地调查,如果你能帮忙会更好。

"没问题。"巴里说道,"什么事?"

"我们需要去找射箭场。"

"这是柜台转交给你的,小姐。"一名侍者突然出现,丢了一个信封在桌上后转身就走,好像我们有狂犬病似的。显然是我们无声的沟通把他吓坏了。

我打开信封，发现是凯尔·柏金斯的照片，附带的纸条上有比尔熟悉的潦草字迹。

"苏琪：艾瑞克说你需要进行侦探工作，最好有照片当辅助，请你千万要小心，比尔·康普顿。"

就在我想要找侍者借一本电话簿的时候，发现还有第二张纸条，原来是比尔上网搜寻，列出城里所有的射箭练习场，总共有四个地方。我试着不要对比尔的细心和协助做出咋舌的反应，也不要对他有任何深刻的印象，我们已经没关系了。

我通知旅馆的车库把阿肯色代表团的车子开过来，那些车现在归女王所有，艾瑞克答应供我使用。

巴里上楼去拿夹克，我站在大门边等车子开过来，心里纳闷等一下要给门房多少小费时，突然看到陶德·杜纳提朝我走过来，即使他身材很瘦却走得很慢，脚步很沉重。今天他的气色不太好，因为发际线往后缩而露出来的头皮看起来灰暗且在冒汗，连他的八字胡都无力地下垂。

他站在我面前一言不发，似乎想鼓起勇气，也可能是过于绝望。如果我曾经目睹死亡骑在一个人的肩膀上，那个人肯定是陶德·杜纳提。

"我的老板想吸引你老板上钩。"他唐突地说，即使想到过他打算如何开启话题，也没料到会是这一句。

"是啊，她现在成了寡妇，很多人都对她有兴趣。"

"他在很多方面都很传统。"陶德·杜纳提接下去说，"不只来自于古老的家族，也不喜欢现代思潮。"

"嗯……嗯。"我试着保持客观，也想鼓励他说下去。

"他不相信女人有自行做决定的能力，也不相信她们能够照顾自己。"安全主管说道。

我听得一头雾水，搞不懂陶德究竟要说什么。

"包括女的吸血鬼在内。"他坦率地直视我的眼睛。

"嗯。"我说。

"记住我的话，"陶德建议，"请女王亲自去问他，关于她套房外面的监视器画面的带子在哪里。"

"我会的。"我不知道自己为什么会同意。随后这个生病的男子就转身离开了，一副已经完成使命的样子。

车子来了，巴里匆匆走出电梯和我会合，随后，跟刚刚那个简短的邂逅有关的任何思绪都埋没于在大都市开车的恐惧里，我猜艾瑞克一定没有考虑到对我而言在罗兹市开车是多么困难，因为他根本不会去想到这种事，若不是有巴里陪着，这几乎是不可能完成的任务，开车我可以应付，研究跟泊车小弟借来的地图也没问题，但没办法同时兼顾。

虽然天气冷飕飕又阴雨绵绵，路面交通频繁，但我应付得不错，抵达罗兹市之后我没有离开旅馆一步，现在有机会出来看看外面的世界，感觉挺新鲜的，况且这大概是我唯一一次市区观光的机会，所以尽可能地欣赏一番，这里位居北方，谁知道以后还会不会再来？

巴里事先画出路线，就此开始我们的罗兹市射箭场之旅。

我们从最远处名叫"笔直的箭头"的射箭场开始搜寻，狭长的射箭场位于一条交通繁忙的马路上，灯光明亮——还有合格的指导教练站在柜台后面，这些特点都注明在广告招牌上，结果对方相当轻视巴里的南方口音，直觉认为他是愚蠢的乡巴佬，但是我开口的时候，他们又觉得我的腔调听起来很可爱，好，你知道这有多侮辱人吗？他们脑袋里的想法我看得很清楚，总而言之就是——女人讲话本来就傻里傻气，所以多了南方口音只会强化那种惹人爱的缺陷，但是男人说话要铿锵有力，因此南方的男人就显得愚蠢软弱。

总之，除了他们自以为是的偏见之外，这些人也无法提供帮助，他们没见过凯尔·柏金斯来上过晚间的课程，也不认为他曾经在这里租时段练习。

巴里因着他们的轻蔑而大发雷霆，抵死不想走进去第二家，我只好自己拿着相片进去问，那里的员工看了一眼立刻否认。"没来过。"不跟我讨论相片，也不问我为什么要查询凯尔·柏金斯的事情，离开时也没说祝我有个美好的一天。店里面竟然没有告示牌警告我说这里的员工态度傲慢又难缠，我猜单凭他的粗鲁就足以气死人。

第三处射箭场位于一栋我猜曾经是保龄球馆的建筑物里面，厚重的大门旁边立了告示牌注明："停车辨认"，巴里和我坐在车里就看见了，似乎不是太友善。

"反正我也厌倦坐在车子里等待。"这一回他展现骑士风度和我一起下车，我们站在指定点，我发现头顶上方有监视器，提醒巴里注意，我们两个尽量装出愉快的表情（就巴里而言的确挺愉快的，因为他本来就笑嘻嘻的），过了几秒钟突然答的一声，大门开了，我看巴里一眼，他伸手推门让我先进去，自己跟在后面进来。

我们面对一个长形的柜台，一直延续到对面的墙边，一个大约和我同年纪的女孩坐在柜台后面，古铜色的头发和皮肤显然来自于不同种族间的血缘，她故意把眉毛染成黑色，在单一颜色的效果上增添一丝怪异的风味。

已经通过监视器察看过，现在她又小心翼翼地再把我们上下打量一番，我从她脑袋里发现她对巴里感兴趣的程度远大于看到我，我跟巴里说，这位就由你来应付啰。

是啊，我也发现了，他回应道，我把凯尔·柏金斯的照片放在柜台上，由他开口。"请问你见过这位先生来这里买弓箭或是做练习吗？"

她也不问我们为什么要知道，只是倾身看照片，甚至特意靠得很近，让巴里欣赏她的领口风光，她瞄了一眼柏金斯的照片，立刻扮个鬼脸。"是啊，昨天天黑后他来过这里。"她说，"这里从来没有吸血鬼客人上门过，所以我不太想服务，可是我又能怎么做呢？他是付钱的大爷，法律又规定不得歧视客人。"不用多问，这个女人非常乐意歧视客人。

"有人陪他一起来吗？"巴里问道。

"噢，让我想想看。"她惺惺作态地把头往后仰，让巴里看得更清楚，她一点都不认为巴里的南方口音听起来很愚蠢，反而觉得可爱又性感。"我记不得了，听着，就这么做好了，昨天晚上监视器的录影带还在，我去拿出来给你看一下，这样好吗？"

"可以现在就看吗？"我问道，露出甜美的笑容。

"呃，我不能离开柜台，如果去后面拿录影带，这里就没有人看店了，所以你可以等到今天晚上和我交换班的人过来这里——"她意有所指地看了巴里一眼,暗示我不用跟来。"我就让你看。"

"大约几点?"巴里问得很勉强。

"七点可以吗? 我那时候下班。"

巴里不得不同意七点再过来。

"谢谢你,巴里。"我们上车扣好安全带以后我才开口,"你真的帮了一个大忙。"我打电话到旅馆留言给女王和安竺,说明所在的地点以及目前正在处理的事情,以免他们醒来以后发现我不在而大发雷霆,算一算时间他们很快就醒了,毕竟这也算是艾瑞克的命令。

"你一定要陪我进去。"巴里说道,"我不要自己一个人去见她,她会把我生吞活剥,一口下去,简直就是当年北方侵略战争①的翻版。"

"好啦,我留在车里,万一她真的扑到你身上,你就在心里大叫救命。"

"一言为定。"

为了消磨时间,我们找了一家店吃蛋糕喝咖啡,感觉棒极了,奶奶向来认为北方女人不擅长烹饪,结果证明她的偏见是错的,蛋糕很可口,我的胃口也不落人后,发现自己的食欲跟以前一样让我大大地松了一口气,报告长官,我没有变成吸血鬼!

我们加满油箱,找出回到吉萨金字塔旅馆的路线图之后,终于到了可以回射箭场找古铜色女孩的时间了,天色暗下来,城市里灯光耀眼,在这么有名的大城市里面开车,我似乎也沾了一丝都市气息,整个人神采飞扬,嗯,能够成功完成今天的任务,表示我不是无知的乡下老鼠。

可惜这种快乐的心情和优越感很快就被破坏了。

回到蒙特戈射箭公司感觉不对劲的第一个线索,是沉重的金属门竟然没有关起来。

"见鬼了。"巴里的用语总结了我心底的感觉。

我们一起下车——心不甘情不愿——左右看了好几眼,才一起走向大门去查看。

① 北方侵略战争,指美国南北战争。

"是爆破或者是扯开?"我问道。

巴里蹲在碎石地上仔细地查看。

"我不是詹姆斯·邦德,"他说,"但我认为是徒手扯坏的。"

我充满狐疑地看着大门,直到弯下腰去看个仔细的时候,这才发现枢纽的金属被扭歪了。啊,巴里得一分。

"好吧。"我说,接下来我们必须真的进现场查看。

巴里绷着下巴,是啊,他的语气听起来很犹豫,肯定不是那种愿意诉诸武力或者不惜正面冲突的类型,他或许对钞票有兴趣,又碰上肯花大钱的雇主,然而此时此刻心里却在纳闷金钱真的足够弥补这一切吗?同时也在想若不是和女人在一起,宁愿就此开车远离现场。

有时候男性的自尊也是一件好事,我绝对不想一个人闯进去。

我伸手推门,砰的一声,大门脱离枢纽直接掉在地上。

"嘿,我们来了,"巴里的嗓音虚弱无力,"有没有人……"

噪音静止之后,建筑物里面并没有怪物跳出来吃人,巴里和我本来照着本能缩在那里,现在慢慢地站起身来,我做了个深呼吸,这一趟本来就是我的任务,我率先跨进屋里射出来的灯光底下,再跨一大步越过门槛,经过快速地搜寻,室内没有脑波信号存在,接下来会发现的事情我已经心里有数。

哎,是的,古铜色女孩一命呜呼,整个人趴在柜台上,四肢敞开,头歪在一边,胸口插了一把刀,大约距离我左脚一码左右的地方,某人吐了一地——不是血——所以至少有一个人类在场。我听见巴里走进来的脚步声,跟我一样当场愣住了。

旁边还有两扇门,一扇通往右边的柜台外面,应该是顾客往练习场的方向,另一扇位于柜台后方,应该是员工的休息区和招呼练习场的顾客,我确信原先的录影带应该是放在那里,也是安放监控设备的地点,至于带子是不是还在那里就很难说了。

我心里怕得要死,很想头也不回地走出去,但她是因为录影带而死,假如就此对带子弃之不顾,似乎就像是无视于她被迫牺牲的生命一样,虽然这么说毫无道理可言,但却是我实际的感受。

这里面似乎找不到人——巴里告诉我。

我也是。经过第二次比较彻底的搜寻,结果还是一样。

巴里当然很清楚我想做什么,他说,你要我和你一起吗?

不,你在外面等,如果有需要我再叫你。说实话,有他在附近当然比较安心,可是里面臭味扑鼻,任何人待上一分钟以上就会受不了,而我们的时间快到了。

巴里毫无异议地走出大楼,我爬到柜台下方的小区域,还得小心避开女孩的尸体,真的是毛骨悚然、恐怖极了,我拿面巾纸擦拭手指抓过的地方,心里很庆幸她已经看不见的眼睛不是对着我的方向。

在柜台另一侧的员工区域,现场显然有过剧烈的挣扎,她奋力地抗拒过,到处血迹斑斑,文件四散,就在柜台底下有一个警铃,我猜她根本没机会去按。

我从半开的房门看见柜台后方办公室的灯还亮着,用脚去推,它吱吱嘎嘎地开了,这回依旧没有动静,我再一次深呼吸,鼓起勇气进去。

这里显然具备了安全监控、办公室和休息区三种用途,台面沿着墙壁设计,旁边还有椅子,上面摆了电脑、微波炉和一个小冰箱等等,都是一般物品,有一叠监控录影带堆在地板上正在冒烟,因为外面房间的臭味太强烈,以致我们都疏忽烟味的存在,这里还有一扇门通到外面,我没过去检查,因为有一具男人的尸体挡在那里,幸好他面向下,我根本不用过去确定他是否断气了,这是必然的,我猜他是来换班的人员。

"呃,真惨。"我大声说道,随即又想,感谢老天我可以离开这里,监控录影带全都烧毁有一个好处:我们原先到访的记录也消失了。

离开的途中我用手肘按下警铃,但愿这是通到附近的警察局,他们很快就会赶到现场。

我百分之九十九确定巴里会在外面等,果然猜对了,但他如果先行离开的话,我也不会太诧异。"快闪吧!我按了警铃。"我们跳进车子,急急忙忙地离开现场。

这次依旧由我开车,因为巴里脸色发青,中途我们甚至停在路边(就罗兹市的交通状况而言实在不简单)好让他呕吐,我一点都不怪他,毕竟刚才目睹的场面让人胆战心惊，只是我的胃比较强壮，还见识过更惨绝人寰的状况。

我们及时赶回旅馆，听到我说最好去预备一下再出席庭审的时候，巴里错愕地睁大眼睛，他丝毫没有察觉到我在想什么，所以我很确定他的感觉真的很糟糕。

"你怎么还想要出席？"他说，"我们必须把事情说出来。"

"我已经通知警方了，或者接到报警的保安公司会去报案。"我答道，"除此之外我们还能做什么？"我们站在直达大厅的电梯里面。

"我们必须跟他们谈。"

"为什么？"电梯门开了，我们走进旅馆大厅。

"跟他们说啊。"

"说什么呢？"

"昨晚在这里有人试图谋杀你……朝你甩出一支箭。"他陷入沉默。

"你懂了，对吧？"从他的思绪当中，我明白他已经得到正确的结论。"那件事对破案有帮助吗？或许不，因为凶手死掉了，录影带也烧毁了。他们还会跑来这里讯问这些重量级的吸血鬼一大堆问题，结果谁会感谢我？完全没有。"

"我们不能坐视不管。"他说道。

"我知道这样并不是最完美的方案，但是很实际，合乎逻辑。"

"噢，现在你讲求实际了？"巴里近乎尖叫地嚷嚷。

"你对着我的——对苏琪大呼小叫。"艾瑞克说道，赢来巴里另一声尖叫（这回没有出声），到了这时候，他已经不在乎这辈子是否会再看到我。我的反应没那么戏剧化，但我们也不会变成闺中密友。

如果艾瑞克无法确定他究竟该如何称呼我的话，我也有同样的困惑。"你需要什么吗？"我语带警告，暗示自己没有心情听他的双关语。

"你今天有什么发现？"他一副公事公办的口吻，我立刻像泄了气的皮球。

"你先走吧。"我对巴里说道，他毫不犹豫地离开了。

艾瑞克左右张望寻找隐秘交谈的地方，结果很失望，大厅里面吸血鬼熙来攘往,有的预备去参加审判法庭,有的在聊天,有些忙着调情。

"来吧。"他的语气不是很粗鲁,我们走向电梯,一起上楼到他的套房,位于第九层,楼层的空间比女王的宽敞很多,至少有二十个房间,也是人来人往的,途中遇到好几个吸血鬼,艾瑞克说他和帕梅拉同住一房。

因为只看过女王的起居室,让我对一般吸血鬼的套房设备有些好奇,结果看了大失所望,除了棺木以外,房间感觉很普通——当然啦,单单那一项就是很大的不同。艾瑞克和帕梅拉的棺木放在时髦的支架上,黑漆的木头上覆盖着象形文字的金箔装饰,增添一股精巧的味道。房里有两张双人床和一间小巧的浴室,从敞开的浴室门看见里面的毛巾挂得整整齐齐,很有居家的感觉,我敢打赌那是帕梅拉的功劳,因为艾瑞克住我家的时候丢了一地。帕梅拉大概跟在他后面收拾了上百年,天哪,我才两星期就受不了了。

单单棺木和床就让房间显得很拥挤,不知道阶级更低的吸血鬼要怎么住,以十二楼来说好了,难道要把棺木堆成床铺的结构吗?然而这些胡思乱想只是要转移自己的注意力,别想到现在是跟艾瑞克单独在一起。我们分别坐在床上,他倾身向前。

"说吧。"

"呃,不太好。"我想要让他先有心理准备。

他脸色一沉,金色的眉毛揪在一起,嘴角往下拉。

"我们找到凯尔·柏金斯去过的射箭场,这一点被你猜对了,巴里和我同行,让我非常感激。"一开场我就讲出重点,"浓缩整个下午的行程,我们在第三站找到正确的地点,柜台值班的女孩愿意让我们观看昨天的监控录影带,我想这样可以知道是否有人跟他一起去,但是女孩要我们在她七点下班的时候再来。"我停下来喘口气,艾瑞克还是同样的表情,丝毫未变。"我们照约定的时间回去,她已经死在店里,我进办公室查看,录影带被烧掉了。"

"她是怎么死的?"

"刺死的,刀子还在胸口,凶手或是同行的人还在旁边呕吐,另外,女孩的同事也被杀了,但我没有再过去检查。"

"啊，"艾瑞克说道，"还有其他发现吗？"

"没有。"我起身预备离开。

"巴里对你发脾气。"他观察到了。

"是啊，他终究会克服的。"

"问题是什么？"

"他认为我处理得……他觉得我们不应该掉头就走，或者……不知道，他认为我太冷漠。"

"我觉得你处理得非常好。"

"哈，棒极了！"我立即控制住自己的情绪——"对不起，"我说，"我明白你在称赞我，但是她的死和我们掉头离去都让我感觉不太舒服，虽然这是考虑现况以后的实际做法。"

"你在质疑自己的决定。"

"是的。"

突然有人叩门，既然艾瑞克动也不动，我只好起身去回应。我不认为这是性别问题，而是地位阶级的象征，相较之下，我肯定是房里头位阶比较低的那只狗。

叩门的人是比尔，这一点完全不足为奇，刚好让我这一天更加完美无比，我站在一旁让他进门，管他的，休想要我去询问艾瑞克是否应该放他进来。

比尔上上下下地打量我，大概想检查衣着是否整齐，然后就一言不发地擦身而过，我对他的背部翻白眼，突然灵光一闪，想到绝妙的好主意——与其再回去参与进一步的讨论，我干脆跨出门槛，把门关了，就此大步走开。我也真做了，刚好赶上下楼的电梯，没有浪费时间等待。两分钟之内，我预备打开自己的房门。

问题就此解决。

我对自己挺骄傲的。

卡拉在房间里面，又是没穿衣服。

"嗨，"我招呼，"请你套上袍子。"

"嘿，哎，如果你介意的话。"她说得轻松自如，顺手套上浴袍。哈，又解决一个问题。采取行动,有话直说,这两个方法显然是改善我生活品质的重点。

"谢谢。"我说,"你不去参观审判法庭吗?"

"我们这些人类不在受邀之列,"她说,"改成自由时间,稍后乔维斯要带我去俱乐部,听说痛苦之吻是一个很极端的地方。"

"你要当心,"我提醒,"如果有很多吸血鬼在场,再加上一两位流血的人类,就有可能发生不好的事情。"

"我能够应付乔维斯。"卡拉信心满满。

"不,你不能。"

"他为我痴狂。"

"痴狂也有清醒的一天,或者哪天碰到一个比他高阶的吸血鬼刚好看上你,乔维斯就会面临冲突。"

她犹豫了一秒钟,那种表情应该很少出现在卡拉脸上。

"你呢? 我听说你现在和艾瑞克连结在一起。"

"只是一阵子,"我说得非常认真,"效果会消退的。"

我绝对不会再跟吸血鬼去任何地方,我向自己保证,因为金钱的诱惑和旅游的新鲜感把我扯进来,但只此一次,下不为例,神是我的见证人……想到这里,我忍不住哈哈大笑,那是郝思嘉,我不是她。"我再也不要挨饿了。"我告诉卡拉。

"啊,你晚餐吃了很多吗?"她问道,两眼盯着镜子在拔眉毛。

我哈哈大笑,真是忍俊不禁。

"你怎么了?"卡拉转过身来,关心地盯着我,"你好像怪怪的,苏琪。"

"只是受到一些惊吓,"我倒抽一口气,"再一分钟就没事了。"等我终于恢复自制的时候感觉像过了十分钟一样。审判法庭的时间快到了,坦白说,我也需要借由这个会议转移焦距,我匆匆洗脸、化妆,换上青铜色的丝衬衫,烟草色长裤搭同色系的羊毛背心和咖啡色皮鞋,再把门卡塞进皮包里,跟卡拉说完再见就离开了。

第十六章

吸血鬼乔丽看起来很凶悍,让我联想到《圣经》里面的雅亿,如果我记得没错的话,她是一位个性果断充满决心的以色列女性,把钉帐篷的钉子钉入敌人将军西西拉的头颅里,雅亿趁着西西拉沉沉入睡的时候这么做,就像乔丽也是在麦可睡着以后打断他的尖牙。虽然乔丽的名字让我吃吃窃笑,但是在她身上我看到坚强的毅力和决心,立即站在她那一边,但愿这些法官也能够从吸血鬼麦可少掉一颗牙的哀嚎声以外看到乔丽的立场。

虽然审判法庭的地点和昨天的会场一样,但是布置大不相同,所谓的法官都坐在舞台的长条桌后面,面对观众,共有三位,两男一女都来自于不同的州,其中一个是比尔,看起来冷静而镇定(一贯如此),另一位金发男性我不认识,女的吸血鬼个子娇小、长得很美,背部挺直,头发长得不得了。我听比尔称呼她是"戴莉亚",当她凝神倾听首先是乔丽其次是麦可的陈述时,圆圆的小脸蛋转来转去,好像在观看网球比赛似的。有一根木桩放在法官前面白色桌布的中间,我猜应该是吸血鬼所认为的正义象征。

两名抱怨的吸血鬼都亲自上场陈述,没有律师代表,他们先各自说完,再由法官提问,最后采用投票的多数来决定判决内容,形式上很简单,事实不然。

"你去折磨一个人类女孩?"戴莉亚问麦可。

"是啊。"他的眼睛眨都不眨地就承认了。我环顾四周,观众席里面只有我一个人类,也难怪整体进行的程序很简单,吸血鬼无须为了温血的观众群来粉饰太平,他们表现得就像只有自己人在场,呈现出真实的一面。我坐在出席的代表团成员当中——有瑞硕、乔维斯和克里欧——或许是他们掩盖了我的气味,也可能是一个胆怯的人类根本不算什么。

"她激怒了我,而我喜欢那种性行为,因此把她绑架回来小小地玩一下。"麦可说道。

"然后乔丽就反抗了,打断我的尖牙,看到了吗?"他张大嘴巴让法官看尖牙剩下的根部。(我纳闷他有没有去吸血鬼的展示区,有一个人工尖牙的摊位,看起来很逼真。)

麦可有一张天使般的脸庞,而他似乎不觉得自己做错事,而是想做就去做了,根本不管别人死活。并不是所有被转化的吸血鬼一开始都是神智稳定的正常人,有些过了几十年甚至几百年以后,变得没有良知又不知羞耻,随他们高兴的处决人类,而今他们享受了新秩序的开放性,得以昂首阔步地表现自己,享有不被木桩钉死的权利,却不愿意为了这样的特权承担义务,遵守基本的道德规范。

我认为断一颗尖牙的处罚太轻微,他竟然还有胆子来控告别人,显然乔丽的看法和我一样,她猛然站起身再一次朝他扑过去,大概想扳断他的另一颗牙吧,这场戏简直比"人民法庭"[①]或是"法官茉蒂"好看太多了。

金发法官及时抓住她,他的块头比乔丽大很多,而她似乎接受自己无法挣脱的事实,我发现比尔也把椅子往后挪开,以防后续发展需要快

---

① 人民法庭,美国最早的真人实事法庭秀,完全不采用演员,于一九八一年首播。

速采取行动的时候可以跳出来。

娇小的戴莉亚说道:"你为什么要反对麦可的行径,乔丽?"

"那个女孩是我一个员工的妹妹,"乔丽气得声音发抖,"在我的保护之下,如果愚蠢的麦可继续这样的行径,只会害大家再一次变成被猎杀的对象,他无法改正,连断了牙齿都制止不了他的冲动,我三次警告他闪人,他还是不肯,又一次当街引诱女孩回嘴,伤了他的自尊心,显然男性的骄傲远超过智慧和谨慎。"

"这是真的吗?"吸血鬼问麦可。

"她侮辱我,戴莉亚。"他口齿伶俐地回答,"那个人类公开侮辱我。"

"这个很容易。"戴莉亚宣布,"你们两位同意吗?"压制乔丽的金发男子点点头,坐在戴莉亚右边的比尔也跟着点头。

"麦可,你这种不智的举动和无法控制的冲动会引发反抗和报复。"戴莉亚说道,"你对警告置之不理,又故意忽略年轻女孩在另一个吸血鬼保护之下的事实。"

"你不可以这样! 你的尊严在哪里?"麦可大叫着站起来。

舞台后方的阴影处突然有两个男人走出来,当然都是吸血鬼,身材魁梧,他们抓住麦可,他大肆挣扎,喧嚣和暴力的程度让我有点惊讶,但是再过一分钟他们就会把麦可带到某处的吸血鬼监狱,平静的法庭会继续审理。

结果让我非常错愕,戴莉亚对着压制乔丽的吸血鬼点个头,他起身协助乔丽站起来,她露出开心的笑容,像黑豹似的跃上舞台,抓起法官桌上的木桩,瘦小的手臂用力一挥,木桩刺入麦可的胸膛。

现场只有我一个人大惊失色,双手捂住嘴巴才没有大声尖叫。

麦可火爆地瞪着她看,依然不住地挣扎,我猜是想要挣开双手把木桩拔出来,但是短短几秒钟之内一切就画上句点。两名吸血鬼拖走新尸体,乔丽眉开眼笑地步下舞台。

"下一案。"戴莉亚大声宣布。

接下来是吸血鬼小孩的案件,也牵涉到人类,他们进场时似乎不太醒目:一对卑微的父母和他们的吸血鬼代表(难道人类不得在这里做证发言吗?),以及"母亲"和她的"小孩"。

这个案子冗长又悲伤,父母因为失去儿子——小孩会走会跳会说话,却不搭理他们——的痛心程度几乎触手可及,好些人心有戚戚,尤其辛蒂露当众承认这对父母每个月给她小孩的生活津贴时,我不是唯一大喊"真丢脸!"的人。吸血鬼凯特为这对父母大声疾呼,显然她认为辛蒂露下流又卑贱,当母亲奇差无比,但是三位法官——全部换新,都是我不认识的人——判定应该遵守父母签订的书面契约,拒绝为孩子指定新的监护人。不过他们同时坚信契约也该顾及父母的权益,要求男孩遵守约定,花时间去探望他的生身父母。

主审的法官有一张尖尖的长脸,深色眼珠,把男孩叫过去站到他面前。"你应该尊敬和顺从这些人,这份契约也经由你签名了。"他说,"或许按照人类的法律你算未成年,但在我们看来,你和……辛蒂露一样有责任。"哇,要承认有辛蒂露这样的吸血鬼,他差点说不出口。"如果你企图恐吓人类的父母,或是对他们动粗、吸他们的血,我们就要剁掉你的手,等到手臂长回来以后,还要再砍掉。"

男孩本来就苍白的脸色吓成死灰色,他的生母甚至昏倒在地上,不过就他的骄傲和过度自信,完全没把可怜的人类父母放在眼里的习性来说,措辞这么强硬的警告确实是有必要的,我忍不住点头赞同。

噢,是啊,威胁一个小孩说要剁掉他的手,这样的判决好像很离谱。

但你如果在现场亲眼看到这孩子,很可能会认同审判的结果,况且辛蒂露也不是好东西,一开始转化她的人不光精神有问题,道德上也有瑕疵。

其实这些事根本不需要我在场,心里刚浮出这种念头的时候,女王从大厅后面的双扇门走进来,赛伯特和安竺亦步亦趋地跟在旁边,她穿着宝蓝色的丝质裤装,佩戴美丽耀眼的钻石项链和钻石耳环,看起来品位过人、温柔婉约、十全十美,安竺直接朝我走过来。

"我知道——"他开口:"苏菲安妮说我那样对待你是错误的,我不会道歉,为了她我会不择手段,其他人对我毫无意义可言,只是很遗憾自己没有更节制,以致做出让你懊恼的事情。"

如果这是一种道歉的话，铁定是我平生所见最差劲的方法，毫无诚意。所以我也只能回答："我听见了。"最多就是这样了。

苏菲安妮来到我面前，我尽力点个头。她道："接下来的时间我需要你和我在一起。"我回应："当然。"她上上下下瞥了我一眼，似乎希望我打扮得正式一点，但又没有人事先提醒我晚上所谓的商贸会议意味着需要盛装出席。

凯特雷先生匆匆走向我，一身高级西装配金红色丝质领带。"很高兴见到你，亲爱的，让我为你简短说明一下这个会议的项目。"

我摊开双手表示随时配合。"丹莎人呢？"我问道。

"她去找旅馆员工处理一些事宜。"凯特雷先生皱着眉头回答，"真是奇怪极了，楼下竟然多了一具棺木。"

"怎么可能？"棺木一定有主人，吸血鬼旅行的时候又不需要像备胎似的备用棺材，例如一个棺材装衣服，还有日常用的棺木。"他们为什么打电话找你？"

"听说上面有我们的标签。"

"可是我们的吸血鬼都有自己的棺木，不是吗？"我心头有一点焦虑不安，这时候我看到侍者像往常一样在人群中穿梭，其中一位看到我就转身走了，接着又瞥见跟随得克萨斯州国王走进来的巴里，又一次转换方向。

我正想叫一个吸血鬼过去拦住他，好让我有机会透视他的脑袋，随即察觉到自己竟然已经感染到吸血鬼专横的作风，侍者消失踪影，我来不及仔细察看，也不确定夹杂在穿制服的员工里面能不能认得出来，凯特雷先生依然在说话，我举起手来。"等一下……"我呢喃，侍者迅速转身的动作让我联想到其他似乎很怪异的事。

"请你专心，斯塔克豪斯小姐。"律师说道，我只得把思绪的线头暂时收起来。"这些是你要做的事情，女王的重建事务需要一些人的帮助，因此谈判的时候，你要尽力去听那些人是否光明磊落。"

这样的指导原则不够精确。"我尽力而为。"我说，"但我认为你应该去找丹莎，凯特雷先生，多一具棺木的事情真的很奇怪，感觉不太对劲,当时也多了一件行李箱,我已经放进女王的套房。"

凯特雷先生一脸茫然,显然认为旅馆这些多余的物品都是芝麻蒜皮的琐事,不值得他去留意,"艾瑞克有没有告诉你关于那个被谋杀的女孩?"我问道,他的神情专注起来。

"今晚我没有见到艾瑞克主人。"他说,"我会去问他。"

"感觉不对劲,但不知道是什么。"我有点自言自语,然后转身赶上苏菲安妮的脚步。

商贸会议的形式有点类似小市集,苏菲安妮在比尔的桌子旁边站着,他又回来销售电脑软件,帕梅拉在旁边当助手,很高兴他舍弃了阿拉伯女郎式的打扮,恢复平常的衣着。我心中在纳闷接下来的程序是什么,看起来只能静观其变,反正很快就知道了。率先走向苏菲安妮的就是早先担任法官的金发吸血鬼,"亲爱的夫人,"他亲吻女王的手,"你的美貌让我目不暇接,而你美丽的城市受到严重的损害更让我心痛。"

"受损的只是城市的一小部分。"苏菲安妮露出甜美的微笑。

"想到你所遭遇的难关让我充满绝望。"经过她的指正之后,对方停顿了片刻才继续,"你所统治的国家本来有丰厚的利润,而且声名远播……现在却走下坡路,希望能用我卑微的方式来提供帮助。"

"哪种方式的帮助?"苏菲安妮问道。

又一番奉承之后,发现佛洛瑞先生愿意奉送极大量的木材给新奥尔良,只要女王答应今后五年的国库总收入,给他百分之二当谢礼。他还带了会计师一起来,我好奇地盯着他的眼睛看,接着退后一步,安竺立刻来到我身边,我把脸转过去免得有人读唇语。

"木材的品质。"我的声音细微到如同蜂鸟拍动翅膀。

随后的交涉拖了很久,过程极其无聊,部分的供应者没有人类在旁边,我就爱莫能助,但是大多数都有。有些人类付了一大笔钱给吸血鬼当"赞助人",让他有机会进大厅,利用一对一的场合来讨好女王。等到第八号卖方一脸假笑地走到女王面前时,我已经忍不住哈欠连连。我发现比尔贩售吸血鬼电脑资料库的生意非常兴隆,以他那种内敛的个性,无论在解释或推销商品上面,真的是表现优异,何况这些吸血鬼大多对电脑怀着存疑和不信任的心。如果我再多听一遍"每年更新方案",真的会当场吐血,此外还有很多人类挤在比尔旁边,这些家伙的电脑知识远远超过吸血鬼,趁他们听得很专注,我就东扫描西透视一番,结果他们脑袋里装的都是百万赫兹、内存和硬盘这一类的事。

现场没有昆恩的影子,既然是变形人,我猜他的伤势应该完全复原了,而今缺席应该是一种征兆,这让我心情沉重,沮丧又疲惫。

女王邀请娇小美丽、断案果决的吸血鬼戴莉亚去她的套房小酌一杯,戴莉亚喜滋滋地答应了,我们一行人转移阵地到楼上,克里斯汀·巴洛克一直死缠不放,整个晚上黏在苏菲安妮身边寸步不离。

平心而论,他追求苏菲安妮的手法拙劣,我再一次想起昨晚曾经目睹有个男伴,手指像蜘蛛似的在女伴的背部搔痒,知道她怕蜘蛛,这么做可以诱惑她贴得更紧。我觉得头顶上仿佛多了一颗灯泡大放光明,不知道其他人是否都发现了。

我对旅馆经理的评价应声暴跌,如果他以为这种伎俩用在苏菲安妮身上有效的话,那他应该多用一下大脑思考。

附近没有杰克·普洛夫的踪影,不知道安竺派他去做什么,或许是某些微不足道的杂事,例如检查车子的油量等等,目前他还没有获取足够的信任,得以处理需要多费心的事情。杰克的年纪和狼人的背景都对他不利,需要加把劲用更多的努力来赢得信誉,偏偏杰克似乎欠缺这样的干劲,一直在回顾往日狼人的时光,心里积压了很多的抱怨和不平。

苏菲安妮的套房当然清洁过了,举凡吸血鬼住的房间只能等到入夜,他们离开以后才能进来打扫清洁,克里斯汀·巴洛克开始夸耀自己的丰功伟业,为了应付高峰会的需求,他额外找来很多帮手,但是这些人对于清理吸血鬼套房的工作都感到焦虑不安。巴洛克的叙述无非是要显示自己高人一等,可惜苏菲安妮并不领情,和几百岁的女王相较之下他太年轻,像个爱吹牛皮的青少年。

这时候杰克走了进来,先向女王致敬,并且在见过戴莉亚之后才过来坐在我旁边,我神情萎靡,椅子坐起来很不舒服,他拉了另一张过来坐。

"有什么新鲜事,杰克?"

"没什么,我去拿女王和安竺明天晚上看演出的票,就是吸血鬼版的'我爱红娘'①!"

我试着去想象,但实在想不出来。"程序表注明那是自由时段,你预备做什么呢?"

"我不知道。"他的语气当中有一丝奇特的疏离感。"生命的变化太大,实在难以预测接下来会如何,明天早上你要出门吗,苏琪? 或许逛街买东西? 怀特瓦街有一些很不错的商店,就在湖边。"

连我这个乡巴佬都听过怀特瓦街。"可能吧,但我不是很爱买东西。"

"你应该去,那里也有一些很棒的鞋店,还有梅西百货公司——你一定会喜欢那里,甚至会流连忘返,至少可以远离这个地方。"

"我会考虑。"我觉得有点困惑,"嗯,今天看到昆恩了吗?"

"看到一两次,我和法兰妮说过话,他们忙着预备闭幕典礼的道具和布置。"

"喔。"我说。对,没错,的确要花很多时间。

"打电话给他,叫他明天带你出去玩。"杰克说道。

我试着想象自己要求昆恩带我去逛街,呃,虽然不算是毫无可能性,但几率似乎不高。我耸一耸肩膀。"或许吧。"

他看起来高兴一些。

"苏琪,你可以走了。"安竺说道,我太累了,没注意到他靠过来。

"好吧,晚安,二位。"我站起来伸懒腰,发现蓝色的皮箱依然放在原来的地方。"噢,杰克,你必须把那个皮箱送回地下室,他们打电话通知我去拿上来,但是无人认领。"

"我再问问看。"他不置可否地回答,然后便离开返回他的房间。安

---

① "我爱红娘",一九六四年推出的百老汇音乐剧,后来在一九六九年改编成电影,由芭芭拉·史翠珊主演。

竺的注意力转回女王身上,戴莉亚正在形容她参加的婚礼趣闻,苏菲安妮听得笑嘻嘻的。

"安竺,"我压低声音说道,"我得告诉你,巴洛克先生和女王套房外面的炸弹有关连。"

安竺一脸震惊,好像有人把铁钉钉进他的肛门。"什么?"

"我猜他想吓吓女王,让她害怕。"我说,"或许他认为女王目前的处境很脆弱,一旦感觉生命受威胁,会需要强壮的男人来保护。"

安竺并不是表情丰富的类型,但是一瞬之间,错愕、嫌恶和不信任一一闪过他的脸。

"同时我也认为或许是他跟亨利·费斯说女王要杀他,因为他是旅馆老板,对吧?拥有每一间套房的钥匙,得以自由进出。亨利坚持要进行审判就是担心女王对他不利。所以啦,克里斯汀·巴洛克可以再一次扮演女王的大英雄,或许他不仅设下陷阱欺骗亨利,最后还派人杀了他。这样巴洛克可以充英雄又大献殷勤,把女王迷得头昏眼花。"

安竺露出非常奇怪的表情,似乎有点跟不上我的逻辑。"你有证据吗?"他问道。

"完全没有。但是今天早上我在大厅碰见杜纳提先生,他暗示我应该去看一下监视录影带。"

"快去看啊。"安竺催促。

"如果我去问的话,他一定被开除。你必须请女王开门见山地询问巴洛克先生,是否能够看一下埋放炸弹当时大厅的监视录影带。无论监视器是否黏了口香糖,总会有一点蛛丝马迹。"

"你先离开,免得他把这件事跟你联想在一起。"事实上,旅馆老板全神贯注在女王身上,否则以吸血鬼敏锐的听力,一定会意识到我们讨论的对象就是他自己。

我的身体虽然疲惫,内心却是心满意足,针对这一趟旅程他们所支付的费用,我实在赚得心安理得,毕竟能够掀开乐倍炸弹的谜团已经让我松了一口气,现在女王又知悉是克里斯汀·巴洛克在幕后搞鬼,以后就不会再有更多的炸弹事件,至于太阳兄弟会分支机构的威胁……呃,我只是道听途说,也没有证据显示是哪种形式的威胁,虽然弓箭场的命案还是无解,但是心情上已经比原先走进吉萨金字塔时要轻松一些,因为我认定弓箭杀手也是巴洛克指使的,或许是因为他发现亨利很可能从女王手中夺走阿肯色时,心有不甘又有些贪婪,所以找刺客来了断亨利,让女王得偿所愿。这些臆测似乎有不对劲和说不通的地方,但我累得头昏脑涨,一时理不清楚,宁愿把整个纠缠不清的谜团搁置下来,等休息够了再说。

我按下电梯的按钮,门开的时候,比尔跨了出来,手上抱了一叠订购单。

"今天晚上很有斩获喔。"我对着表格点点头,累得没有憎恨的力气。

"是啊,我们会因此发大财。"他的口气并没有很兴奋。

我等着他让路才能进电梯,但他依然杵在原地。

"如果能够抹灭我们之间发生的一切,我宁愿放弃这些。"他说,"但我们相爱的时间例外,而是……"

"你说谎的记录?你假装迫不及待地想和我约会,结果是迫于女王的命令?你想抹灭的是这些吗?"

"是的。"他毫不犹豫地承认,眼神非常坦率,"就是那些时段。"

"你给我的伤害太深,永远不可能再发生了。"

"你爱任何人吗?昆恩?艾瑞克?或是那个笨蛋吉比?"

"你没有权利问我这样的问题,"我说,"举凡和我有关的事情,你已经没有插嘴的余地。"

吉比?跟他什么关系?我是很喜欢那个家伙,他很可爱,只不过他聊天的话题就和树干一样刺激。我莫名其妙地摇摇头,径自搭电梯下到人类楼层。

卡拉跟往常一样不见人影,已经清晨五点了,她应该不会回房间,我换上粉红色的睡衣,把鞋子放在床边,免得睡醒之前,如果卡拉回来,我被迫在黑暗之中摸索找鞋子穿。

第十七章

我猛然睁开眼睛，就像卷得太紧的遮阳帘突然松开一样。

醒一醒，醒一醒，醒一醒！苏琪，事情不对劲！

巴里，你在哪里？

就在人类楼层的电梯前面。

我来了。

我套上昨天的衣服，舍弃高跟鞋，改穿橡胶底的便鞋，拿了皮夹，里面有房间钥匙、汽车驾照和信用卡，顺手塞进一边的口袋，手机放入另一边，就匆匆离开房间。门砰的一声重重关上，似乎透露出一种恶兆，旅馆空空的没有人影，气氛寂静，时钟显示是早晨九点五十分。

我必须经过长长的走廊再右转才能到电梯，一路上连个人影都没有，仔细一想其实并不太奇怪，大多数的人类都配合吸血鬼的作息，目前还在梦乡里面，但竟然连旅馆的员工都没有在清洁走廊。

所有细微的不安感一一闪过脑际，就像蛞蝓爬过后门，留下一道黏黏的痕迹，现在全都接合起来变成一股巨大的忧虑，怦怦的悸动不已。

我感觉自己就像置身在泰坦尼克号上，刚刚听到巨大的船体擦过冰山的响声。

我终于瞄见一个人影躺在地板上，因为突然被叫醒，整个人还处于昏昏沉沉的状态，像梦游似的，即使发现走廊躺了一个人也没有受到很大的冲击。

但我还是叫了一声，巴里从角落里跑过来，蹲在我的旁边，我把人体翻过来，竟然是杰克·普洛夫，躺在地上沉睡不醒。

他为什么不在房间里面？天亮了还跑来这里做什么？巴里连心里的思绪都充满惊慌。

你看，巴里，他躺的位置似乎对着我套房的方向，会不会是要来找我的？

的确，但是来不及。

有什么非比寻常的大事让杰克急忙跑来而不在房里预备白天睡觉？我站起身来绞尽脑汁思考，从来不曾听过吸血鬼竟然不知黎明将至，直觉上应该睡觉却跑出来。我回想和杰克的谈话内容，也想起之前有两个人类从他房里走出来。

"你这个混蛋！"我咬牙切齿地骂他，使出吃奶的力气踢了他一下。

"天哪，苏琪！"巴里骇然地拉住我的手臂，接着就从我脑中直接收到画面。

"我们必须找到凯特雷先生和丹莎。"我说，"他们不是吸血鬼，可以起得来。"

"我去叫赛西丽，她是我人类的室友。"巴里说道，我们分头进行，往不同的方向叫人，只能任由杰克躺在原地，我们无能为力。

五分钟后我们回到原处，幸好叫醒凯特雷先生是出奇的容易，而且丹莎和他同一个房间，年轻的赛西丽发型十分利落，看起来就是能干的女孩，巴里介绍她是国王新任的执行助理时，我一点都不惊讶。

我是个大笨蛋才会轻忽克罗瓦姬的警告，现在不止对自己很生气还非常自责，但我只能把情绪撇在一边，尽快采取行动。

"仔细听我刚刚想到的事情，"我已经在脑袋当中理出了一番头绪。"过去这几天某些侍者一直躲开我和巴里，显然是知道我们有特别的天赋。"

巴里点点头，似乎也有同感，但他脸上还浮现出一种怪异的罪恶感，只能等以后再探究了。

"我假设他们知道我们的身份，当然不希望被我们发现他们预备要做什么，我猜一定大事不妙，而且杰克·普洛夫也参与在其中。"

凯特雷先生本来有些不耐烦，现在开始紧张起来，丹莎睁大眼睛来回地打量我们。

"我们该怎么办？"赛西丽问道，这一问立刻让我大大的加分。

"问题在多余的棺木上，"我说，"还有女王套房里的蓝色皮箱。巴里，你也拎了一个皮箱上去，对吗？一样没有人认领？"

巴里回答："是的，皮箱还放在门厅那里，等待认领，我们本来以为会有人来问的，我预备今天送回行李部门。"

"我下去拎的皮箱也还在女王的起居室里面，幕后搞鬼的人应该是乔，他是行李部门的主管，就是他打电话通知我下楼去拿皮箱，其他人似乎都一无所知。"

"箱子会爆炸？"丹莎尖声问道，"地下室那些多余的棺材也有问题吗？万一地下室爆炸，整栋旅馆就垮了！"我不知道丹莎可以讲得这么有条有理。

"我们必须去唤醒他们，"我说，"把他们弄出去。"

"旅馆要爆炸了。"巴里还在适应这个念头。

"吸血鬼醒不来，"赛西丽就事论事地说，"他们做不到。"

"昆恩！"我同时想到太多的事情，以致钉在原地不动，一想到他，我立刻掏出手机按快速键，电话另一端传来他含糊的嗓音。"快离开！"我说，"昆恩，赶快带着你妹妹离开，旅馆要爆炸了！"等到他声音比较警觉以后，我随即挂断电话。

"我们也要救自己。"巴里这么说。

聪明的赛西丽冲到走廊的红色固定物启动火警警报，尖锐的噪音几乎要刺破我们的耳膜，不过对睡在这个楼层的人类很有功用，不过几秒钟，他们就匆匆跑出来。

　　"走楼梯!"赛西丽大吼着指挥,他们听话照做,我很高兴看到卡拉也夹杂在人群当中,但是向来容易辨认的昆恩却不在里面。

　　"女王在很上面的楼层。"凯特雷先生说道。

　　"这些玻璃帷幕能够从里面撞破吗?"我问道。

　　"'谁敢来挑战'①里面可以。"巴里说道。

　　"我们可以试着把棺木滑下去。"

　　"冲击力太强,会撞破的。"赛西丽说道。

　　"但是吸血鬼可以躲过大爆炸。"我指出。

　　"然后被阳光烤焦了。"凯特雷先生说道,"我和丹莎试着上楼去疏散女王他们那群人,用毛毯裹着,带他们去……"他绝望地看着我。

　　"救护车! 先打九一一! 他们会知道要送吸血鬼去哪里!"

　　丹莎拨了九一一,结果过度紧张又语无伦次,要求救护车启动来救援还没有发生的爆炸事件。"旅馆失火了。"她干脆这么说,反正这是未来的结果。

　　"快去!"我告诉凯特雷先生,甚至推了他一把,他匆匆赶往女王的楼层。

　　"赶快去疏散你的代表团。"我提醒巴里,他和赛西丽跑向电梯,虽然电梯随时都会有问题。

　　我尽全力疏散人类离开,凯特雷和丹莎去照顾女王和安竺……还漏了什么,艾瑞克和帕梅拉! 谢天谢地,幸好我知道艾瑞克的房间号码,我走楼梯,上楼途中碰到下楼的一群:两位布里特林精各自背着大背包,一起扛了一个大包裹,克罗瓦姬负责抬脚,贝坦雅抬着头部。那个大包裹铁定是肯塔基国王,他们真是负责到底,我缩在墙边先让他们经过,他们点点头,冷静得好像是出门去散步。

　　"是你启动火警警报吗?"贝坦雅说道,"无论太阳兄弟会的目标是什么,就是今天吗?"

　　"是的。"我说。

---

　　①　"谁敢来挑战",以真人实境比赛为主题的美国电视影集。

"谢谢,我们要离开了,你也要赶快。"克罗瓦姬说道。

"我们安置他以后就要回去了,"贝坦雅说道,"再见。"

"祝好运。"我答得有点愚蠢,仿佛训练有素似的爬上楼梯,等我推开第九层的安全门时,已经气喘如牛了,我看到走廊末端有一个女服务生推着推车,赶紧跑过去,结果已经被火警吓着的她看到我更加害怕。

"快把你的钥匙给我!"

"不行!"她是拉美裔的中年妇女,面对我疯狂的命令并不打算就此屈服,"我会被炒鱿鱼!"

"打开这扇门!"我指着艾瑞克的套房,"然后赶快离开!"我已经气急败坏,看起来一脸绝望。"这栋旅馆随时要爆炸了!"

她把钥匙丢给我转身就跑,沿着走廊跑向电梯——该死!

那一瞬间爆炸发生了,先是一阵从脚底深处遍传上来的震动和轰隆声,仿佛某种巨大的海底怪物试图翻升到海平面,我跌跌撞撞地冲向艾瑞克的房间,把塑料卡片插进门缝,在死寂之中推开房门,室内乌黑一片。

"艾瑞克! 帕梅拉!"我大吼,摸黑寻找电灯的开关,整栋建筑物不住地摇晃,至少上面一排的开关都坏了,噢,该死! 噢,该死! 幸好灯终于亮了,艾瑞克和帕梅拉双双躺在床上而不是棺木里面。

"醒一醒!"我大喊,帕梅拉靠得最近,我用力摇她,却毫无动静,好像一具装满锯木屑的布娃娃。"艾瑞克!"我对着他的耳朵尖叫。

总算有一点轻微的反应,他比帕梅拉的年纪大很多,微微地睁开眼睛,试图对准焦距。"什么事?"他说。

"你必须起来! 快一点! 你们要离开这里!"

"大白天!"他低声嘟哝,翻身侧睡。

这辈子我没打过任何人,这次只好破例了,我用力打他,再一次大叫:"起来!"声音叫到快沙哑了。艾瑞克终于有了动静,勉强坐了起来,身上穿着黑色丝绸睡裤,谢天谢地,早先在仪式上使用的黑色斗篷就披在棺木上面,还没有还给昆恩,真是太幸运了。我把斗篷披在他身上,脖子处扣起来,把帽子罩在他头顶上。"盖着你的头!"我大吼,头顶上方传来轰然一声巨响,玻璃被震碎了,接着是刺耳的尖叫声。

若不是我一直逼他醒过来,艾瑞克一定倒回去睡,但他至少试着保持清醒,我想起上一次在紧要关头下,比尔勉强能够摇摇晃晃地走几步,至少也撑了几分钟的时间,然而帕梅拉和比尔大约是同年纪,却没办法被唤醒过来,即使用力扯她头发都没用。

"你必须帮我把帕梅拉弄出去,"我终于绝望地放弃了,"艾瑞克,你必须帮忙!"远处又传来另一个轰隆声,地板开始有点倾斜,我吓得大叫,艾瑞克睁大眼睛,脚步蹒跚地站起来,他和我似乎心有灵犀,就像我和巴里能够用思绪沟通一样,两个人同心齐力地把他的棺材推到地板上,再一起推向建筑物外侧不透光的玻璃帷幕边缘。

我们周围的一切开始颤抖晃动,艾瑞克的眼睛睁得更大,努力维持全神贯注,强迫自己的双脚移动,他的力量给了我鼓励。

"帕梅拉!"我继续催促他移动,绝望地摸索了半天,终于掀开棺木的盖子,艾瑞克的双脚好像黏在地板上,每走一步都很费力,终于硬生生地走向他沉睡的孩子,双手抓住帕梅拉的肩膀,我抬她的脚,连同毛毯一块儿把她抬起来。地板再度开始摇晃,这一次的程度剧烈很多,我们两个跟跟跄跄地走向棺材,把帕梅拉丢了进去,随即关上盖子拴住,唯有帕梅拉睡衣的衣角露在外面。

我想到比尔,瑞硕的脸孔也跟着闪过眼前,可是我分身乏术已经爱莫能助,实在没有多余的时间了。"我们必须把玻璃撞破!"我对艾瑞克尖叫,他慢吞吞地点头,我们一起跪在棺材后面用身体抵住,使出全身的力气用力一推,棺木撞向帷幕,玻璃裂成上千个碎片,却出其不意地还黏在一起——这就是安全玻璃的奇迹。我气急败坏,几乎沮丧得大叫,我们需要一个破洞,而不是玻璃窗帘。我们压低身体,脚趾头抵住地板,不去管周围不断传过来的喧嚣和噪音,再一次使出全部的力气。

终于天从人愿!棺木直接撞穿帷幕,窗户的结构挡不住冲击,像瀑布似的往下掉在建筑物旁边。

一千年来这是艾瑞克第一次看到阳光,他随即大叫一声,叫声凄厉又恐怖,接下来的瞬间,他用斗篷紧紧地裹住身体,拉住我纵身一跳,跨在棺材上方，再用两只脚一蹬，在那紧急的瞬间，我们悬在半空中，处于平衡的状态，随后就往前倾斜，接下来就是我一生中最可怕的时刻，我们骑着棺木如同往下滑的雪橇一样，从窗户俯冲而出，可能就此摔死，除非——

我们突然脱离棺木，有点像在半空中摇摇晃晃地走路，艾瑞克死命地紧紧抱住我，坚持不松手。

我如释重负地喘了一口气，艾瑞克当然会飞啰。

不过在光线刺激又昏昏欲睡的情况下，他没办法飞得很平稳，因此这次的进展不像以前那么的顺利，有一点弯弯曲曲又碰碰撞撞。

但还是比自由落体的下坠方式好多了。

艾瑞克得以缓和我们的降落速度，让我免于摔死在旅馆外面的街道上，不过帕梅拉所藏身的棺木就没有这么幸运了，重重着地之后，木头当然裂开，帕梅拉被弹到外面，动也不动地躺在太阳底下，没有发出任何声响，直接曝晒灼伤，艾瑞克扑到她身上，用毛毯包住他们两个，帕梅拉的脚露在外面，皮肤开始冒烟，我赶忙将它遮起来。

我听到救护车的汽笛声，赶紧拦下第一辆，救护人员从车上跳下来。

我指着毛毯隆起的地方。"两位吸血鬼——赶快把他们抬离太阳底下！"

两位年轻女性的医护人员错愕地对看了一眼。"我们要怎么办？"其中一位问道。

"送到某处的地下室，最好是没有窗户的地方，记得吩咐屋主地下室的门不要关，因为还有更多的要送进来。"

在旅馆高处某一间套房里面又传出爆炸的声响，我猜是皮箱炸弹，不知道乔究竟要求多少人拿皮箱上楼，我们仰头一看，一片片的碎玻璃在阳光下闪闪发亮，接着是黑黝黝的东西随着玻璃往外飞落，医护人员开始发挥他们训练有素的一面，没有惊慌，但是动作迅速无比，开始讨论附近的建筑物里面有哪一栋的地下室最宽敞，便于利用。

"我们会通知所有的人。"深肤色的女人说道，帕梅拉已经被送上救护车,艾瑞克也在半途。他的脸颊红通通的,嘴唇不断冒出蒸气,噢,天哪。"你打算做什么?"女人问道。

"我必须进去救人。"我说。

"傻瓜。"她说着跳上救护车,扬长而去。

上方有更多的碎玻璃像雨花似的飞洒下来,底部楼层有一部分开始倒塌了,这应该是因为装满炸药的棺材堆在卸货区的缘故,第六层随即发生另一波爆炸,不过是在金字塔的另一边,此起彼落的噪音和应接不暇的景象让我的感官变得有些迟钝,即使看到蓝色皮箱凌空飞出来也不觉得震惊,凯特雷先生成功地打破女王套房的窗户,我突然察觉到皮箱完好无缺,没有爆开,而且直接朝我飞过来。

我拔腿狂奔,仿佛回到打垒球的日子,从三垒一路奔向本垒板,最后是滑垒进去,目标正是马路对面的公园,因为是紧急事故,警车、救护车和消防车通通都赶到了,马路的交通整个封闭起来,前方的警察背对着我,跟另一个同僚比画着说话。"趴下!"我大叫,"炸弹!"她猛然转过身来,我扑过去把她一起拉倒在地,一个不明物体击中我的背,呼——空气整个从肺部被推出去,漫长的一分钟后,我才从她身上爬起来,摇晃地站起来,空气中弥漫着火焰和灰尘的气味,但是能呼吸的感觉真棒,警员大概对我说了一些话,我什么都没听见。

我转身看着吉萨金字塔。

旅馆一部分的结构开始倒塌,轰然向下陷落,所有的玻璃、水泥、钢筋和木头顿时在压力下变成断垣残壁,构成旅馆空间——包含房间、浴室和走廊——的墙壁也不能幸免跟着垮了,顺势把许多住客埋在其中,旅馆的结构和住房的客人全都混为一体。

但是人类楼层、夹层楼和大厅还有一部分屹立不摇,唯有登记柜台附近的地方被摧毁了。

我看到一个熟悉的物体,就是棺木,盖子因为摔下来的冲击力而被震开,阳光一射进去,里面的生物发出哀嚎声,我匆忙赶过去,旁边刚好有一片石棉板的墙面,我拖过去遮住棺材,挡住阳光以后,里面的吸血鬼随即寂静下来。

"救命！"我大喊，"快来帮忙！"

几个警察朝我而来。

"还有一些人类和吸血鬼活着，"我说，"吸血鬼只要遮起来就好。"

"先救人类。"一位老警官说道。

"当然。"我立刻同意，嘴巴虽然这么说，心里却在想，放置炸弹的又不是吸血鬼。"只要拿东西遮住吸血鬼，他们就可以存活，直到救护车把他们运送到安全的地方。"

旅馆朝南的那部分矗立在原地，我抬起头，看到凯特雷先生站在空的结构上，玻璃都碎光了。他奇迹似的下到人类楼层，手上抱着一团床单裹住的物体，紧紧地抱在胸前。

"你看！"我告诉消防队员，"那边！"

一看到有活人等待救援，他们即刻采取行动，显然比较热衷救活人，至于那些在太阳底下可能冒烟致死的吸血鬼，只要稍微遮一下就能存活的，他们反而没什么兴趣。我想指责他们，却是不能。

这时候我第一次注意到有好些过路的人下车来帮忙——或是看热闹，也有一些人大叫："烧死他们！"

看到有消防队员走过去帮忙凯特雷先生和他的重物时，我才转身穿梭在断垣残壁之间搜寻。

刚开始我有一点沮丧乏力，灰尘扬起的烟雾遮住了阳光，存活者的尖叫声、结构解体的呻吟声和救援人员此起彼落的呼喊以及到场运作的救援机械等等的杂音……几乎让我招架不住。

直到后来我偷了一件救援人员穿的黄夹克和工地安全帽，终于得以靠近找到两名吸血鬼，一个我认识，他倒在柜台附近的废墟里面，被上面楼层掉下来的碎片压住，一大片木头显示那里原本是登记的柜台。一个吸血鬼被烧得很严重，不确定能不能撑下去，另一位躲在木头底下，只有露出来的脚和手被灼伤烧黑。我一大叫救命，就有毯子盖住了他，"我们在两条街以外找到一个房子，用来当吸血鬼的栖息处。"救护车驾驶员接手处理伤势比较严重的那位吸血鬼，原来她就是一开始送走艾瑞克和帕梅拉的人。

除了吸血鬼以外，我还找到一息尚存的陶德·杜纳提，陪了他好几分钟直到担架抬走他为止，在他附近还有一个女仆，已经一命呜呼了。

我一直闻到某种不肯散去的气味，真是受不了，感觉就像附着在肺里面，可能终此一生都要呼吸这样的味道，气味里混杂着燃烧的建筑材料、烧焦的尸臭和分解的吸血鬼，一起构成了憎恨的臭味。

眼前看到的景象惨绝人寰，让我根本不忍心去想。

突然间我再也搜寻不下去了，一定要坐下来，一根大管子和好些石棉板堆在一处吸引我走过去，一坐下来就忍不住开始啜泣，然后那堆东西突然移位，我跌坐在地上，继续痛哭不已。

移开的杂物堆露出一个洞穴，我探头看进去。

比尔缩在里面，半边脸烧坏了，身上依然穿着昨天晚上的衣服，我弯腰趴在上面挡住阳光，他用裂开和血淋淋的嘴唇说了一声："谢谢。"不时沉沉浮浮在白天的昏睡状态。

"天哪，"我说，"快来帮忙！"我大叫大嚷，看到两个男人拿着毛毯走过来。

"我就知道你会找到我的。"是比尔这么说，还是我的想象？

我一直用怪异的姿势趴在那里，附近实在没有足够的东西可以用来像我这样地盖住他，那股气味让人反胃，但我支撑下去，他之所以存活到现在，就是因为意外的被废弃物遮住了。

有个消防队员受不了吐了，他们终于把他盖起来抬走。

我看到另一个穿黄夹克的家伙飞快地越过废墟走向救护车，让人很担心他会摔断腿，随后我察觉到人类的信号，立刻认了出来，跌跌撞撞地爬过一堆堆断垣残壁，依循着我最想找到的男人的脑波方向，昆恩和法兰妮躺在那里，被一堆东西埋住，法兰妮昏迷不醒，脑袋在流血，幸好血迹已经干涸了，昆恩有点昏昏沉沉，不过终于清醒过来，清水从他脸上的灰尘里流出一道痕迹，我想应该是刚刚那个男人帮忙给昆恩补充水分，急着去拿担架过来抬人。

他试图露出笑容，我双脚着地跪在旁边。"我们很可能要改变计划了，宝贝，"他说，"我至少要照顾法兰妮一两个星期，等她恢复，因为我们的妈妈毕竟不是南丁格尔。"

我努力不要哭,可是很困难,就好像眼泪的水龙头一旦转到"开"就没办法叫它立刻关起来,不是嚎啕大哭,但泪水就是汩汩直下,蠢极了。"做你必须做的事情,"我说,"等可以的时候再打电话给我,好吗?"我最痛恨听到别人老是说"好吗?"好像在寻求允许一样,但是我实在找不出别的话。"你还活着,这才是最重要的。"

"非常谢谢你,"他说,"如果你没打那通电话,我们肯定活不了,就算火警铃响起,我们还是有可能无法及时逃出房间。"

几英尺以外传来呻吟的声音,就像一声轻微的叹息,昆恩也听见了,我爬过去,推开一大块马桶和水槽的残骸,被埋在灰尘和碎裂物底下,还有好几片石棉板遮住的竟然是失去意识的安竺,我飞快瞥了一眼,他有好几处严重的伤势,可是都没有在流血,应该会完全复原,真该死。

"是安竺。"我告诉昆恩,"受了伤,但还活着。"我的声音或许很阴沉,因为这符合我的心情。就在他的脚边有一块长长的木片,看起来好顺眼,让我蠢蠢欲动很想下手。安竺的存在对我的自由意志和我所享受的生活而言是一种威胁,偏偏这一天我已经目睹过太多的死亡,不愿意再多添一桩。

我蹲在旁边,心里好恨他,毕竟……我知道他的为人,听起来应该很容易,就是下不了手。

我离开他躺的地方,回到昆恩身边。

"那些家伙会来救我们的。"他的嗓音逐渐变得强壮有力。"你可以离开了。"

"你要我离开?"

他的眼神别有含意,看得我一头雾水。

"好吧。"我犹豫地说,"我先走。"

"我已经有人帮忙,别担心,"他温柔地说,"你可以再去搜寻其他人。"

"好吧。"我不知道要作何反应,只好站起身来,大约走了两码远就听见他开始爬行的声响,僵在那里半晌,继续往前走开了。

我往回走到救援指挥中心附近,那里停了一辆厢型车,黄夹克如同神奇的通行证,不过随时有失效的可能性,迟早会有人注意到我穿着睡衣,还被剐得支离破碎,根本不符合搜救的装备,有个女人从厢型车上递来一瓶水,我颤抖地打开,仰头就喝,一连灌了好几口,剩下的水倒在脸和手上,虽然空气中还带着寒气,感觉舒服极了。

这时候距离第一次爆炸的时间大约已经过了二(或四或六)小时吧,新一组的搜救队带着设备、器械和毛毯赶来现场,我左顾右盼地搜寻,想找个权威人士来探问一下,查询其他的人类被送到哪里去,这时候突然有个声音传入我的脑际。

苏琪?

巴里!

你现在的状况怎样?

吓坏了,不过没有受伤,你呢?

一样,赛西丽死了。

真遗憾,我实在想不出其他的话来说。

我想到有些事情我们可以做。

是什么?我的口吻大概有些兴味索然。

我们可以寻找活人,两个人联手更好。

我已经在做了。我告诉他,不过你说得对,联手的效果更强大。同时我已经精疲力竭,一想到还要继续努力就觉得头皮发麻。当然可以——我最后说。

如果这堆残余物跟纽约市的双塔一样恐怖得堆积如山,我们就爱莫能助了,幸好地点小很多,在范围局限的状况下,如果能够找到人愿意相信我们,救人的机会不是没有。

巴里就在指挥中心附近,我抓住他的手,他比我年轻,但是现在看起来老很多,以后应该也不会恢复之前的青涩模样。我扫视那排在公园草地上的尸体,发现赛西丽在其中,还有在走廊丢钥匙给我的女仆,也有一些勉强具有人类外形但逐渐分解的吸血鬼,或许有些是我认识的,但已经难以辨认了。

只要可以多救一些生命,就算被羞辱也只是微小的代价,因此巴里和我联手预备被人耻笑和嘲弄。

一开始没有人肯听，专业人士一直介绍我们去死伤中心或是去找救护车，它们就停在路边随时预备送人去罗兹市的医院。

最后我和一个灰头发、脸颊消瘦的男子面对面，他偏着头聆听我说的内容，但是面无表情。

"我没想过要救吸血鬼。"他说，仿佛这样足以解释这种决定的原因，或许这的确是事实。"嗯，你们带这两位一起去，让他们知道你们可以做什么，他们的时间很宝贵，就给你十五分钟，如果浪费了，某个人可能因此死掉了，来不及急救。"

这是巴里的主意，现在却要我带头发言，他因为烟雾搞得灰头土脸、黑黢黢的，我们无声地讨论了一下，寻求最好的方案，最后我转向消防队员。"把我们放进那种吊篮里面。"

他们竟然没有多问就同意了，真是惊讶，我们被吊到废墟上方，没错，这样很危险，是的，我们愿意承担后果。巴里和我依旧四手交握，闭上眼睛开始搜寻，运用大脑往外接触。

"移到左边。"我跟一起坐进吊篮的消防队员说道，他对着操控台的同伴打手势。"注意看我。"我说，他回头看着。"停。"我命令，篮子停住了。"就在正下方，这底下有一个女人名叫珊蒂歌。"

几分钟之后，欢呼声响起，他们找到她了，人还活着。

那之后我们大受欢迎，再也没有人质问我们是如何做到的，只要救人就对了。救援人员一心只想救援，有的带来搜救犬，有的架起麦克风，但是巴里和我的速度比救援犬更快，更能清楚表达，效率也比麦克风精确，随后又找到四个存活的人类，一个男人等不到救援到达就过世了，死者名叫雅特，深深爱着他的妻子，死前备受煎熬，到最后一刻都很痛苦。雅特最令人心碎，虽然我说已经来不及了，他们还是拼死命地想要把他挖出来，他们当然不会采纳我的意见，依然继续挖掘，但他终究支撑不住先走了。直到这时候，搜救队员对我们的能耐兴奋不已，希望连夜持续下去，可是巴里开始失灵，我也好不了多少，而且最糟糕的是夜晚降临了。

"吸血鬼要醒来了。"我提醒消防队长,他点头看着我,期待进一步的说明。"他们的伤势很重。"我说,队长还是一脸莫名其妙的表情。"马上需要补充血液,而且毫无自制力,我不会放任搜救队员独自一个人在废墟中行走。"我说,他陷入了思考。

"你不认为他们都死了吗?你无法找到吗?"

"呃,事实上做不到,我们找不到吸血鬼,人类可以,活死人不行。他们的大脑不会发出任何的……嗯,脑波,我们必须离开了,存活的人在哪里?"

"都在松恩大楼,就在那边。"他给我们指出方向。我们转身走开,巴里一只手挂在我的肩膀上,不是表达亲昵,而是需要人支撑。

"让我抄下你们的姓名和地址,好让市长亲自谢谢你们。"灰头发的家伙拿出纸和笔预备。

不要!巴里说道,我闭上嘴巴。

我摇头以对。"没有必要。"我飞快探入对方的大脑,他贪婪地希望得到更多的帮助,我突然明白巴里匆匆制止我的原因,因为他已经累得没办法亲口告诉我。

"你愿意为吸血鬼工作,却不想留下来,因为这可怕的一天而被当成功劳者之一?"

"是的。"我答,"可以这么说。"

他不太高兴,我以为他会锲而不舍继续逼进,甚至抢夺我的皮夹翻看证件,或是把我抓去坐牢等等,后来他勉强点点头,指着松恩大楼的方向。

有人会试图找出我们的身份,巴里提醒,利用我们的能力。

我叹口气,现在累得连呼吸都觉得费力,我点头以对。是啊,肯定有。如果我们跑去收容中心,肯定有人注意到,只要到处打听一下有谁认识我们,那之后就很难再隐藏身份了,迟早会被找到的。

我想不出办法要怎么避免去那里,我们必须找人帮忙,也得知道代表团的下落以及何时可以一起离开这里,同时还要查询存活和死伤的名单。

我拍拍后面的口袋,惊讶地发现手机还在,而且也有通话的电力,我打给凯特雷先生,活着离开吉萨金字塔的人当中,除了我以外,如果还有人带手机的话，一定是律师了。

"是。"他谨慎地回应，"斯——"

"嘘嘘，"我交代道，"不要把我的名字说出来。"我变得神经兮兮、战战兢兢。

"好吧。"

"我们在这里帮忙，现在他们希望更进一步查询我们的身份。"想到自己如此疲倦还能保持戒备，实在挺聪明的。"巴里和我就在你们的建筑物外面，需要找地方栖身，里面有很多人在登记资料，对吧？"

"的确很热闹。"

"你和丹莎还好吗？"

"她在失踪名单内，我们走散了。"

我有好几分钟没有开口。"我很遗憾，他们过去救你的时候，你抱的人是谁？"

"女王，她也在这里，但是伤势严重，可是找不到安竺。"

他停顿下来，我强忍着道："还有谁？"

"乔维斯死了。艾瑞克、帕梅拉、比尔……有烧伤，但是人在这里。克里欧·贝比特也在，瑞硕没有看到。"

"杰克·普洛夫呢？"

"也没看到他。"

"万一看到他的话，你或许会想知道他要承担部分的责任，他似乎参与了太阳兄弟会的计划。"

"啊，"凯特雷先生记住了，"噢，是的，我当然想知道，尤其是乔罕·葛雷司波更有兴趣得知这个消息，他不只断了几根肋骨，还断了一根锁骨，非常非常的生气。"这一点说明了乔罕·葛雷司波的邪恶程度，以至凯特雷先生认定他和吸血鬼一样有仇必报，不会放过别人。"你怎么会知道有阴谋呢，苏琪小姐？"

我把克罗瓦姬的话转告给凯特雷先生，现在她和贝坦雅应该已经返回她们来的地方，所以没问题了。

"看起来艾萨国王这笔钱花得非常有价值。"凯特雷先生的口吻是思索而不是羡慕。"艾萨人在这里,完全安然无恙。"

"我们必须找地方睡觉,可以麻烦你转告得克萨斯国王说巴里和我在一起吗?"我想要挂断电话,开始做计划。

"他受伤很重,无暇他顾,根本没有察觉到。"

"好吧,通知得克萨斯州代表团的任何人都好。"

"我看到了约瑟夫·韦拉克兹,但是蕾切尔死了。"凯特雷先生忍不住说,必须把所有的坏消息告诉我。

"斯坦的助理赛西丽也死了。"我说。

"你们要去哪里?"凯特雷问道。

"一点头绪都没有。"我浑身乏力又绝望,一时之间这么多的坏消息让我深受打击,需要时间才能再一次振作起来。

"我派计程车去接你。"凯特雷先生建议,"我可以跟那些好心的义工问电话号码,告诉司机说你是救援小组之一,需要车子送你去最近最便宜的旅馆投宿一个晚上,你有信用卡吗?"

"有,还有签账卡。"我说道,非常庆幸当时记得把皮夹塞进口袋里。

"不对,等等,一旦使用信用卡就有可能追踪到你身上,有现金吗?"

我检查了一下,主要得感谢巴里,我们身上加起来总共有一百九十美元,我跟凯特雷先生说明我们的现金绰绰有余。

"那就去住旅馆吧,明天再打电话给我。"他的语气突然显得很疲惫。

"谢谢你的建议。"

"也谢谢你的警告,"律师礼貌地说,"如果你和巴里没有叫醒我们,大家肯定都死光了。"

我把黄夹克和安全帽丢在一边,和巴里两个人慢吞吞地前进,彼此支撑着,后来甚至靠在一片水泥墙边稍做休息,相互搭着肩膀。我试着告诉巴里为什么要这么做,但他不在乎,我很担心随时会有灾难现场的警察拦住我们,盘问我们在做什么,要去哪里以及我们的身份。一辆计程车慢慢行驶过来,司机一直探头望向窗外,我立时松了一口气,强烈到反胃的程度。这辆车一定是来接我们的,我狂乱地挥手示意,这辈子从来没挥手招过计程车，这次开了眼界，就像电影一样。

瘦得像竹竿的计程车司机来自于圭亚那，其实不太想让我们这种脏兮兮的家伙上车，但又不忍心拒绝这样的可怜虫，结果"最近"的便宜旅馆就在一英里外往市区的方向，如果有力气的话走路就到了，至少计程车资不至于贵得吓人。

即使是中价位的旅馆，柜台人员看到我们的模样也是面有难色，不过今天终究是慈善日，要同情碰到爆炸的人。若不是已经见识过吉萨金字塔的套房价目表，这里的价位一定让我咋舌不已，房间本身不大，反正我们需要的也不多，入房不久就有女服务生来敲门，说要帮我们洗衣服，因为我们什么换洗的衣服都没有。她一个劲低着头说话，似乎不想让我尴尬，她的仁慈让我非常感动，立刻同意了。随即转向巴里询问，发现他已经昏睡过去，我把他扶上床铺，感觉就像照顾吸血鬼一样不太舒服，我紧紧地抿着嘴唇，无奈地替他脱掉衣服，接着处理自己的衣服，一起放入塑料袋里面，才把脏衣服交给好心的女服务生。我拿了一条毛巾替巴里擦脸、手和脚，才拿被子给他盖住。

我必须洗个澡，谢天谢地，浴室有洗发精、香皂、护发素和护肤乳液，还有冷热的自来水，热水更是让人心旷神怡。好心的女服务生甚至给了我两支牙刷和一管牙膏，好让我刷掉灰烬的气味。我在水槽里洗了内衣和裤子，再用大毛巾吸水，这才晾起来晒干。至于巴里的衣服，我通通交给女服务生了。

终于做完必要的琐事，我上床躺在巴里旁边，现在自己闻起来香喷喷的，他的味道却没有变，不过也没办法不是吗？我可不想吵醒他。我翻身侧躺背对着他，突然想起那条空旷的长廊真的好吓人——这不是很好笑吗？历经如此恐怖的一天，竟然只想到可怕的走廊？

相较于爆炸现场的骚动和喧嚣，这个房间显得寂静无比，床铺睡起来也舒服，而且我的味道很香，身体也没有受伤。

我沉沉睡去，一夜无梦到天亮。

第十八章

醒来的时候自己一丝不挂,旁边躺了一个不太熟悉的男人,我知道天底下肯定还有比这更糟糕的事情。但是隔天早上我猛然睁开眼睛,整整五分钟里面脑袋一片空白,什么都想不起来。巴里也醒了,这一点从大脑意识一出现就知道了。幸好他溜下床铺,一言不发走进浴室里,不久就听到淋浴的水声。

洗干净的衣服已经挂在室内的门把上面,还有一份《今日美国》报,我匆匆忙忙套上衣服,把报纸摊开在矮桌上,同时煮了一壶咖啡,还把装着巴里衣服的塑料袋伸入浴室门内,先招手吸引他注意之后,才丢在地板上。

我看过客房服务的菜单,手头上的现金不容我们太阔绰,现在还不知道下一步要怎么走,所以必须留着现金预备搭计程车。巴里跨出浴室,看起来跟我昨晚一样的神清气爽,他出其不意地亲一下我的脸颊,在对面坐下来,端着一个保温杯,里面的东西有点像咖啡。

"我对昨天晚上的记忆很模糊,"他说,"说说看我们是如何来到这里的。"

233

我一五一十地说了。

"我这一招太聪明了,"他说,"连我自己都忍不住敬佩。"

我听了哈哈大笑,他比我早一步昏睡过去的事实的确损及男性的尊严,不过至少他可以用幽默的方式嘲弄自己。

"因此我们需要打电话给你的恶魔律师?"

我点点头,已经十一点了,我开始拨电话。

凯特雷先生立刻接听。"这里有很多耳目,"他说得直截了当。"就我所知,手机也不是安全的通讯方式。"

"好的。"

"再一会儿我就过来找你,顺便带一些你需要的物品,你在哪里?"

我满怀忧虑地说了旅馆地址和房间号码,凯特雷先生叫我耐心地等,直到他说这句话之前我都没有多想,现在突然开始忧心忡忡,心里七上八下,仿佛我们现在在逃亡,虽然不应该是这样,我看了报纸,根据报导,吉萨金字塔的灾难起源于"连环爆炸",本地反恐小组的指挥官丹·布鲁直接指称现场有很多颗炸弹,至于消防队长的说法并没有这么武断,他只说:"我们正在进行调查。"但愿真的在调查。

巴里说道:"趁着等待的时间,我们可以上床。"

"我比较喜欢你昏睡的时候。"我了解巴里试着不要去想某些事情,不过这样的提议绝对行不通。

"昨天晚上是你帮我脱掉衣服的?"他色迷迷地说。

"没错,就是我,好幸运喔。"我对着他微笑,连自己都觉得诧异。

敲门声让我们面面相觑,就像受到惊吓的鹿。

"你的恶魔先生。"巴里确认过后才说道。

"没错。"我起身去开门。

凯特雷先生没有碰到好心的女服务生,他依旧穿着昨天的脏衣服,但依旧维持外表的尊严,手和脸都很干净。

"请进,大家都好吗?"我问。

"苏菲安妮失去双腿,不确定能不能复原。"他说。

"噢,天哪。"我忍不住瑟缩。

"爆炸过后,赛伯特摔入停车场,就此躲在一个安全的地方,"他继续说道,"直到天黑才挣开残破的碎片爬出来,我猜他一定找了人吸血,才会看起来那么健康。如果真是这样,尸体一定被他推进火里,否则应该会发现一具被榨干血液的尸体。"

希望捐血的刚好是太阳兄弟会的人。

"你的国王,"凯特雷先生告诉巴里,"伤势很重,可能要十几年才会恢复,状况弄清之前,由约瑟夫·韦拉斯克兹主掌大权,不过很快就会受到挑战了,国王的孩子蕾切尔死了,或者苏琪已经说过了?"

"对不起,"我说,"坏消息实在太多了,一时还没说到那里。"

"苏琪说——人类赛西丽也过世了。"

"丹莎找到了吗?"我有些迟疑,凯特雷先完全没有提到他的侄女,状况一定不乐观。

"还是下落不明。"他简洁地回答,"那个卑劣的家伙葛雷司波竟然只受了轻伤。"

"两件事我都很遗憾。"

巴里的表情有点木然,原先轻佻的情绪消失无踪,一个人坐在床边显得很渺小,我在吉萨金字塔大厅所碰到的那位骄傲自信、重视穿着的家伙好像躲起来了,至少眼前是这样。

"乔维斯的部分我说过了,"凯特雷先生继续说,"今天早上我去指认他女友的尸体,她叫什么名字?"

"卡拉,至于姓什么我忘记了。"

"只要有名字应该就足以辨认了。还有一个死者身上穿着制服,口袋里面有一张电脑打印的名单。"

"上面的资料不会齐全的。"我相当肯定。

"不,当然不会,"巴里说道,"只有一部分。"

我们瞪着他看。

"你怎么知道?"我率先发问。

"听来的。"

"什么时候?"

"就在前一天晚上。"

我用力咬住嘴唇没有开口。

"你听到什么?"凯特雷先生冷静地问道。

"我和斯坦一起去那个买卖交易的地方,发现有几位侍者行径诡异,不断躲着我,同时也发现他们避开苏琪,那时我心里就在想,'他们知道你的天赋,巴里,而且有事情不想让你知道,还是调查一下比较好。'我找到一个好位置,躲在员工出入口假棕榈树的后面,刚好可以感应到经过的人心里在想什么,但也不是很详细。"他正确地透视出我们的疑问。"内容例如:'哈,我们要对付这些吸血鬼,如果连累到他们的人类奴隶,那也没办法,该死,谁叫他们要牵连在一起。'"

我无言以对,只能坐在那里看着他。

"不,我不知道时间和他们要做的事情!所以上床睡觉的时候还很担心究竟是什么计划,一直睡得很不安稳,最后终于决定叫醒苏琪,试着疏散所有的人。"说到这里他开始痛哭流涕。

我坐在巴里旁边伸手环住他的肩膀,不知道要说什么,当然啦,他知道我的想法是什么。

"是啊,我也希望自己先说了……"他哽咽着呢喃,"对,我错了。但我当时认为还不确定就说出来,吸血鬼一定不会饶过他们,或是要我指出来哪些人参与了,哪些人不知情,但我做不到!"

冗长的沉默气氛笼罩在室内。

"凯特雷先生,你看到昆恩了吗?"我试着打破沉默。

"他没办法阻止那些人,已经被送进人类医院了。"

"我必须去看他。"

"你们担心官方会试图强迫你们配合他们的意愿吗?"

巴里抬头看着我。"真的很忧心。"我们异口同声。

"除了镇上的人以外,这是我第一次向其他人展现我的能耐。"我说。

"我也是。"巴里用手背擦掉眼泪,"一旦那家伙终于相信我们能找到人的时候,你该看一看他当时的表情,他把我们当成灵媒,并不了解我们只是在寻找活人大脑的信号，不是什么神秘能力。"

"一旦相信以后，他开始动脑筋了。"我说，"我知道他想到上百种我们可以发挥功效的地方，参与救援行动、政府间的会议或是警方的侦讯等等。"

凯特雷先生看着我们，我没办法辨别清楚恶魔大脑里面那些纠缠不清的念头，只知道他想了很多。

"我失去了对生活的控制权，"巴里说道，"但我喜欢现在的生活。"

"我可以救更多的人命。"这一点我从来没想过，昨天的经历是我前所未有的经验，但愿永远不会再发生了，又一次置身在灾难现场的几率有多大呢？我会因此被迫放弃自己喜爱的工作，远离我所关心的熟人，到很远的地方去为陌生人工作吗？想到这里我忍不住战栗，面对这样的处境，我终于理解安竺试图利用我天赋的事件不过是一个开端，会有更多的人像他一样想要掌控我的人生，想到这里，我的心肠开始冷硬了起来。

"不，"我说，"我不愿意，或许这是自私，是在诅咒自己，但是我不要那样做，我们并没有夸大事情的严重程度，一点都没有。"

"那你最好别去医院抛头露面。"凯特雷先生劝告。

"我知道，但我必须去一趟。"

"去了医院以后就直接赶到机场吧。"

我们警觉地坐直身体。

"三小时之内阿努比斯的飞机就要从这里起飞了，先去达拉斯再飞什里夫波特市，由女王和斯坦共同分担费用。双方代表团的存活者一起上飞机，罗兹市的市民捐了一些二手棺木供我们使用。"凯特雷先生扮了个鬼脸，坦白说，我不忍心怪他。"这里是我们仅余的现金部分。"他把一叠钞票交给我，继续说道："只要及时赶到阿努比斯的登机口，二位就和我们一起回家，如果来不及，我就假设你们有事情耽搁了，必须打电话做其他的安排。我们的确欠你一份大人情，可是还有伤患要送回去，女王的信用卡等等都毁于火灾了，我还必须打电话通知信用卡公司提供紧急服务，不过速度应该很快。"

这么说好像很冷淡,但他毕竟不是我们的至亲好友,身为女王白天的助手,他有很多工作要处理,还得解决很多问题。

"好吧,"我说,"嘿,你听听看,克里斯汀·巴洛克也在庇护中心吗?"

他的眼神突然锐利起来。"对,虽然有点烧伤,但他一直在女王身边徘徊,纠缠不放,似乎有顶替安竺地位的意思。"

"你知道他的确有类似的意图,他想当下一任的路易斯安那女王的丈夫。"

"巴洛克?"凯特雷先生的语气充满鄙视的意味,仿佛是布里特林精来申请这份工作一样。

"是的,他甚至诉诸非常极端的手段。"我已经跟安竺说过了,现在又得再解释一遍。"这是他安置乐倍可乐罐炸弹的原因。"五分钟后我做出这样的结论。

"你怎么知道这些?"凯特雷先生问道。

"是我东拼西凑发现的。"我谦虚地说,叹了一口气,接下来就是让人讨厌的部分了。"昨天我发现他躲在住客登记的柜台底下,旁边还有一个吸血鬼,伤势很严重,但是身份不详。负责安全事务的陶德·杜纳提也在那里,受了伤但还活着,另一位死者是打扫房间的女服务生。"我再一次经历到当时的疲惫,闻到那种可怕的气味,呼吸到的是浓浓的空气。"巴洛克当然也有一点昏昏沉沉的。"

我有点羞愧地低头看着自己的双手。"总之,我尝试透视陶德·杜纳提的大脑,看看他的伤势怎样,结果他非常憎恨巴洛克先生,一直怪罪于他,这一次他不再担心工作的问题,非常乐意据实以告,陶德说他一连看过监视录影带很多遍,终于明白究竟看到了什么,他的老板跳起来用口香糖遮住摄像机的镜头,然后去放置炸弹。一旦搞清楚以后,他就知道巴洛克意图惊吓女王,让她有不安全感,考虑再找一个新丈夫保护。克里斯汀·巴洛克将是适当的人选。不过你可以猜猜看他为什么想娶她?"

"想象不出来。"凯特雷先生非常的震惊。

"因为他要在新奥尔良设立新的吸血鬼旅馆,'法国区之血'因为淹水而结束营业，巴洛克认为他有能力重建，重新再开张。"

"巴洛克和其他的炸弹没有关连吧？"

"我想还不至于，凯特雷先生，跟我昨天说的一样，是太阳兄弟会指使的。"

"那么又是谁杀了阿肯色代表团呢？"巴里问道，"我猜也是太阳兄弟会啰？不对，等等……他们何必要下手？谋杀几个吸血鬼对他们而言当然不至于犹豫，但既然已经有连环引爆的计划，那些吸血鬼可能也活不了啊。"

"歹徒的数目还真多啊。"我说，"凯特雷先生，你知道谁有可能除掉阿肯色的吸血鬼吗？"我直直盯着他的眼睛问。

"不清楚。"他回答，"就算我知道，也绝对不会把这件事情说出来，我建议你应该专注在你男人受伤的事情上，恢复小镇的生活，别去担心这么多伤亡里的三个死人。"

我的确不太操心三位阿肯色吸血鬼的死亡，把凯特雷先生的劝告牢记在心底似乎是个好主意，想到那件谋杀案感觉的确有点奇怪，我最后认定最单纯的答案通常也是最好的。

如果珍妮佛·凯特就此噤声不语，谁最有机会从一场审判中彻底的全身而退呢？

是谁预先铺路，只用了简简单单的一通电话，就让珍妮佛愿意开门见客呢？

又是谁运用心电感应和她的下属沟通了好一阵子，接着心血来潮地说要去找珍妮佛，然后才开始匆匆忙忙地打扮一番？

我们离开套房时，又是谁的贴身保镖刚好从楼梯间的门走出来？

我心里有数，就像凯特雷先生心知肚明一样，是苏菲安妮预先打了那通电话跟珍妮佛说她马上要过去拜访，才让赛伯特有机会跨入珍妮佛的套房，她当然会先通过窥视孔确认，认出赛伯特，便以为女王就跟在后面。赛伯特进门以后立刻抽出长剑把房里的人杀个精光。

然后他匆匆地爬上楼梯及时出现，护送女王下到第七楼，再一次进去查看，为他的气味弥漫在空气当中找个好理由。

当时我一点怀疑都没有。

亨利·费斯突然活生生地冒出来时,苏菲安妮肯定是大吃一惊,当他愿意接受女王的保护时,问题当场就迎刃而解。

直到某个人说服他提出指控,问题又浮现了。

结果真让人拍案叫绝,问题再一次迎刃而解,紧张兮兮的小吸血鬼竟然在法庭现场被刺杀了。

"我只是很纳闷凯尔·柏金斯是如何受雇的,"我说,"他一定很清楚这是一趟自杀任务。"

"或许吧,"凯特雷先生审慎地说,"他很可能活得不耐烦,想要找一个有趣又特殊的了断方法,并且多赚一点钱留给他的后人。"

"我被自己代表团的人派去搜寻和他有关的资讯,似乎挺奇怪的。"我不置可否地说。

"啊,不是每一个人都需要知道所有的细节。"凯特雷先生的语气也很平淡。

巴里当然听得见我的思绪,只是对凯特雷先生的话摸不着头脑,这样也好。明知道这样很愚蠢,但是确定艾瑞克和比尔对女王深沉的计谋一无所知,让我感觉好多了。这不是说他们本身不玩这种诡计,只是我认为如果艾瑞克知道是女王亲自雇用柏金斯的话,一定不会派我去海底捞针,调查凯尔·柏金斯受训练的弓箭场。

柜台后面的可怜女人死得不明不白,只因为女王的左手没有通知她的右手自己在做什么,至于那个在谋杀案现场呕吐的人,我也感到很好奇,他应该只是一位司机,负责送赛伯特或安竺去弓箭场……只因为我考虑周详,特别留言通知他们,我和巴里要在七点钟回去收集证据,有了那通电话留言,等同于是我亲手下了女人的处决令。

凯特雷先生脸上堆满笑容,几乎恢复正常的模样,一一和我们握手之后才离开,临走之前还再一次催促我们要赶去机场。

"苏琪?"巴里说道。

"嗯。"

"我真的想赶搭那班飞机。"

"我明白。"

"你有什么打算呢？"

"我做不到，实在没办法和他们搭同一班飞机。"

"他们都受伤惨重。"巴里说道。

"对，但那不能算是报复。"

"你已经做到了，不是吗？"

我没问他这句话是什么意思，因为他可以从我的脑袋里撷取内容。

"尽力而为吧。"我说。

"或许我也不想和你搭同一班飞机。"巴里说道。

这句话当然有点伤人，不过这是我自己造成的。

我耸一耸肩膀。"你只好自行决定啰，毕竟我们每一个人都有不一样的事情要承担。"

巴里思索了一番。"对，"他说，"我知道，但是目前我们最好在这里分道扬镳，我要出发去机场，在那里等候直到可以离开为止，你要去医院吗？"

我努力谨言慎行，不想再多说些什么。"我不知道，"我回答，"不过我会租车或者是搭巴士回家。"

不管我的抉择让他多么沮丧，巴里还是抱了我一下，心底的感情和遗憾我都知道，我也回他一个拥抱，巴里有他自己的抉择。

巴里搭计程车离开，五分钟后我也走出旅馆，离开之前留了十美元给女服务生当小费。一直走到距离旅馆两条街以外的地方，我才停下来问路人怎么去圣科斯模医院，结果要走漫长的十条街距离，幸好天气晴朗、阳光灿烂，空气干燥凉爽，一个人的感觉真好，或许脚下是橡胶底的便鞋，可是我精心打扮，身上很干净。去医院途中我在路边的小摊子买了一根热狗吃，这是前所未有的体验，还买了一顶帽子，把所有的头发盘进去，同一摊也卖太阳镜，毕竟天空晴朗，湖面吹来凉凉的风，这样的组合不至于怪异。

圣科斯模医院是一栋老旧的大楼，外部有很多装饰性的建筑物，巨大雄伟，我询问昆恩的状况，访客柜台的女职员说她不能透露，不过如果要看他是否有住院登记,就得查看他的记录,我直接从她的脑袋里头获取病房号码,一直等到三位女职员都忙着应付其他人的询问时,我才悄悄溜进上楼的电梯。

昆恩的病房在十楼,这间医院大得不得了,人来人往地忙碌着,很容易就可以迈开大步,假装知道自己要往哪里去。

昆恩的病房外面没有人看守。

我轻轻地敲门,里面完全没有声音,稍微推一下门就开了,我跨了进去,昆恩躺在床上睡觉,身上插了管子和仪器,变形人向来痊愈得很快,因此他的伤势一定很严重才会这样,他妹妹就在旁边,头上裹着绷带,她率先察觉到我的存在,整个人震了一下,我摘下太阳镜和帽子。

"你。"她说。

"对,是我,苏琪,法兰妮是什么名字的简称?"

"全名是法兰妮辛,不过大家都喊我法兰妮。"她这么说的时候看起来比较年轻。

虽然我们的关系有进展,但我还是决定坚守自己的立场。"他好吗?"我问道,朝睡觉的男人点一下下巴。

"昏昏沉沉的,时睡时醒。"她拿起桌上白色的塑料杯喝了一口水,气氛暂时陷入了沉默。"当你叫醒他的时候,他把我拉起床。"她突兀地说下去,"下楼梯的时候,一大片天花板掉下来砸在他头上,地板开始晃动,接下来等我清醒的时候,消防队员告诉我一个疯女人发现我还活着,他们帮我做了各样检测,昆恩说他会照顾我到康复为止,然后他们说他断了两条腿。"

我颓丧地坐进旁边空的椅子里,两只脚瘫软无力、支撑不住。"医生怎么说呢?"

"哪一位?"法兰妮凄凉地问。

"随便一个,全部都好。"我握住昆恩的手,法兰妮以为我要伤害他,差点出手制止,然后就缩回去了。这只手没有插管子,我紧紧地握了一阵子。

"他们没办法相信他已经好多了。"正当我认定她不会回答的时候,法兰妮再度开了口。"事实上,他们认为这是奇迹,现在我们得花钱找人把他的住院记录从系统中删除。"她深色的发根纠结在一起,浑身因着爆炸的缘故依旧脏兮兮的。

"你先去买衣服,再回来洗个澡。"我说,"我会坐在这里陪他。"

"你真的是他的女朋友?"

"是的。"

"他说你们有一些冲突。"

"对,但不是他的缘故。"

"好吧,我出去了,你有钱吗?"

"不多,但这些可以给你。"

我从凯特雷先生的钱里面拿了七十五美元给她。

"好,就凑合一下吧。"她说,"谢谢。"她的口吻不太热衷,但总算说了。

病房很安静,我坐在那里握住昆恩的手,近乎一小时之久,其间他睁过一次眼睛,认出是我,随即又阖眼,嘴角露出一抹淡淡的笑容,我知道借由沉睡的过程,他的身体在痊愈当中,等到醒来以后,很可能就能走路了。我很想爬上去依偎在昆恩身边,应该会安心一些,可是这样做对他不好,或许会撞到他的伤口。

过了一会儿,我自顾自地开始说话,包括我认为那颗未爆弹为什么会放在女王的套房外面,还有我对杀死三名阿肯色吸血鬼凶手身份的推论。"我的推测很合理,你一定会同意。"接下来我又说了一大串关于自己对亨利·费斯之死和杀手被处决的想法,射箭场的女职员无辜被杀,加上我对旅馆爆炸案的臆测和怀疑。

"我很遗憾杰克牵涉在里面。"我说,"我知道以前你很喜欢他,但他就是无法适应变成吸血鬼的新面貌,不知道是他自己主动或者是太阳兄弟会率先找上他,他们还找了管电脑的家伙,那个人无礼又粗鲁,我猜他一一打电话给每一个代表团,要求他们各自派一个人下去拿皮箱,有些或许很鬼精灵但也可能是因为懒惰没去搭理,还有一些因为没有人认领又把皮箱归还。但却不是我,噢,我把箱子放在女王的起居室里面。"我摇摇头,"我猜涉嫌的员工应该不多,否则我和巴里一定会事先发现端倪。"

我大概昏昏沉沉地睡了几分钟,醒来的时候一张望,发现法兰妮站在那里吃麦当劳套餐,整个人看起来很干净,头发还是湿的。

"你爱他吗?"她拿吸管喝可乐。

"时间太短,还不确定。"

"我必须带他回孟菲斯的家。"她说。

"我知道。这段时间我见不到他了。我也要想办法回家去。"

"灰狗巴士站就在两条街以外。"

我忍不住战栗,一段漫长又不舒服的巴士旅程实在没什么可期待的。

"或许你可以开我的车回家。"法兰妮说。

"什么?"

"呃,我们分别开车来这里,他开拖车载设备和道具,我开了小跑车匆忙离开我母亲的家。现在这里有两辆车,我们只需要一辆。我要和他一起回家,住上一阵子,你也必须回去工作,对吗?"

"是的。"

"你开我的车回去,等我们有空的时候再去拿。"

"你真好。"如此慷慨的行径让我非常惊讶,因为她本来对昆恩有女朋友的事情反应激烈,对我更没有好感可言。

"你这个人似乎不错,还通知我们及时离开那里,而且他真的很在乎你。"

"你怎么知道?"

"他亲口说的。"

看来她也遗传了家族里直接坦率的个性。

"好。"我说,"你的车停在哪里?"

第十九章

整整两天的路程，我一直心惊胆战，担心在中途被拦下来，而他们不相信车子是借来的；担忧法兰妮改变主意，报警说我偷了她的车，也忧虑不小心出了车祸，又得赔偿昆恩妹妹的损失。法兰妮的车是一辆红色福特野马的旧车，开起来很有意思。幸好一路顺利，没有人阻拦，途中天气晴朗，我还以为可以趁机欣赏部分的美国风光，结果州际公路沿途的景色都是大同小异，我忍不住想象所经过的任何一个小镇都有另一间莫洛特酒吧，或许也有另一位苏琪。

一路上我噩梦连连、睡不安稳，老是梦到地板不住地摇晃，还有撞破玻璃冲出楼层那可怕的一瞬间，目睹帕梅拉在燃烧，以及当我穿梭在废墟里面搜救的时候，看见好些类似人间炼狱的画面。

离家一星期以后，我终于转进熟悉的车道，家就在前方，我的心开始怦怦跳，艾蜜莉亚拿着鲜艳的蓝色缎带坐在阳台上，鲍伯就在旁边，举起黑色的爪子抓搔晃动的缎带，听见车声，她抬头一看，认出开车的人是我之后立刻跳起来，我没有绕到屋子后面，而是直接停在前方，从驾驶座一跃而出，她的手臂像藤蔓似的紧紧缠住我，高兴地大叫："你回来了！噢，圣母马利亚，你回来了！"

我们兴高采烈地搂在一起，跳上跳下、手舞足蹈，好像小孩一样高兴地欢呼。

"报纸把你列在存活名单里面。"她说，"可是隔天以后你就失去踪影，直到你打电话回来之前，我都不敢确定你活着。"

"说来话长，"我说，"故事很长很美。"

"现在可以说来听听看吗？"

"或许再过一两天吧。"

"你有其他行李吗？"

"什么都没有，旅馆垮掉的时候，我的东西跟着付之一炬。"

"噢，我的天！你的新衣服！"

"呃，幸好驾照、信用卡和手机都在身上，但是电池没电了，充电器不在身上。"

"还多了一辆新车？"她盯着福特野马。

"借来的车。"

"很难想象有哪个朋友愿意借我一整辆车。"

"有借半辆的吗？"我问道，她哈哈大笑。

"猜猜看，"她说，"你的朋友要结婚了。"

我愣住了。"哪个朋友？"她说的不可能是贝尔弗勒家的双人婚礼，他们不可能又更改结婚日期。

"噢，我不可以透露。"艾蜜莉亚一脸愧疚地说，"呃，说鬼鬼就来了！"又来了一辆车，停在红色野马旁边。

塔拉跨出车子。"我在店里看到你呼啸而过！"她嚷嚷着说，"你开新车让我差点认不出来。"

"跟朋友借来的。"我怀疑地看着她。

"你没有跟她说，艾蜜莉亚·布德威！"塔拉愤愤不平。

"我没有。"艾蜜莉亚说道，"正要开口就及时闭嘴了！"

"跟我说什么？"

"苏琪，我知道听起来有点疯狂，"塔拉说道，我眉头深锁。"你不在

246

的时候,奇怪的事情刚好凑在一起,好像我本来就有预感一样,你懂吗?"

我摇摇头,完全没听懂。

"吉比和我要结婚了!"塔拉宣布,脸上的表情五味杂陈,焦虑、期盼、罪恶感和惊奇通通混在一起。

我在心底把这句话复诵了好几次,才敢确定自己明白背后的含意。"你和吉比? 成为夫妻?"

"我知道,我知道,似乎有点怪异……"

"感觉很配啊。"我极其真诚地说,虽然不太确定真正的感觉是什么,但塔拉是我的朋友,至少要为她感到高兴。这一刻才是真实的人生,在耀眼明亮的阳光下,吸血鬼的尖牙和鲜血恍如一场梦,或是一幕我不太喜欢的电影场景。"我为你感到高兴,你需要什么结婚礼物呢?"

"只要你的祝福就好,昨天我们才登报公布喜讯。"她像潺潺溪流一样的唠唠叨叨。"从那时到现在电话就响个不停,人们好关心!"

她真心相信往日不愉快的回忆都被扫进角落里了,现在心情大好,愿意用美好的一面来看待这个世界。

我也要这样试试看,从记忆中抹除回头瞥见的那一幕——当时昆恩用手肘撑着身体爬到备受打击、无声无息的安竺身边,一手支撑,另一只手抓住旁边的木片,使劲插入安竺的胸口,就这样,安竺漫长的生命终于到了尽头。

他那么做是为了我。

这叫我情何以堪,如何能维持原状不变? 我怎能一面为塔拉欢喜高兴,一面又记得这样的事情——不是惊骇,而是野蛮的称心如意? 我希望安竺死掉,但我也希望塔拉能够找到一位愿意接纳她,不会嘲笑她过去伤痛的人,不只关心她,也能够爱她,这些吉比都做得到。他或许言语无味、智商不高,不过塔拉似乎不在意。

理论上,我祝福这两位朋友,也为他们高兴,但感觉上却很麻木,看过那么多可怕的景象,情绪上还无法恢复,仿佛有两个不一样的人试着共存在同一个躯壳里,充满了矛盾。

塔拉兴奋地叙述着，艾蜜莉亚不时拍拍我的肩膀或手臂，我不住地微笑、点头，暗地里告诉自己，只要我能够远离吸血鬼一阵子，每天晚上祷告，只和人类来往，不要介入狼人的是非，一切就不会有问题。

我给塔拉一个拥抱，抱得很紧很紧，她忍不住尖叫。

"吉比的父母怎么说呢？"我问道，"你要去哪里登记？阿肯色州吗？"

趁着塔拉回答的时候，我朝艾蜜莉亚眨了眨眼睛，她眨眼回应，弯腰把鲍伯抱起来。猫咪看着我的脸，大大的眼睛眨了一下，脑袋贴着我伸出去的手指磨蹭，喵喵地叫，我们一起转身走进去，灿烂的阳光从背后照过来，照出长长的影子，早我们一步进入老房子里。